JN048063

家政魔導士の異世界生活
～冒険中の家政婦業承ります！～9

文庫 妖

illustration なま

ICHIJINSHA IRIS NEO

CONTENTS

この作品はフィクションです。
実際の人物・団体・事件などには関係ありません。

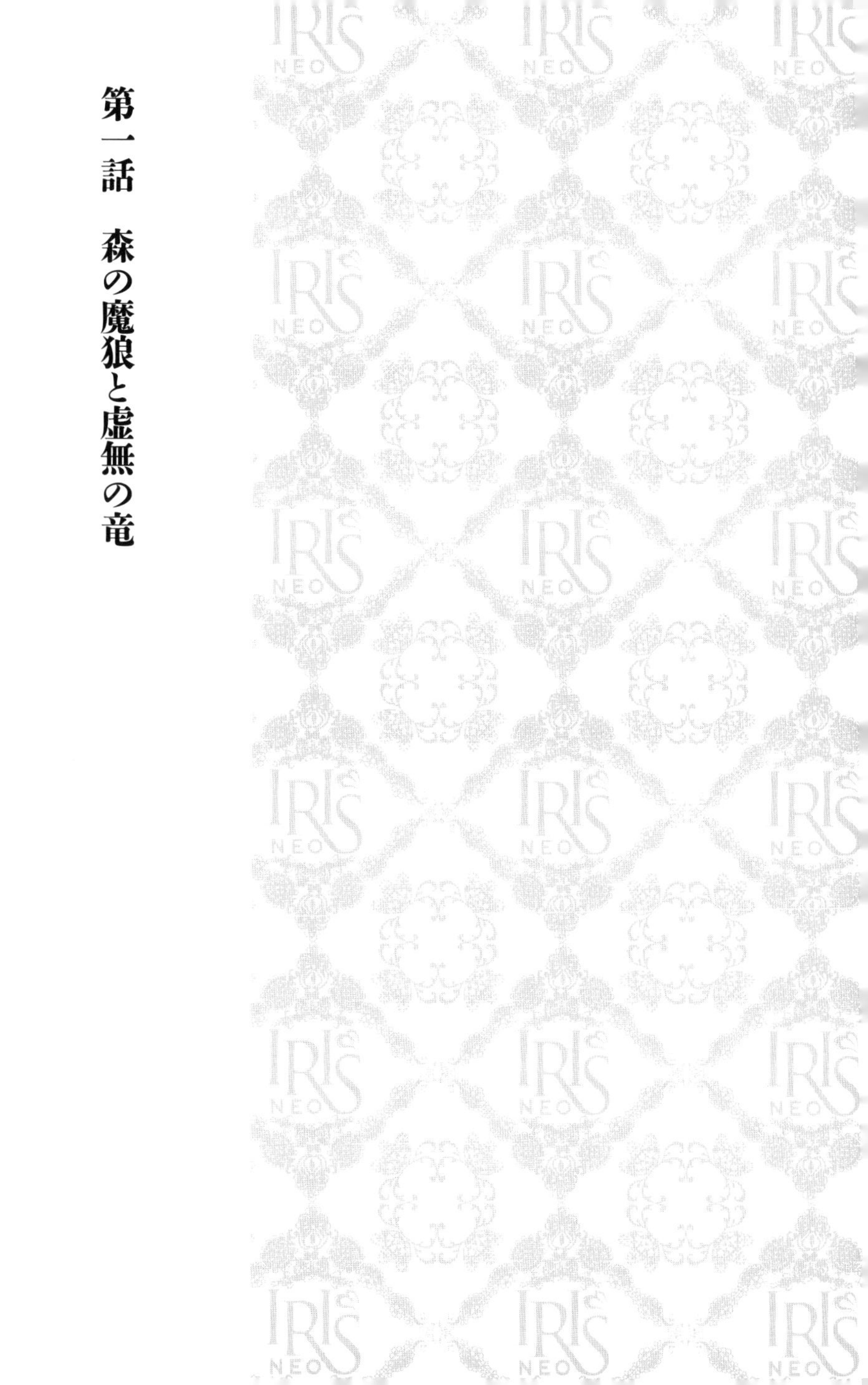

第一話　森の魔狼と虚無の竜

第一章　森の魔狼

1

　ストリィディア王国の賢王、オリヴィエル・フェルセン・ストリィディアの三十五回目の誕生日を祝う祭典が盛大に催された翌週。祝いの空気を未だに残した北部最大の都市トリスは、初夏の明るい日差しの下、今日も賑わいを見せていた。

「いい季節になったねぇ。皆楽しそう」

　居間の窓から新緑の美しい街路樹や彩り豊かな花壇を眺めていたシオリが呟くと、異母弟オリヴィエル――まさに先日、その誕生日を祝ったばかりの王その人だ――からの手紙を楽しげに読んでいたアレクは、「そうだな。いいことだ」と微笑んだ。

　一年のうちで最も日が長いこの季節は、真夜中でさえ仄明るい。トリスヴァル領では生誕祭に次ぐ規模の夏至祭を目前に控え、トリス市内は昼夜を通して活気に溢れていた。

　通りには軽食や土産を売る屋台が立ち並び、広場には吟遊詩人や旅芸人が陣取って、道行く人々の目と耳を楽しませている。街の人々は色鮮やかな草花の刺繍を施した伝統衣装を纏い、旅人は屋台で買った花冠を被って祭り気分を楽しんでいた。

　大陸随一とさえ言われる平和なストリィディア王国の光景。

　それを見たままに美しいと感じられるようになったことを、素直に嬉しいと思う。

――突然身一つで異世界に落とされて、孤独に苛まれ続けていたこの数年は、この光景をあるがままに受け止めることができないでいた。この世界にとって異物である自分は、この景色を形作る要素の一つですらないのだと、どこか他人事のように捉えていたからだ。

それだけ深い絶望があった。完全に故郷から切り離されて、何一つ縁のない場所で生きるということが、どれほど難しいことか思い知った。

けれども今は違う。愛しい恋人、可愛らしい友人、頼れる兄貴分。もう永遠に手が届かない場所に置いてきた和泉詩織という人間の過去を、丸ごと全て受け入れてくれた人達がいるのだ。

――もう、独りではない。シオリ・イズミとしてこの世界に根を下ろして生きていこうと決めた。この世界で生きていくという現実を、本当の意味で受け入れることができた。

経験と実績を積み、人と人の繋がりを作り、手繰り寄せて、そうして自分の世界を広げていくことが今は楽しい。

もうすぐ形になりそうな家政魔法教本の原稿や、携帯食開発の進捗状況を報せるエナンデル商会からの報告書を手に取って感慨に耽っていると、手紙を読み終えたアレクが視線を上げた。

愛しい人。自分の全てを受け入れてくれた、大切な人。

その唇に自らのそれを重ねると、逞しい腕に引き寄せられる。その力強さと温もりが嬉しくて、シオリはアレクの腕の中で微笑んだ。

ひとしきり啄み合った後、彼は言った。

「オリヴィエが来る日が決まったよ」

「いつ？」

「七月の始めだ。よほど急な用事が入らない限りはその日程で確定だと」

「そっか。いよいよ……だね」

アレクの異母弟オリヴィエルは、先述の通りこの国の王だ。その異母兄にあたるアレクは、一時期オリヴィエルとともに城で暮らしていたことがあったという。腹違いという関係ではあったが兄弟仲は良好で、切磋琢磨し支え合って、将来はともに王国を護っていこうと誓い合った仲だった。

しかし、様々な思惑に翻弄された異母兄弟は、国と王家を護るために別離を決めた。

それは苦渋の決断だった。まだ年若く未熟だった彼らには、その選択肢しかなかったのだ。

けれどもアレクは、そのために捨てなければならないものがあった。未来の王となる異母弟を生涯支えるという誓いと、王族としての責務。そして当時の恋人を自ら放棄しなければならなかった。

国と王家、そして互いを護るための決断は、きっと本意ではなかったはずだ。だから、それが後悔という形で今もアレクを激しく苛んでいた。

それは異母弟も同じで、王家の異母兄弟は、十六歳のあの日にすれ違ったままの想いを、十九年という時を経てようやく打ち明けようというのだ。

「……例のスライム袋、あれを装備してくるらしいぞ」

「スライム袋って」

間違いではないがその言い方が可笑しくて、シオリは噴き出してしまった。

オリヴィエル王の使い魔が桃色のスライムだというのは有名な話で、非公式の外出時に目立たぬよう、アレクが特注で作らせたのがスライム運搬用背嚢、通称スライム袋だ。

それを装備してくるということはつまり、使い魔の桃色スライム——どうやらルリィの同胞らしい

——を連れてくるということだ。

「使い魔の里帰りも兼ねているそうだ。ブロヴィートではスライム連れもあまり珍しくはなくなっているらしいから、案外目立たんかもしれんな。まぁ、それでもさすがに変装してくるだろうが」

「桃色スライム連れの金髪の美男子って、そうはいないものね……」

「そうだな……だから城ではかえって悪目立ちしてるらしくてな。しかしその代わりに、新人や下働きが王とその他大勢を間違えて無礼を働くなんて失態はなくなったらしいが」

アレクはその姿を想像したのだろう。不意に口元を押さえると、くつくつと笑い出した。つられてシオリも笑ってしまう。

「でも、大丈夫なの？　国家の要人だから、目立つとあんまりよくないんじゃ……」

「今の近衛(このえ)隊は人格的にも優れた精鋭揃(ぞろ)いで信頼できるし、ルリィの仲間だって一緒なんだ。滅多なことにはならんだろうさ。噂(うわさ)ではあいつに襲い掛かろうとした不届き者を、文字通りの丸裸にして身動きとれんようにしたらしいぞ」

「丸裸」

「憐(あわ)れにもその男、全裸で大泣きしながら退場するはめになったようだ。歴史ある伯爵家の当主だったというのに、噂がどこかで捻(ね)じ曲がって、今や『全裸で陛下に襲い掛かった変態』だそうだ」

「ひぇぇ……お気の毒」

スライムお得意の溶解攻撃で、矜持(きょうじ)と自尊心を服ごとぺろりと頂いてしまったという訳だ。

「お前が気を使ってやるほどの男じゃない」

なんとも言えない気分になったシオリだったが、アレクは苦笑いした。その手がシオリの左腕、二の腕に触れる。優しく撫でる手つきはまるで労わるようだ。

「――ブロヴィートで大怪我をしただろう。その大元を作った男だ。十九年前、俺を玉座に就けて傀儡にしようとした男でもある」

「え。そう、だったんだ……」

先年、軍事兵器の密輸と謀反の罪で捕縛されて新聞を賑わせたイスフェルト元伯爵は、雪狼襲撃事件を起こした商人と繋がっていた。救助活動を妨害し、シオリを鞭で打ち伏せたあの商人だ。そのうえアレクとも因縁があると聞かされては、心穏やかではいられない。

先年の事件も、二十年近く前の王位継承権争いも、傷付けられた人は数え切れないほどいた。それまでの生活を手放さなければならなくなった者もいる。同情は、必要ない。

「そっか。その人はようやく報いを受けたんだね」

「そういうことだ。本人に謀反の意思はなかったとして極刑は免れたが、終身刑に処されたよ。財源確保のために軍事兵器や軍用魔獣の密貿易に手を出し、自国に甚大な被害を出したのがあまりに悪質ということでな」

長い溜息を吐いたアレクは、静かに立ち上がって窓の外を見下ろした。楽しげな笑い声が響く街を見つめる横顔には、微苦笑が浮かべられている。その胸に去来する想いは推し量るしかないけれど、きっと彼の中で何かが一つ、区切りがついたのだろうことが察せられた。

その隣にそっと寄り添うと、小さく笑った彼は肩を抱き寄せてくれた。ルリィも慰めるように二人の足元をぺたぺたとつつく。

「――しかし、いい匂いだな」

近隣の屋台の香りが開け放した窓から入り込み、思わずといった様子でアレクが呟いた。

この香りは炙った腸詰だろうか。ルリィが「美味しそうだなぁ」とでも言うようにずるりと窓枠をよじ登り、じぃっと街を見下ろした。

「せっかくだ。屋台で腹ごしらえしてからギルドに行くか」

「いいね。何食べよっかな」

ご馳走にありつける予感にルリィはぷるるんと震え、宝箱代わりの菓子缶から取り出して眺めていた「宝物」を片付けると、いそいそと扉の前に移動した。

早く行こうと言いたげなルリィに微笑んだ二人は、促されるままに身支度を始めた。

2

冒険者ギルドまでは徒歩数分。そのごく短い距離の間にも屋台が立ち並び、美味しそうな匂いを漂わせている。炭火に炙られて皮から脂を弾けさせているコカトリスの串焼きや、とろりと黄金色に溶けたバターが豊かな乳の香を放つ蒸かし春芋、しゅわしゅわと爽やかで軽快な音を立てる水葡萄の炭酸水割り、燻煙の香りが立ち上るスモークサーモンと生クリームのスープなど、地元の食材をふんだんに使った料理が屋台を賑わせていた。

「よお、お二人さん。どうだい、寄っていかないかい」

物色しながら歩く二人と一匹を目敏く見付けたマリウス・カッセルが、陽気に手招きした。

食料品店を営む彼も、今年は帝国料理の屋台を出している。店先にはテーブルやベンチが置かれ、近隣の顔見知りが陣取って料理を楽しんでいた。

マリウスの妻特製河羊肉パイの香りが鼻腔を擽る。ちょうど焼き上がったところのようで、マリウスがパイ皮をざくりと切ると、生地に練り込まれた濃厚なバターと、香草が効いた河羊肉の香りがふわりと立ち上った。

じゅわっと溢れた肉汁がパイ皮を伝って皿に滴り落ち、シオリは思わず「うわぁ」と歓声を上げた。足元のルリィも身を乗り出してぷるんと震える。

「どうだよ、美味そうだろ。今なら焼き立てが味わえるぜ」

言われるまでもなく既に食べる気満々でいた二人と一匹は、片隅の空いた席に腰を落ち着けた。まもなく熱々のパイと水葡萄の炭酸水割りが運ばれ、嬉しそうにぷるんと震えたルリィが早速触手を伸ばして取り込んでいく。

「いただきます……うわぁ、美味しい！」

ルリィに倣ってパイを頬張ったシオリは目を丸くした。生姜や香草、塩胡椒がしっかりと効いた河羊肉の味がバターの香りと複雑に絡み合い、口内いっぱいに広がる。

羊肉は獣臭が強く好みが分かれるが、水苔や水草を食べて育つ河羊の肉は臭みが少なく、むしろ草のような爽やかな香りが良いアクセントになっている。脂は果実油よりもさっぱりと軽い口当たりで、つい二切れ、三切れと手を伸ばしてしまう。

ほかの客も同じのようで、まるでスナック菓子か何かのようにひょいひょいとつまんでいた。マリウスの屋台に集う客は王国人だけではない。彼の知己であろう帝国系移民を中心に様々だ。

「……帝国っていうと嫌われがちだけど、料理とかは普通に受け入れられてるよね。市内にも専門店がいくつもあるし」

前々から疑問に思っていたことをアレクの耳元で囁くと、「なんだかんだで身近なのさ」と言った。

「元は大国だからな。昔は大陸の文化の中心だったんだ。だからどの国の文化も何割かは帝国がルーツだと言われているくらいだ。ストリィディアだって、占領下にあった百五十年のうちに根付いた文化も多かっただろうさ。料理なんかは最たるものだろうな」

マリウスの妻が作るこの帝国の家庭料理も、食材が豊富なストリィディアに来てから覚えたものらしい。だから正確には王国風帝国料理なのだろう。

「そっか。生活の中にすっかり根付いてるんだね」

「そういうことだ。それに、美味い料理に罪はないからな」

指先に付いた脂を行儀悪く舐めとったアレクの視線が、マリウスに向いた。

――マリウスの一家は、圧政に耐えかねて亡命した帝国人だ。十年ほど前、トリスに流れ着いた当初は軋轢も多かったというが、今はすっかり溶け込んでいる。矯正したのか帝国の訛りもない。

「そういえば、あの人達は元気にしてるかな。フロルさんとユーリャさん……だっけ」

シルヴェリアの旅の途中で助けた、瀕死の帝国人。必ず生き残る、そしてこれからは民のために生きたいと言った彼らは、今どうしているだろうか。もし元気でいるのなら、きっと難民キャンプのどこかで日々を大切に過ごしているだろう。

「あの人達も、夏至祭を楽しめるといいね」

黙って耳を傾けていたアレクは「そうだな」と頷いた。

荒れた帝国は食べることさえ難しい環境で、祭りを開く余裕すらなかったという。それを憐れに思ったトリスヴァル辺境伯の気遣いで、今年の夏至祭は難民キャンプでも開催されるようだ。

マリウスも、第三街区の帝国系移民代表として出店するという。普段の商売と屋台営業の傍ら、準備を進めているようだ。

「黙って村を出てきちまったから、もし知った顔に会ったらと思うと正直不安はある。でもまぁ、寛大な辺境伯様のお陰でこうしていられるんだ。せめて何か手伝いでもできればって思ったんだよな」

そう言ってマリウスは笑った。

同じ元帝国人と思しき男が彼の肩を叩き、「素晴らしき友と我が故郷に」とエールを掲げた。それに倣う杯は多く、笑顔が溢れる。

王の誕生祭に夏至祭と楽しい行事が続き、街全体が浮付いていた。その一方で不穏な噂もあった。

「……そういやまた出たってな。今度は街道沿いだって話だぜ」

パイ料理を楽しみながら談笑していた男の一人が、不意に声を潜めて言った。俄かに漂い始めた重い空気に、シオリとアレクは思わず振り返った。

「ああ、例の」

「よりによってブロヴィートの近くだってな。雪狼襲撃事件の」

「見たっていう人も増えてきたみたいだし……見間違いだとしてもちょっと不安だわ」

「去年のこともありますからねぇ。ブロヴィートの連中、ピリピリしてるらしいですよ」

「この前は騎士隊が国境で山狩りしてただろ。次は蒼の森の辺りもやってくれねぇかなぁ」

「じゃねぇとおちおち仕入れにも行けんわ」

ひそひそと囁かれている幻獣フェンリルの噂。雪狼より一回り以上大きく、その体毛は紫水晶のように淡く光り輝いているという。これが三週間ほど前からブロヴィート村付近で目撃されるようになり、人々を騒がせているのだ。

――幻獣とは、目撃証言や伝承のみで実在が確認されていない魔獣の総称。昨年末、シルヴェリアで遭遇した雪男もその一つで、現在も慎重な調査が続けられている。今のところは極秘扱いとなっているが、ザックの話ではいずれ新種の魔獣として公式発表されるだろうということだった。

それなら今巷で噂のフェンリルはどうなのだろうか。今のところは目撃証言ばかりで目立った被害がなく、冒険者ギルドとしてはしばらく静観するということにはなっているが――。

「……随分噂になってるみたいだね」

「そうだな。しかしあの辺りでは珍しくないんだ。四、五年に一度は話題になる。騎士隊もどこまで本腰を入れてくれるか」

「四、五年に一度？　幻獣にしては多いんだね」

「ああ。しかし定期的に噂にはなるが、結局なんだったのか分からないまま、噂自体が自然消滅するというのを繰り返している。だから雪狼の見間違いじゃないかっていうのが定説だ。体格の良い雪狼が光の加減で色が違うように見えているんだとか、雪菫の群生地を遠目に見てフェンリルに見間違えているんだとか、まぁ大体そんな認識だな、一般的には」

「なるほど……」

しかし、ブロヴィート村の人々は心穏やかではないだろう。昨年初冬、この村では雪狼の群れに襲われるという事件があった。書き入れ時に大きな被害を出し、復興作業や風評被害で一時期は客足が途絶える寸前までいったのだ。その記憶がようやく薄れたというのに、夏至祭直前に再び狼型の魔獣の騒ぎだ。関係者の心痛は察するに余りある。

「まぁ、一応駐屯騎士隊も対応はしているだろうし、これ以上騒ぎが大きくなるようならギルドにも調査依頼が来るかもしれん。そのつもりでいてもいいだろうな」

「うん」

最近はルリィの同胞、蒼の森のスライム達が公然と村に出入りするようになったというし、せっかくだからルリィの里帰りも兼ねて行ってみてもいいかもしれない。

——マリウス達の会話は、いつの間にか別の話題に流れていた。王国北部最大の都市トリスでは、話題には事欠かないのだ。幻獣フェンリルの噂でさえその一つに過ぎない。

「さて、じゃあそろそろ行くか」

「うん。マリウスさん、ご馳走様」

美味しいパイ料理で腹を満たして席を立つと、「おう、また来てくれよ！」とマリウスが笑顔で手を振った。

不穏な噂はあるが、街は平和そのものだ。このまま平穏に夏至祭を迎えられるといい。

道行く人々の明るい顔を見ながら、シオリはそんなふうに思った。

3

夏は爽やかな風が心地よく、この季節にはギルドの扉を開け放していることが多い。この日も昼前から気温が上がり始め、木造の扉は風を入れるために全開になっていた。

「わぁ……今日も盛況だなぁ」

過日の家政魔法講座や図書室新設の影響はまだ続いていて、ここ二ヶ月ほどは仕事がなくてもギルドに入り浸っている冒険者は多い。魔法談義に花を咲かせている集団の合間に、本や図鑑を広げている者もちらほらいる。

人の出入りが増えたからなのか、依頼の受託状況も良好だ。これまで残りがちだった条件の悪い仕事も、最近では貼り出しから数日以内には片付いている。試し撃ちついでに引き受けていくからだ。

「仕事の方が『ついで』というのはどうなんだとは思わなくもないが」

「まぁ……ちゃんと片付けてるからいいんじゃないかな。皆も楽しそうだし」

「あ、来た来た。おーいお二人さーん」

苦笑いしていると、魔法書の解釈で同僚と議論していたヨエル・フリデールが手を振った。

「これ、今回の分」

手渡されたのは空き物件のリストだ。何故（なぜ）かほんのり水葡萄の香りがするのはご愛敬（あいきょう）だろう。

彼とは家政魔法講座以来の付き合いで、時折こうしてシェアハウス用の物件情報を教えてくれるのだ。講座を経て魔法研究の楽しさに目覚めた彼は、シオリが企画している図書室と研修室付きの冒険者向けシェアハウスに強い興味があるらしい。開設を心待ちにしている一人だ。

「わぁ、ありがとう」

今のところは微妙に条件が合わなかったり、既に買い手がついた後だったりと残念な結果に終わっているが、人脈が広い彼の祖父母の伝手（つて）を使った情報はありがたかった。

「あとでゆっくり見させてもらうね」

「いつも悪いな。先方にもよろしく伝えておいてくれ」

「うん。じゃあ気になるのがあったら、また声掛けてくれよ」

ひらりと手を振って仲間の輪に戻っていったヨエルを見送り、「さて、じゃあどうしようか」と顔を見合わせた瞬間、背後でどよめきと歓声が上がり、シオリは思わず飛び上がってしまった。

「な、なにごと」

いつの間にか戸口のあたりに人垣ができていて、その中心にヴィヴィ・ラレティの姿が見えた。見知らぬ青年に手を取られている彼女の顔は、茹で上がったように真っ赤だ。

「幼馴染みがわざわざ郷里から追い掛けてきたらしいぜ」

そう言いながら、何故か本人でもないのに満更でもない顔をしているのは、同僚のルドガー・ラネリードだ。彼自身にも、幼少期から慕っていた年上の幼馴染みを追い掛けて冒険者になったという逸話がある。その幼馴染みマレナは、今では彼の妻だ。

「へぇえぇ……」

「あいつもなかなか隅に置けんな……」

色々あったけれど、ヴィヴィも信用を取り戻しつつある。そんな彼女が、一途な想いを胸に追い掛けてきた幼馴染みを前に恥じらう姿は微笑ましい。

遠巻きに眺めている同僚の視線も優しい。彼女を、そしてこれから新たな仲間となるだろう青年を歓迎しているのだということが窺えた。

――感慨深く微笑むアレクの腕が肩に回され、その胸に寄り添うシオリも彼らを静かに見守った。

そんな二人の横から、どことなくじっとりとした声が掛かる。

「……お取り込み中悪ぃんだがよ」

すっかり夫婦のような空気の二人を前に苦笑しているザックは、手にした書類をひらひら振りながら言った。

「指名依頼だ。ブロヴィートからな」

「あれ。噂をすれば」

「なんでぇ、お祭しって訳かい。まぁ、方々で噂になってるから当然っちゃ当然なんだろうが」

棚の隙間から何かをごそごそ取り出したブロウと、一緒に覗き込んでいるルリィを極力視界に入れないように巧妙に視線をずらしたザックは、「お祭しの通り、フェンリル絡みだ」と切り出した。

依頼者はブロヴィート駐屯騎士隊隊長カスパル・セランデル。雪狼襲撃事件時、負傷して異動となったレオ・ノルドマンの後任者だ。依頼は村長との連名になっている。

何をするにも上の承認が要る騎士隊とは違い、フットワークの軽さは冒険者の強みだ。状況によっては、今回のように騎士隊から冒険者ギルドに仕事が回されることも珍しくはない。

「カスパルさんかぁ……そんなに前のことじゃないのに、なんだか懐かしい感じ」

「あの後も色々あったからな……」

事件後の後始末でほんの数日一緒に仕事をした間柄だ。あれ以来一度も会っていないが、元気でいるのだろうか。

「騎士隊でも一度調査して異常なしってことだったらしいが、村の連中は納得できねぇようでな。その後も噂が収まらねぇんで、念のため別口でも調べて欲しいとさ」

「そっか。それで村長さんと連名の依頼になってるんだね」

「そういうことだな」

依頼内容は幻獣フェンリルの棲息確認。万一遭遇した場合、討伐するか否かの判断はこちらに任せるということだ。

「なんとも漠然とした依頼だな」

ぼそりと呟いたアレクに、ザックは首を竦めてみせた。

「騒ぎが大きいわりにゃあ、今のところこれといった被害はねぇからな」

「誰かにちょっかい掛けたとか、猟師小屋を荒らしたとかっていうのでもないものね」

「確実に害があると分かれば、騎士隊でも討伐隊を出せるんだろうがな」

二ヶ月ほど前、ハスロの森で旧ドルガスト帝国の合成魔獣ユルムンガンドを討伐したことは記憶に新しい。それは内乱末期に研究施設から逃亡した実験体の一つで、これ以外にもまだ山中に潜伏している個体がいるという情報を掴んだ騎士隊は、大規模な山狩りを行っている。

「しかし、そういうことなら早いうちに行ってやろう。夏至祭前にはなんとかしたいだろうしな」

「そうだね。早速明日にでも行ってみる？」

「ああ」

いつの間にか足元に来ていたルリィも、里帰りができる予感に嬉しそうだ。

その隣で「いいなぁ」というようにブロゥがぷるるんと震える。「差し支えなけりゃあブロゥも連れてってやってくれねぇか」とザックが言い添えて、こちらも嬉しそうにぽよんぽよんと飛び跳ねた。

人間二人にスライム二匹という、なかなかほかにはないパーティ編成には笑うしかないが、どこか陰鬱だった前回の旅とは違って楽しいものになりそうだ。

「あっ、そういえば」

二匹の楽しげなスライムを見下ろしていたシオリは、不意に思い至って声を上げた。

「ブロヴィートの辺りってことは、フェンリルって蒼の森にも出るってことだよね？　もしかしたらルリィ達は見たことあるんじゃ……？」

考えもしなかったが、魔獣の事情は魔獣に訊けばいいのではないだろうか。

フェンリルの特徴を伝えると、果たして瑠璃色と空色のスライムは、「見たことあるよ！」とでもいうようにぷるるんと震えた。

「えっ、本当にいるの⁉」

目を丸くする人間達を見上げて、スライム達は肯定するように再びぷるんと身体を揺する。

「……いるんだ」

「……いるのか」

「マジかよ……」

調査前に存在が確定してしまい、三人は思わず絶句してしまった。

しかし、魔獣の「証言」をそのまま調査結果として報告する訳にもいかず、二人と二匹はブロヴィート村へと旅立つことになった。

4

翌日早朝、二人と二匹は始発の駅馬車に飛び乗った。普段なら徒歩で行く距離だが、今回は夏至祭前に解決したいというブロヴィート側の事情を汲(く)み取り、当日中に着く馬車で行くことにした。

ブロヴィートまでは起伏の少ない平坦な道のりで、約四十五シロメテル。徒歩なら途中で一泊しなければならないが、駅馬車なら四時間弱だ。

「何もなければ昼前には着く。それまでのんびりするか」

いつもは混雑する駅馬車も、始発便だからか人は疎(まば)らだ。次の駅からは乗客が増えるだろうが、それまでは手足を伸ばしてゆったり座れる。ほかの乗客もそうしているように、余裕のある席を贅沢(ぜいたく)に使って座ることにした。

「二人とも、皆に連絡したの？」

里帰りにうきうきしているルリィとブロゥに訊(たず)ねると、「勿論(もちろん)！」というようにぷるるんと震えた。スライムの遠隔精神感応能力でぬかりなく連絡済みのようだ。

スレイプニルの亜種らしい多足の白馬を繋いだ二頭立ての馬車は、やがて颯爽(さっそう)と走り出した。

ルリィとブロゥは楽しそうに窓に貼り付いている。出発前に白馬から「道中の見所」を教えてもらったらしく、時折興奮したようにぽよんぽよんと弾んでいた。

「あれ、よく見たら翼がある」

折り畳まれたそれは鬣(たてがみ)とほとんど一体化していて分かりにくいが、片方の白馬の背に小さな翼のようなものがあった。飾り程度の大きさで恐らく飛ぶことはできないだろうが、それでも凛々(りり)しい白馬にはよく似合っていた。

「翼の形からすると、多分どこかでグリフォンの血が入ったんじゃないか。あいつらは硬派な見た目のわりに好色で見境がないからな」

「好色」

「とにかく軟派な性格で牝馬と見ればすぐに口説きにくるからな。棲息地に近い場所だと、馬のほとんどは先祖にグリフォンがいるとも言われているくらいだ。凄いのになると雌なら種族は問わないなんてのもいるぞ。俺も一度コカトリスを口説いているグリフォンを見たことがあるが、女好きもあそこまで極めるといっそ見事だな」

「えぇ……」

その雄々しく美しい姿は神秘性と権威の象徴とも言われ、紋章のモチーフにも多用されているグリフォン。その残念な一面を知ってしまい、シオリは微妙な気分で窓の外に視線を移す。

領都の外壁の外には、都会の喧噪が嘘のように雄大な自然が広がっている。多くの市民が野遊びに出掛ける西の森は青々と茂り、その外縁部から地平の向こうまで続く平原には色とりどりに咲き誇る野花が揺れていた。青い水をたたえた湖や大きく蛇行する川が景色に変化をもたらし、街道をゆく旅人の目を楽しませている。

豊かなストリィディアは先進国の一つでもあるが、まだ手付かずの自然は多い。精霊や魔獣の存在が、人の手を入れることを難しくしているのだ。

例えば精霊の棲み処に大掛かりに手を入れれば彼らは去り、用地の確保はできるが彼らの恩寵を失ってしまう。トリス近郊の水の精霊・ウィンディーネが棲むアイロラ湿原で例えるなら、豊かな水は枯れて植生が変わり、単なる平原と化すということだ。土地そのものが荒れることはないというが、連鎖的に周辺の環境まで変わるとなるとリスクは高い。

精霊が環境維持の重要な要素の一つとなっているのはこの世界では常識だ。精霊の棲み処を開拓するなら、召喚士を仲介役に何十年という年月を掛けて進めなければならない。各地に点在する棲み処が相互にどう影響し合っているか掴み切れない以上、下手に手を入れるよりは現状のままにしておいた方がいいと考えるのは自然なことだった。

また、結界が効かない魔獣も多く、鉄道のように長大な用地を必要とする大量輸送機関の設備を敷設することも難しい。よほどの理由がない限り彼らは群れ——即ち沢山の人間が住む町を襲うことはあまりないが、無人の設備に対しては遠慮がない。だから町中に設置する分には問題ないが、無人の区間に軌道を敷設しても破壊される確率は高い。

そういった理由から、自然環境に大きな影響を与えうる交通機関はあまり発達せず、それが結果として環境保護に繋がっているようなのだ。

代わりに発達したのが、魔獣による損害が比較的少ない道路輸送や水運だ。馬車は予想していたよりも快適で、強靭な魔獣の馬車馬はなかなかの速度で走る。この世界の船はまだ未経験だが、魔導具による充実した設備で長期間の乗船にも耐えうる造りだという。

数十年、数百年の後にこの世界がどのような発展を遂げるのかは分からないが、できることならこの美しい景色と共存できればいいとシオリは思った。

——そんなことを考えているうちに、早起きが効いたのかうとうとし始め、そしてすっかり眠り込んでしまった。

次に目を覚ましたときにはかなり時間が経っていた。いつの間にか乗客が増えてほぼ満席になっている。外の景色から判断するに、駅馬車はブロヴィート近郊を走っているようだ。

随分長い時間をアレクに寄り掛かって眠っていたことに気付いたシオリは、慌てて身を起こした。

「ご、ごめん……」

「なに、構わんさ」

気恥ずかしくなって赤面するシオリに対して、彼は満更でもなさそうに笑った。

「お陰で可愛い寝顔を堪能できたからな。道中退屈せずに済んだ」

「うわぁ……」

隙（すき）あらば愛情を伝えてくる彼の態度は嬉しくもあるが、こういった場所では気恥ずかしい。けれども、どうやら珍しい東方人とお近付きになりたい紳士を牽制（けんせい）してくれてもいたらしく、それに気付いたシオリは無意識にアレクに身を寄せた。

旅装姿の紳士は苦笑いしながら帽子のつばを軽く上げてみせた。これ以上の手出しはしないという意思表示で、それに対して目礼で返す。

ちなみにルリィは子連れ客の遊び相手をしていたようで、ぽよぷると不思議な踊りで長旅に飽きていた子供達を喜ばせていた。ブロゥはといえば老夫妻の間に収まっていて、こちらも孫のように可愛がられてご満悦だ。

やがて駅馬車はブロヴィート村に到着した。観光地であるこの村で乗客の半数が馬車を降り、降車の手続きを終えて思い思いの方向に散っていった。

「――うわぁ。本当にスライム天国になってる」

「凄いな……噂には聞いていたが、ここまでとは思わなかった」

ほんの数ヶ月前までは普通の農村だったというのに、今ではそこかしこにスライムの姿がある。

街道沿いの区画では足湯に浸かる子連れ客の子守りをしている若草色のスライムがいるし、露店では売り子の手伝いをしている橙色のスライムがいる。中央を走る大通りには観光客の道案内をしている紫色のスライムがいるし、通りの診療所では白いスライムが患者を見送っているのが見えて、目の前の光景に二人はあんぐりと口を開けた。

蒼の森のスライムがこの村と交流を始めたというのは本当だったようだ。

こちらに気付いた何匹かが「わーい来た来たー！」とでも言うように集まり始め、やがて周辺はスライムだらけになってしまった。同胞の「帰還」を歓迎してくれているようだ。

ぽよぽよぷるるんとはしゃぐスライムの集団に、道行く人々は何事かと目を瞠った。

しかしそれもすぐに笑顔に変わる。微笑ましく見守る彼らの表情からは、蒼の森のスライム達が良き隣人として受け入れられていることが察せられた。

「凄いねぇ……スライムも、ブロヴィートの人達も」

「そうだな……彼らの柔軟性と適応力には恐れ入るな」

雪狼襲撃事件で甚大な被害を受けたブロヴィートはあれから大分苦労したというが、こうして見る限りではもうすっかり復興しているようにも見えた。被害の痕跡らしきものは見当たらず、観光客の入りも悪くはない。あのときシオリが助言した足湯も定着したようで、併設の露店も盛況だった。

それだけに、不安も大きいのだろう。夏至祭を控えた今、また魔獣騒ぎが起きたら、せっかく戻った客足が再び途絶えるのではないかと恐れているのだ。

今も通りの片隅で蒼の森に視線を向け、険しい顔で何事かを話し合う人の輪ができている。そのう

ちの一人がふとこちらを見て「あれっ」と表情を変えた。

「久しぶりだねお二人さん！」

「アニカさん……！」

肩口で切った癖毛を揺らして駆け寄る女は、村の若者達の纏め役アニカだった。足湯を教えた彼女だ。アニカは弾けるような笑顔でシオリの手を取り、ぶんぶんと振り回すように握手した。

「また会えて嬉しいよ」

ほんの僅(わず)かな時間かかわっただけでよく覚えていたものだと思ったが、「スライム連れで三角帽子の東方人」は大層目立つという事実を思い出したシオリは、自己完結して言葉を呑(の)み込み、代わりに笑顔を作った。

「お元気そうでなによりです」

「お陰様でね。冒険者さんに教えてもらった足湯が思った以上に評判になってさ。お客さんは去年の今頃(いまごろ)よりも多いくらい。毎日忙しくさせてもらってるよ」

そう言って笑ったアニカだったが、すぐに表情を曇らせた。

「……だってのに、この騒ぎでしょ？　また何かあったらって皆も不安がってるんだよ」

「俺達もその件で呼ばれたんだ。カスパル殿に会ったら、すぐにも森に向かうつもりだ」

「そりゃぁ助かるよ。騎士さん達もわざわざ森に入って調べてくれたんだけどさ。そのときは特に変わったところはなかったたって言ってたけど、やっぱり……ねぇ」

調査に入れたのはたった一度。噂は広がる一方で、そのときもたまたま遭遇しなかっただけではないかと納得できない村人は多かったようだ。

「カスパルさんも思うところがあったんだと思います。調査から間を置かずにすぐ依頼してきたみたいですから」

公的機関である騎士隊が、一度結論が出た事案に対して何度も調査隊を派遣するのは難しい。そのうえ書き入れ時で部外者が普段よりも多く出入りする中、人手を割くことも得策ではないだろう。

騎士隊上層部の意向で一時的に駐在の騎士は増やしているというが、警備が手薄になった隙に、また不届き者が入り込んでも困ると不安がる村人は決して少なくはないという。

カスパルは板挟みになっていたという訳だ。

「なるほど……それはカスパル殿もさぞ困っただろうな」

冒険者ギルドへの依頼は、やむを得ないところもあったのだろう。

「そういうことなら早く行ってあげよう」

「馬車で来て正解だったな」

蒼の森出身のスライム二匹から既に得ていた「フェンリルは実在する」という結論は、混乱させるからとこの場では伏せておいた。

苦笑いした二人はアニカに別れを告げ、ぽよぽよと弾むスライム達に囲まれて騎士隊の屯所へと向かった。

5

ブロヴィート駐屯騎士隊で二人と二匹を出迎えたカスパル・セランデルは、あからさまにほっとした表情を見せた。国と民を護る騎士としては厳しく苛烈な一面もあるが、本来は人が良く穏やかな気質のようで、騎士としての責務と人情との板挟みで大分参っていたらしい。

「いやぁ早く来てくれて助かった。顔を見れば次の調査はまだかいつ頃になるんだと会う人会う人皆に訊かれて、痩せ細る思いだった」

そう言って笑った彼は一見元気そうには見えたが、よく見れば目の下に隈が浮いていた。あまりよく眠れていないらしい。

「やれ遠吠えが聞こえただの、狼らしき姿を見ただの、ここ最近は仮眠中にしょっちゅう叩き起こされてなぁ。それでも一時期よりはかなりマシにはなったんだが」

事件からしばらくの間は、些細なことで騎士隊に駆け込む村人が多かったという。それも半年が過ぎてようやく落ち着いてきた矢先に、フェンリル騒動が持ち上がったのだ。

「しかし村人達の気持ちは分かるんでなぁ。なんとか不安を取り除いてやりたいが、騎士隊としてできることは限りがある。ということで、この村にもかかわりが深いお二人にご足労願った訳だ。しかし……」

そこで言葉を切ったカスパルは、シオリを正面から見据えると不意に表情を緩めて微笑む。

「――本当に元気そうで良かった。どうしているかとずっと気になっていた」

噛み締めるように落とされた言葉には、感慨深い響きがあった。

あの雪狼襲撃事件で負傷したシオリが、過去にも事件に巻き込まれていたことを知った彼は、滞在中随分と気に掛けてくれた。あまり詳しいことを教えてくれることはなかったが、以前手掛けた事件絡みで思うところがあったのだという。

――カスパルは、シオリがかつて在籍していたパーティと深い繋がりがある事件の捜査にかかわっていた。様々な事情から詳細が公にされることがなかったその事件と、シオリによく似た状況に置かれていた被害者達の存在を、職務上の理由から当然彼が打ち明けることはなかった。

だからそれを知らないシオリは、彼が真実何を想ってそう言ってくれたのかを完全に理解することはできなかったが、心の底から気に掛けてくれていたのだということは分かった。

「お陰様で……とても充実した日々を過ごしています。それに、今とても幸せなんです」

正直な気持ちを口にすると、一瞬目を丸くした彼はやがて、何度も頷きながら微笑んだ。

「その様子だと、秒読みといったところか」

「まぁな」

言わんとするところを察したアレクがすかさず返して、カスパルはますます笑みを深くした。

「そうかそうか。そういうことならもう心配は要らないだろう。なぁ、幸せにしてやってくれよ」

「無論だ」

男同士でなにやら通じ合っている様子に、蚊帳（かや）の外になったような気がしたシオリは居心地悪く身動（みじろ）ぎした。スライム達が「まぁまぁ」と宥（なだ）めるように足元をつつく。

それを見てまた一頻（ひとしき）り笑ったカスパルは、「さて、本題に戻るか」と表情を引き締めた。

「実のところ、我々はフェンリルは実在すると見ている」

「……一応訊くが、何故実在すると思った？」

至極真面目（まじめ）に言い切った彼にアレクは問いかけ、カスパルは「おかしなことを言っているという自覚はある」と苦笑いした。そしてその視線を、窓の外から覗き込んでいるスライム達に向けた。

「二人にならら多分分かってもらえると思うが……スライムに訊いたんだ」

フェンリルの活動圏内にある蒼の森は、彼らの棲息地だ。既に良き友人となった彼らに訊いてみればよいのではないかと考えた村人は少なくはなく、同意したカスパルはその通りにした。

「私達もルリィとブロゥに訊きました。やっぱり、いるという回答でしたけど……」

「あんたはスライム達の言い分を信じたんだな」

「恐らく、貴殿らが信じたのと同じ理由だろうなぁ」

アレクの問いにカスパルは笑った。

「こいつらはもう……我らの良き相棒だよ」

いつの間にか室内に入り込んでいた紫色のスライム――騎士隊の補助要員らしい――と拳を交わし合うその様子からは、スライム達との確かな信頼関係を感じさせた。

「二人を呼んだのも、シオリ殿が蒼の森のスライムとの契約者というところにも理由がある。顔見知りのスライム連れなら、フェンリルにも話を通しやすいのではないかと思ってな」

「なるほど、そういう……」

ブロヴィートの事情に通じ、フェンリルを知るスライムを使い魔にしている現役冒険者はシオリだけだ。それが依頼人にとって都合が良かったのだろう。

「こいつらが言うにはそのフェンリルに害はないらしい。が、さすがにその言い分をそのまま報告する訳にはいかんのでなぁ」

こちらの結論とほとんど同じだったことに、二人は思わず噴き出してしまった。

一部の魔獣は人と共存関係にあるとはいえ、それを情報提供者として報告するには難しいだろう。

「二人に頼みたいのは三つだ。まず、人間の目で存在を確かめておきたいというのが一つ。それから本当に害意がないのかどうかの見極めが一つ。そして可能なら……まぁ、これは強制ではないが……幻獣という名の通りにこれまで存在が確認されていなかった新種の魔獣なのか、それとも何かの変異種なのかを調べてもらえればありがたい。勿論これは難しいだろうが、体毛の数本でも持ち帰ってもらえればありがたい」

「おいおい、なにやら難易度を一気に上げてくれたぞ」

苦笑するアレクに対して、「だから可能ならという話だ」とカスパルは肩を竦めた。

「三つ目はできればでいいんだ。とにかく実在が分かりさえすれば、騎士隊からも人が出しやすくなるのでなぁ」

「なるほど、体のいい斥候役という訳か」

「そう虐めてくれるな……図々しいことを頼んでいるという自覚はあるんだ」

アレクはにやりと笑い、カスパルは困ったように頭を搔きながら苦笑いした。

「予算の都合上報酬を増やすことはできんが、村からの分がいくらか上乗せされる。あとは気持ちばかりだが、村一番の宿を手配してあるそうだ。なんなら私からは足湯と牛串もサービスするぞ」

「サービスで足湯と牛串……」

報酬として妥当なのかは正直かなり疑問だったが、元より断るつもりのなかった二人は、「言い値」で引き受けることにした。

「ありがたい。今後何か困ったことがあれば、できる限り融通を利かせる。まぁ、これも私個人の裁量にはなるがな」

感謝と罪悪感をない交ぜにしたような表情のカスパルに見送られた二人は、ルリィとブロゥを案内役に、早速蒼の森へと出発した。

6

蒼の森の最深部から繋がる低山地帯の最奥にある岩山を、人々はノルスケン山と呼んでいる。

帝国領時代には月魔鉱鉱山だったが期待したほどの産出量はなく、開発初期の段階で早々に放棄された。廃山となってからおよそ二百五十年。当時の鉱山村は廃墟となって久しく、崩れた石垣や小屋の土台らしきものが僅かに当時の面影を残すのみだ。

国内で初めてフェンリルの姿が目撃されたのも、このノルスケン山だ。帝都から派遣された役人が夜回り中、満月を背景にして岩山に立つ姿を見た――という記録が当時の日誌に残されている。

以来、旧帝国の伝説の魔狼は、その後も時折人々の前に姿を現しては消えるということを繰り返していた。周期はおよそ数年。幻獣と呼ばれるものとしては頻度は高い。

「そっか。フェンリルって帝国の幻獣だったんだ」

「ああ。世間一般には大陸北部の幻獣だとされているが、もともとは帝国発なのさ」

専門家の話では、王国内でフェンリルの噂が立つようになったのもその頃からで、それ以前の記録はないという。

「だから、作り話に端を発する都市伝説と考える研究者も少なくはない。神話の英雄を初代国王とする帝国では、神話っていうのはかなり重要な位置付けでな。だからその役人も、本当は雪狼だったところを、神話のフェンリルを見たと言って注目を集めたかったんじゃないかと」

「承認欲求を満たすための嘘だったってこと？　ありがちだねぇ……」

「まぁな。しかしノルスケン山は荒れた岩山で、森林地帯に棲む雪狼には環境が合わないんだ。だから、外国産の狼型魔獣が棲み付いたのかもしれないと考える奴（やつ）もいる」

「なるほど。今まで誰か調べたりとかはしなかったの？　そんなに何度も目撃されてるなら、骨くらいは見つかりそうなものだけれど」

「勿論、研究者が何度か調査したことはある。が、あの山は雪待鳥（ゆきまちどり）の一大営巣地でな。餌（えさ）にした魔獣や家畜の骨がごろごろ転がっていて、全ての骨を拾い集めて丹念に調べるくらいの気概がないと難しいんじゃないかって話だ。俺も何度か行ったことはあるが、もはやスケルトン山と呼んだ方がいいんじゃないかっていう有様で、好んで行くような場所ではない。早々に鉱山が閉鎖されたのも、本当はそれが理由なんじゃないかって噂もあるくらいだ」

「そ、そうなんだ。でも、少なくともルリィ達はいるって言ってるんだし、何かはいるんだろうね」

　そう言うと、先導するルリィとブロゥがぷるるんと震えた。

　いくつかの質問を繰り返して彼らから訊き出したところによると、人間がフェンリルと呼ぶ魔獣は気難しい性質でスライム達の前にも滅多には現れず、雪狼に訊いても「あれは雪狼に非（あら）ず」ということで、結局何ものなのかはルリィ達にもよく分からないのだそうだ。

「害はないが、よく分からない……か。まぁ、だからこそ俺達がこうして足を運んでいる訳だが」

「というか、そんなものにそう都合良く会えるかなぁ」

　ルリィ達でさえ気難しいと思うのだから、人間を相手にしてくれるかどうかは疑問だ。数年おきに人里近くに現れるのにもこれといった意味はなく、気紛れでそうしているだけかもしれないのだ。

「それに、そんな奴が気前よく体毛をくれるのかという問題もある」

「だよね」

　ぷるるん。

　呼応するようにルリィとブロゥも震えて、二人は思わず噴き出してしまった。

　そうして雑談しながら行くうちに、散策道の最奥にある広場に辿り着いた。旅人や観光客がベンチに腰掛け、弁当をつつきながら幻想的な蒼白い森を眺めている。

「結構人がいるねぇ」

「ああ。噂通りだ。もうすっかり客足が戻ってるんだな」

　フェンリル騒動を知らない訳ではないだろうが、立ち入り規制のようなものもなく、彼らもあまり気にした様子もなく森林浴を楽しんでいるようだった。

　見張りの騎士が立っているということもあるが、この広場にもスライムの姿があって、そののんびりとした様子が安心感を与えているようにも思えた。

「うーん、すっかり馴染んじゃってるね」

「だな」

　ルリィとブロゥが同胞との再会をぽよぽよと喜び合う様子は可愛らしく、やはりここでも人々はそれを微笑ましく見守っていた。彼らは観光客にもすっかり受け入れられているようだ。

「……それはそれとして、今回は柵を越えて森に入るには少々人目があり過ぎるな」

　強制力はないが、一応は魔獣棲息域への立ち入りを禁じる立て札がある。沢山の人目がある中、立て札を無視して柵を越える勇気はさすがになく、結局人気のない場所まで引き返すことになった。

ルリィとブロゥも、「仕事」を終えてからゆっくり旧交を温めることにしたようだ。同胞にひととき の別れを告げ、しゅるりと二人の足元に戻ってきてくれた。

「こっちの都合に付き合わせちゃってごめんね」

そう言うと、二匹は「気にしないで」と言うようにぷるるんと震えた。

散策道を引き返して人気が途切れたところを見計らい、急いで柵を越えて足早に森の奥へと分け入っていく。

「ここ一週間は頻繁に街道沿いや村外れに姿を見せているようだから、まだこの近辺にいるはずだというのがカスパルの見立てだったたな」

「うん……といっても、そのフェンリルが一体だけならだけど」

「これまで痕跡すら見つかっていないんだ。群れるほど繁殖しているとも思えんが、どうだろうな」

ルリィとブロゥによると、これまでに会ったフェンリルは全て別個体だったということだった。それらは全て単独行動で、群れでいるところは一度も見たことがないという。

「いやもうこれ、専門家連れてきて蒼の森のスライムに案内してもらった方がいいんじゃないかって気がしてきた」

「奇遇だな。俺もだ。しかし村の連中は、夏至祭が始まるまでに安心材料が欲しい訳だからな。専門家を呼ぶとなるとそれなりに時間は掛かる。結局は俺達の誰かが行かされることになるだろうな」

「そっか。まぁ、そういうときのための冒険者なんだものね」

「その通りだ」

冒険者は騎士隊が取りこぼした仕事を請け負うことが多い。それが理由で、他国では冒険者を騎士の下位互換のように見る傾向がある。しかしこれはまだいい方で、ならず者予備軍とさえ見る風潮が根強いらしい。

だから、相互に良い関係を築いているストリィディア王国は特殊なのだ。王国人の寛容な気質がそうさせているというのもあるが、冒険者ギルド発祥の地として、組織が上手（うま）く機能しているからというのも大きいという話だった。

そのギルド所属の冒険者と、支部を預かるマスターから危害を加えられたシオリとしては、思うところも多分にある。けれどもそれこそ特殊な事情で、事件が明るみに出てからの対応は早く、不正で受け取れなかった分の報酬は全て支給されたし、王都の本部からも調査員が来たほどだった。

だから組織としてかなりまともな方には違いない。

「これからも良い関係でいられるように、私達も頑張らないとね。騎士の知り合いも増えたし」

「そうだな。だがまあ、頑張るのはほどほどにな。お互いに」

「ふふ……うん」

騎士隊に集められた目撃情報やルリィとブロゥの「証言」を基に、過去にフェンリルが現れた場所を探しながら森の奥まで踏み込んでいく。ところどころに騎士隊が野営したらしき痕跡があった。

「なるほど。くまなく探したんだな」

「うん。それでも見つからなかったんだね」

頻繁に姿を現すわりには痕跡がないというのは確かなようで、時折糞（ふん）や体毛が見つかることもあったが、どれもこれも既知の魔獣のものだった。

「スライム達が言う通り実在するのなら、これほど痕跡を残さないのはよほど警戒心が強いんだろうな。特定の場所に巣を作る習慣もないのかもしれない。が、いかんせん調査範囲が広すぎる」

ノルスケン山までは距離があり、その下の低山地帯から蒼の森までを含めると広大な範囲になる。本格的に調査するとなれば、大掛かりな調査隊を投入しなければ発見は無理な話ではあった。

これまでのところ、それらしき痕跡は何一つ見当たらない。探索魔法にも幻獣の反応はなかった。

これは今回も不発か。

そんな予感をひしひしと感じ始めたそのとき、不意に周囲の空気が変わった。ぴんと張り詰めたような緊張感。小鳥の囀り(さえず)が途絶え、木の葉のさざめきと清流の水音が聞こえるだけになった。

——何かが来る。遠くから何かが近付いてくる。

「……探索魔法に反応があった。敵意はない、けど、何か少し変わった気配」

雪狼の気配にも似ているけれど、同じものかと言われると断言はしがたい。そんな静かで不思議な気配だった。

——そしてそれはやがて、白い木々の合間から姿を現した。

7

純白の葉に白い樹皮の白雪樹の木々と、白や乳白色の草花で占められた下草が生い茂る森は、ほとんど白一色。それらが落とす影は蒼白く、ゆえにこの森は「蒼の森」と呼ばれている。白と蒼で構成された森全体がキャンバス地のようで、それ以外の色彩を持つものが紛れ込めば一目で分かる。

だからシオリも、「それ」が木々の合間から姿を現したことにはすぐに気付いた。

まるで白地に落ちた紫色の染みのようにも思えたそれは、近付くにつれて大きな獣の形を成した。

淡い紫色の体毛に覆われた巨大な狼は、悠然と歩いてくる。その視線は真っすぐにこちらを捉えていた。もはや逃げられる距離ではなかったが、ルリィ達が害はないと言ったその通りに敵意は感じられなかった。

「……凄い。本当にいた」

「……ああ」

全体の造形は雪狼に近い。しかし体長二・五メテルほどもある立派な体躯、陽光を透かして紫水晶のように煌めく体毛、知性を感じさせる金色の双眸を持つ姿には王者の風格があった。それどころか独特の色香さえ漂い、その美しさに圧倒された二人は魅入られたようにその場に立ち竦んだ。

――やがて獣は足を止めた。およそ十メテルの距離で、二人と獣は見つめ合う。

「姿を見せるだけで滅多には近付いてこないっていう話だったのに、こんなあっさり……」

近付いてきたということは何か考えがあってのことなのだろうが、シオリに魔獣の考えは分からない。代わりにルリィが、やや遅れてブロゥがぽよぽよと「フェンリル」に近付いた。

ぷるぷる。

ぐるるる。

ぽよよん。

魔獣同士でなんらかの会話が行われたが、それもごく短い間のことだった。

それまで距離を取って様子を窺うようでもあった「フェンリル」が、再び二人との距離を詰めた。

「ア、アレク」

敵意はないのだろうが、初見の巨大な獣にここまで接近されてはさすがに警戒心が勝った。けれども肝心のアレクが動かない。それどころか、それまで剣の柄に掛けていた手がゆっくりと下ろされる。

「アレク……？」

「――凄いな」

嘆息交じりの短い呟きには、感嘆の響きがあった。

「これは確かに敵ではない。これまではいまいちピンとこなかったが、今ようやく理解できた。きっとお前やニルスもこんな気分だったんだろうな」

主語はなかったが、その台詞(せりふ)から全てを察したシオリは息を呑んだ。

「それって、もしかして」

異種族の友。魂の番(つがい)。

特定の人物と強い繋がりを持つ魔獣を、この世界の人々はそう呼ぶことがある。人とは異なる理に生きる魔獣は、どれほど友好的であろうと根底の部分で人類と相容(あいい)れないとされているが、魔獣の中にはそういった垣根さえ飛び越えてくる個体が時折現れる。「友」や「番」となる人物がその個体に出会うと、強く惹(ひ)かれるような感覚に陥るという。

シオリもそうだった。初めてルリィに会ったとき、これは敵ではない、友だと強く思ったのだ。

――長い歴史の中で大きな発展を遂げた人類は、ここに至るまでに自然界で生き延びるための能力のいくつかを失った。その中の一つに、異種族と意思疎通を図る能力があったという説がある。

過酷な自然環境で種として存続するためには、敵対するばかりでなく住み分けや共存も必要。ゆえに、この世界の生物が進化の過程で得たのがこの能力だ。

異種族と対話して双方の合意のもとに縄張りを分け、あるいは縁を繋いで共存することで、脆弱でありながらも存続してきた人類。世界各地に数多くの異類婚姻譚が残されているのも、この名残ではないかと唱える学者もいる。

しかしその能力を失ったのは人類ばかりではなかった。多くの生物がそうであったように、進化と退化を繰り返して細分化が進む生物の歴史の中で失われていき、限られた条件下で特定の個体のみに発現する能力となった。その条件を満たす個体同士が邂逅を果たしたとき、強く惹かれ合うのだ――というのが現在の通説となっている。

「異種族の友」が人と魔獣の組み合わせである場合、その出会いの多くが魔獣側からの接触で成立しているのは、人が自然から離れて独自の理の中に生きるようになってから久しく、その他の生物に対する感度が鈍いからとされている。

無論諸説あり、詳しいことは未だ解明されてはいない。しかし、異種族の特定の個体と深い結び付きを持つものは確かに存在する。シオリとルリィ、ニルスとイールがそうであったようにだ。

(そういえば、この間の新聞記事にも載ってたっけ。陛下も桃色のスライムを初めて見たとき、凄く惹かれる感じがしたって)

この説にはお伽噺的な要素も多く、この世界の出身ではないシオリにこれらの説が当てはまるかどうかも疑問は残る。しかし大多数が魔獣側の感性に頼った現象であるならば、案外人間側の事情はあまり関係ないのかもしれないともシオリは思っている。

あるいはやはり、この世界があちらの世界と歴史の根が同じということを示しているのかもしれないが、それは途方もないほど壮大な話だ。それを確かめる術は今のシオリにはないし、今後この世界が発展を続けるうちに解明されるかどうかも分からない。

ただ、ルリィという異種族の友と出会えたことは、シオリにとっては間違いなく幸運なことであったろう。命の恩人で、この世界で得た心から信頼できる友の一人なのだから。

アレクもまた、そんな「友」に巡り合った。それがまさか、幻獣と呼ばれるものだとは予想もしなかったけれど。


「――なんとも不思議な感覚だな。なんというか……同士を得たような気分だ」

かつてシオリが瑠璃色のスライムにそうしたように、アレクはごく自然に「フェンリル」に手を伸ばした。

「撫でてもいいか？」

彼の問いに、紫の獣は喉を鳴らした。まるで「構わないわ」と言っているかのようだった。そのまま大人しくアレクに撫でられている。

「毛並みがいいな。まるで絹のようだ」

よほど手触りがいいのか、彼は撫でているうちに頬擦りを始めた。そのままもふもふの中に顔を埋めてしまいそうになっているのを見て、どことなく荘厳な雰囲気に呑まれていたシオリはさすがに冷静になった。

「……ね、アレク。触れ合いは一旦切り上げて、まずは用件を済ませてしまおう？」

シオリの言葉にアレクも我に返ったようだ。

その獣も「いつまでそうしているつもりなの」と言いたげに胡乱（うろん）な目で彼を見下ろしているし、ルリィは揶揄（からか）うように足元をぺしぺしとつついている。

ちなみにブロゥは、興味津々に幻獣の周りをうろついて、珍しい生き物を存分に堪能していた。

「あ、ああ、そうだな。その、なんだ。この近くの村の連中がな。お前に害がないことはスライムから聞いて分かってはいるが、一応の安心材料が欲しいらしいんだ。お前には人間に手出しをする気はない、というのは信じていいか？」

人に興味があるらしい素振りを見せながらも、これまで人を含めた多くの生物と深くかかわることを避けてきたこの幻獣に、言葉がどれだけ通じるのだろうか。ちらりとそんなことを思ったが、その心配は杞憂（きゆう）だったようだ。

異種族との意思疎通を図る能力があったというのも、あながち嘘ではないのかもしれない。少なくとも魔獣の中には、明らかに人間の言葉を解するものがいる。この幻獣もまたそうに違いなかった。

果たして、美しい魔獣は「勿論よ」と言わんばかりに喉を鳴らした。

「そうか、それは良かった。しかしそうは言っても困ったな」

一度は安堵（あんど）したアレクも、眉尻（まゆじり）を下げてシオリを振り返った。

「俺達ばかりが理解していてもあまり意味はない。それをカスパルやブロヴィートの連中にどう証明するかだ」

「そう……だね。うーん……」

「さて……どうするか」

二人で考え込んでいると、足元のスライム達と「フェンリル」は、またなにやらぽよぽよぐるるると会話を始めた。しかしすぐに「話」はまとまったようで、ルリィが当たり前のように「じゃあ行こうか」というような仕草をした。

「え、いきなり連れていくの？　大丈夫？」

「一番手っ取り早いが、今あの村は狼に対してかなりの警戒心があるからな……しかし、そうだな」

アレクも悩むようだったが、やがて意を決したように頷いた。

「とりあえず近くまで連れていこう。村からは見えない場所でカスパルに確かめてもらえばいい」

不安がない訳ではない。けれどもスライムという魔獣と共存を始めたあの村なら、もしかしたら、あるいは。

「お前も一緒に来てくれるか」

アレクの問いに、幻獣は「わふっ」とも「ぐふっ」ともつかない声を出した。了解の意らしい。そして鼻先を押し付け、先を促すようにしてアレクの背を押した。

「おいおい、なんだ、気が早い奴だな。案外俺に会うためにうろついていたんじゃないか」

そんな彼の冗談をどう思ったのかは分からないが、紫の獣は否定とも肯定ともつかない唸り声を上げ、大きな尾でぺしりと彼の背を叩いた。

(――ああ、これは多分……)

彼らの様子を見たシオリは覚った。

(きっと、一緒に帰ることになるんだろうな)

シオリとルリィのように、友、あるいは家族としてだ。

そしてその予想は、間もなくその通りになった。

8

村に戻る道すがら、アレクは「フェンリル」に質問して正体を訊き出そうと試みていた。

どこから来たのか。どこに棲んでいるのか。そして何ものなのか。

勿論言葉を話すことができない、それも初対面の魔獣から話を訊き出すのは容易ではなく、どうやら蒼の森奥地で生まれたこと、ノルスケン山近くに棲んでいたことがようやく分かった程度だった。

当たり前といえば当たり前なのだろうが、肝心の「何ものか」についてはほとんど分からず、「フェンリル」も自らの出自に関しては何か思うところがあるのか、はぐらかすような仕草を見せるだけに留(とど)まった。あるいは、自分でもよく分かっていないのかもしれない。

最新版の携帯魔獣図鑑の頁(ページ)を指し示して訊いてはみたが、やはり反応は曖昧(あいまい)なものだ。

「色と大きさを除けばほぼ雄の雪狼と言って差し支えない……が、さすがに専門家ではないからどうとも言えんな、これは」

「そうだねぇ……」

ブロヴィート村には雪狼に詳しい老人がいたはずだ。彼なら何か分かるかもしれない。

観光客と鉢合わせしないように散策道を避け、ルリィとブロゥの案内で森の中を歩いていたシオリ達は、村に近い場所で立ち止まった。低木の枝が大きく張り出して視界を遮ってくれる場所を慎重に選び、その陰に身を隠す。

「どうする？　私が呼んでくる？　それともルリィにお願いする？」

「そうだな……」

少しの間思案していたアレクは、「ルリィに頼もう」と言った。

「俺達は村人にも顔を覚えられているからな。お前や俺が一人で戻るとかえって目立つかもしれん。ここはルリィに行ってもらうことにしよう」

今のあの村なら、スライムの方が目立たないだろう。

破った手帳の頁に事情を説明する文を認めてルリィに託すと、任せろと言わんばかりにぷるんと震え、瞬く間に森に紛れて見えなくなった。

カスパルを待つ間、「フェンリル」は地面に座って大人しくしていた。その周囲をブロゥがうろうろとしている。許しを得て美しい毛並みに触れたり、大きな爪(つめ)を眺めたりしているようだった。昆虫好きだという話は聞いて知っていたが、もともと生き物全般に強い興味があるのだろう。

「知的生命っていうと人間だけみたいな風潮だけど、こうして見てると魔獣も喋(しゃべ)らないだけで普通に知性があるんだなぁって、改めて思うよ。どう考えたって意思疎通ができてるもの」

「ああ。何をもって知的生物とするかはまだ意見が割れているようだが、そもそも魔獣や精霊に関しては、動物の常識に当てはめられないところも多いからな。まず、人間を生物の頂点に置くこと自体が間違っているんだろう。確かに高い文明を築いているのは現状人間だけなんだろうが……」

現状、と彼が敢(あ)えて言ったのには一応の理由がある。

かつては人類以外にも独自の言語と文明を持った生物がいた。ゴブリンやオークなどの二足歩行の魔獣だ。

　しかし人を襲って喰らうばかりか、繁殖のために人間の娘を攫って狼藉を働くなど、人類にしてみればあまりにも危険で、到底共存を考えられる相手ではなかった。だから、文明が発展していく過程で「駆除」が進み、今ではほとんどの種が絶滅したという。

　ゴブリンは約九十年前に赤道付近で二体が駆除されたのを最後に目撃情報が途絶え、絶滅宣言が出されている。トロールやオークなどは高緯度地方でまだ少しは生き残っているが、こちらもおそらくあと数十年のうちに絶滅するだろうということだった。

「稀に友好的な個体もいたという話もあるが、交流もあまり長続きはしなかったようでな」

　似たような文化を持ちながら、肝心のところであまりにも価値観が違い過ぎた。それを嫌悪した人類によって滅ぼされてしまった。

　――彼らは生存競争に負けたのだ。

「そっか……」

　その是非についてはシオリには分からないし、言うべきでもない。もしかしたら時代が進めば愛護団体が騒ぐようになるのかもしれないが、結論は永遠に出ない問題だろうなとシオリは思った。

「お前の故郷ではどうだった？　知的生命はほかにもいたのか？」

「現存してるのは私達の種族だけみたいだよ。何十万年も前にはほかにも人類がいたけど、色々あって絶滅したみたい。亜人とか魔獣とかもいなくて、普通にお伽噺の中だけの話だったな」

「そうか……だが、似ているところも多いというのは面白いな」

「うん。向こうでは空想上のものだった生物が、こっちでは普通に存在してたりもするし……だから元々は同じ世界で、歴史のどこかで分岐したんじゃないかなとか、そういうふうに思ってるよ」

自分が世界を渡った理由が分かるときが来るだろうか。そして並行世界の存在がいつか解明されて、二つの世界が交わるときが来るだろうか。

――いつか。

もう自分が生きているうちには無理だろう。でもいつかはそんな時代が来たらいい。自分にそれを知る機会が一生来なかったとしても、遠い未来の誰かが解明してくれたら嬉しいとシオリは思う。


そうして二つの世界に想いを馳(は)せているうちに、茂みの向こうからルリィが姿を見せた。やや遅れてカスパルと村長、そして老人が顔を覗かせた。雪狼襲撃事件のとき、馬車に捕らえられていた雪狼を調べてくれたあの老人だ。引退した腕利きの猟師で、雪狼の生態には詳しいということだった。

「いやぁ……体毛の数本もあればとは言ったが、まさか本人を連れてくるとは思わなかったぞ」

この展開にはカスパルもさすがに肝を潰(つぶ)したらしく、王者の風格漂う「フェンリル」にじっと見つめられて、「や、これはわざわざご足労いただき大変恐縮で……」などとしどろもどろに言い、胡乱な目で見られていた。

村長はといえば目を丸くしたまま硬直している。こちらもやはり驚いたらしい。

唯一冷静だったのがビョルクと名乗った元猟師の老人で、「おお……こいつぁ見事なもんだ」と魔獣の前に膝を突いた。

身体検査を受ける間、「フェンリル」は大人しくしていた。ビョルクの態度が敬意あるものだったというのもあるだろうが、敵意はなく温厚というのは本当なのだろう。

やがてビョルクは「俺ぁ学のある専門家の先生様じゃねぇってことを前提で聞いてもらいてぇが」と前置きしてから言った。

「顔付き、骨格、足と爪、尾の形からして、若ぇ雪狼の雄でほぼ間違いはなかろうと思うぜ。だが、こんな毛色の奴ぁ見たことがねぇ。変異種……かもしれねぇなぁ」

少なくともこの場で出せる結論は、概ねアレクの推測と同じだった。

「しかし本当に雪狼だってんなら、お前さんが一頭でいる訳も大体察しがつくぜ。お前さん、群れに馴染めなかったんだな。あるいは——群れを追われたか」

ビョルクの問いに「フェンリル」は明確な答えを示さなかった。ただ、僅かに垂れた耳と尾、そして目を伏せるような仕草が無言の肯定をしているようにも思えて、パーティから追われた過去を重ね合わせたシオリは少し呼吸が苦しくなった。

——雪狼は仲間意識が強い魔獣だ。数十頭の大きな群れを形成し、厳格なルールに従って秩序を保ちながら共同生活する社会的な生物。それゆえに群れの存続を脅かしかねない「異物」には神経質なほどに敏感で、秩序を乱す存在には容赦がない。

「何しろでけぇ群れを作る連中だ。ちょっとの乱れが命取りにもなりかねねぇ。だから秩序が乱れることを何よりも嫌うのさ。そのせいなんだろうなぁ。例え同族だろうと、少しでも可能性がある奴にはどこまでも厳しいのさ」

逸れ狼の大半はそうして群れを追われた個体だ。基準は群れごとに多少違うようだが、性格的に集団生活に向かない個体や、何らかの理由で外見が異なる個体は確実に追放の対象となるらしい。

雪狼がルリィの問いに「あれは雪狼に非ず」と答えたのは、きっとそういう訳だったのだろう。

「特にこいつぁこの見てくれだ。どこの群れでも敬遠されたに違いねぇ。とすりゃあ、雪狼が棲むにゃあ条件の悪いノルスケン山が棲み処だったたってぇことにも説明がつく。いくつもある縄張りから外れる場所っていやぁ、この辺じゃあの山しかねぇからな」

この地域に棲息する雪狼の個体数を考えれば、変異種の数もそれなりにはなるはずだ。そんな彼らが居場所を求めて彷徨って（さまよって）いたのであれば、一帯でフェンリルの姿が定期的に目撃されているのも、それほど不思議なことではなかった。

――アレクは随分長いこと黙っていた。彼もまた、貴族社会に馴染めなかった自らの境遇を重ねたのだろう。

「フェンリル」にそっと近寄った彼は、「お前も苦労したのか」と声を掛けた。

紫の獣は小さく唸り、大したことじゃないわというように尾を振った。

黙って寄り添う彼らには近寄り難く、それでも放っておくことができなかったシオリは恋人の背に触れた。

「……アレクの判断に任せるよ。何か考えがあるなら、したいようにしていいと思う」

ルリィもまた「自分も」というように彼の足元をぺたぺたと撫でる。

二人を振り返ったアレクは「ありがとな」と微笑んだ。そして再び「フェンリル」に向き直り、その金色に輝く瞳を真っすぐ見据えて言った。

「――色々あっただろうが、これからは一人じゃない。お前さえ良ければ一緒に来るといい。シオリもルリィも構わないと言っている。だが気が乗らなければそれでもいいんだ。その代わりにまた会いにくる。どうだ」

提案という形の問い。

しかし敢えて人間の前に姿を現し、ここまでほとんど無条件で付いてきたこの魔獣のことだ。言われずとも初めからそのつもりだったのだ。

一歩踏み出した獣は、その鼻先をアレクの頬に摺り寄せた。答えの代わりなのだろう。

「そうか。一緒に来るか」

嬉しそうにアレクは笑った。

完全に蚊帳の外になっていたカスパルは、ここでようやく我に返ったようだ。

「連れていくのは構わんが……」

「なんだ、それは構わんのか」

冗談めかして言ったアレクに、「ここまできて反対もできまいよ」とカスパルは苦笑いした。

「しかしまだ正体が確定した訳ではないし、さすがに混乱は免れんだろう。騎士隊としてもこのままどうぞという訳にもいかん。まずは使い魔契約をすることが大前提だ。そしてギルドを通して当局に報告した後、必ず専門機関の調査を受けること」

目配せしたアレクに、美しい獣はしばし考えた後に「ヴォフッ」と答える。思うところはあるようだったが、人間のルールには従うという意思表示をしてくれた。

それを見たカスパルは、硬直したますっかり置物と化していた村長を振り返った。

「村長、気を確かに。で、村へはどう報せますか」

「……ああ、そう、そうですな。我々としては村に害さえなければそれで良いのです。村の者達にはそのように伝えましょう。しかし、ビョルクさんの意見も伺っておきましょうか。どう思います」

「いいと思うぜ。この御仁にも敵意はねぇ。まぁ、村が雪狼に襲われたのだって、元はといえば人間様が悪かった訳だしな。こっちが馬鹿（ばか）やらかさねぇ限り、滅多なことにゃあならねぇだろうよ」

古老の言葉は、五十絡みの村長を納得させられたようだ。

「なんならいっそ、見せてやってもいいんじゃねぇのか。実体が分からねぇってのは不安のもとだ。少なくとも猟師連中なら、一目見りゃあ害があるかねぇかの判断はできるはずだぜ」

「俺としてはあまりこいつを見世物にするような真似（まね）はしたくないが……」

しかしどうあってもこの姿は目立つ。連れていくというのなら、しばらくの間注目されることは避けられないだろう。

魔獣社会にあっても同じだったのか、今更だわというように獣は低い唸り声を上げた。何もかも承知の上で、この魔獣は人里へと下りてきたのだ。同族に受け入れられないのならいっそ、外の世界に飛び出すつもりでいたのだろう。

アレクは鞘（さや）から愛剣を引き出し、指先を押し付けて小さな傷を作った。ぷっくりと膨れた赤い水玉を獣が舐め取る。

体液の授受によって成立する使い魔契約は、魔獣にとってはある種の婚姻関係、もしくは親子関係を結ぶ行為に等しいとされている。ゆえに彼らは体液を分け与えられた人類に従うのだという見方もあるが、精神的にはほぼ対等な存在だ。体液を口に含むという行為自体、積極的合意がなければ成立しないからだろう。

ともあれ、彼らは無事契約を成立させた。こうすることで一応の安全宣言代わりとなるだろう。

「名前は……そうだな。ヴィオリッドなんてどうだ。愛称はヴィオだ」

それは王国に古くから伝わるお伽噺の騎士の名だ。王の素質がありながらその座に決して就くことはなく、雪菫が咲き乱れる美しい故郷を護ることに生涯を捧げた孤高の、しかし多くの人々に愛されたヴィオリッド。

その名を与えられた獣は、「悪くないわね」というように流し目をくれた。

「ほう、雪菫の騎士か。なるほど、良い名じゃないか」

「にいさん、なかなかいいセンスじゃねぇか。王者の風格と慈愛を感じさせる目を持ち合わせたこいつにゃあ、ぴったりの名だ」

口々に称賛と祝福の言葉を述べる男達に、ヴィオリッドは気分を良くしたようだ。満足そうに鼻を鳴らしたヴィオリッドは、礼を言うように鼻先をアレクの頬に触れた。

人々と連れ立って森を出る直前、不意に振り返ったヴィオは、たった一度だけ咆哮(ほうこう)を上げた。

よく通る遠吠えが蒼の森に響き渡る。

群れを追われた逸れ狼への返答は、何一つ返ってくることはなかった。

しかし、その代わりに二頭の若い雪狼が木々の向こうから姿を見せた。

兄弟だろうか。それともかつての同胞だろうか。その正体まではシオリには分からなかったが、黙ってこちらを見つめる視線には親愛の情が感じられた。

彼らはしばらくの間見つめ合っていた。やがて一頭が背を向けて茂みの中に姿を消し、やや遅れてからもう一頭もまた走り去っていった。

交わす「言葉」のない、静かな別れ。

「……孤独であっても、こいつにもちゃんと理解者がいたんだろうな」

「……うん」

向こうが吠え声の一つも上げなかったのは、群れでの立場を考えてのことだろう。それでもこうしてわざわざ見送りに現れたのは、情があるからに違いなかった。

「行こう、ヴィオ」

アレクが促す。「ヴォフッ」と短く吠えたヴィオリッドは、今度は振り返ることなく歩き出した。

――森の魔狼の旅立ちはその後、ノルスケン山のフェンリルの伝承に結論を与えることになった。

これは幻獣に非ず。

遥か遠い昔、絶滅した魔獣と交雑していた雪狼の、先祖返りした個体である、と。

9

一年で最も日の長い季節を迎えたブロヴィート村は多くの人で賑わい、かつてない活気を見せていた。夏至祭を控えて村の至る場所に屋台が立ち、旅人や村人達の気を引いている。

シオリの知識を元に作られた足湯も盛況で、二十時を過ぎても明るい空の下、足の疲れを癒しながら牛串を片手に蒼の森を眺める入湯客で賑わっていた。

特に賑わいを見せていたのは広場の一角だ。

騎士隊長カスパルからの「報酬」の串焼きを頬張るシオリとアレクの背後には、同じく新鮮な肉を振る舞われて食事を楽しむ使い魔達がいる。

この使い魔の一頭、紫水晶のように煌めく美しい獣が注目を集めているのだ。

襲撃事件の記憶が蘇(よみがえ)ったのか、村人の半数は怯(おび)えたように遠巻きにしていた。しかし半数は間近で興味津々に眺めている。初めこそ恐れを隠しもしなかった彼らも、知性と気品を感じさせる佇(たたず)まいに警戒心を解いたのだ。

森の魔狼の訪問は、概ね歓迎されているようだった。もっとも、「これで懸念事項がなくなった」と安堵する気持ちも少なからずあったに違いない。

森の魔獣をよく知る猟師などはすっかり気を許したようで、今はヴィオリッドを囲むように座ってその「身の上話」を聞いていた。と言っても実際話しているのは人間の方で、ヴィオリッドは質問に対して是か非で答えるだけだ。

たったそれだけのことではあったが、生まれ落ちてから現在に至るまでまともに相手をしてくれたのが親兄弟だけだったヴィオリッドにとっては、得難い貴重な体験でもあった。大勢にこれほど好意的な待遇を受けたことなど、生まれてこの方ただの一度さえなかったのだから。

「そうかそうか。お前さんも苦労したんだな」

「攫われた嫁さんを一族郎党で取り戻しにくるほど気性の激しい奴らだからなぁ。あの勢いできつく当たられちゃあ堪(たま)らんだろうよ」

「ひでぇ話だが、まぁ、人間も似たようなもんだからな。あんまり偉そうなことも言えねぇが」

世の中分からぬものだとヴィオリッドは思う。まさか己の理解者が、大いなる自然の理から外れて久しい異種族であったとは。

――ヴィオリッドは、蒼の森の片隅で生まれた。

両親は森最大の群れの頂点に立つ番であった。

五年ほど前に初の子となる三匹の赤子を産み落としたが、そのうち一匹の毛色が明らかに違うことに気付いた彼らは、この異端の赤子を追放することに決めた。群れを率いる立場では、異分子となり得る我が子を容認することができなかったからだ。

雪狼には、時折こうして紫の体毛と金の目を持つ赤子が生まれる。遥か昔に交雑して生まれた祖先の血が色濃く出た結果のことだったが、外敵の標的になる目立つ個体を群れに置くこと自体が危険であると、その多くは追放された。

それでも両親は我が子を憐れんでか、しばらくは手元に置いてくれた。彼らはせめて成熟するまではと考えていたようだったが、同時に生まれた兄弟よりも遥かに育ちが早く体格が良いこの赤子が、内面にも問題を抱えていることに恐怖を覚えた同胞の反発は大きく、結局乳離れ後まもなく追放されることになった。

しかし体格は成体並みであっても、内面はまだ幼子。ゆえに生き延びられるかどうかはほとんど運だ。狩りもできずに飢えて死ぬか、ほかの魔獣に喰われて死ぬか。あるいはこれが可能性としては最も高いことだが、異端者として同じ雪狼に襲われて死ぬかのいずれかだ。

ヴィオリッドが生き延びることができたのは、両親が密（ひそ）かに用意した秘密の場所に匿（かくま）われていたからに過ぎない。同胞の目を盗んでの給餌（きゅうじ）は、不定期で量も不十分ではあったが、彼らの援助は間違いなくヴィオリッドを生き永らえさせた。

だが、成熟してもなお受け入れてくれる群れのないヴィオリッドは孤独だった。姿はどうあれヴィオリッドは紛れもなく雪狼で、大きな群れを作って生活することが当たり前であるにもかかわらず独りでいることを強いられる日々は、ひどく心身を削った。

――だから成熟するまで生き延びたとしても、「異端の子」は長くは生きない。

生きる気力さえなくして緩やかに死を待つか、ノルスケン山の雪待鳥に身を晒して彼らの「餌」となるか。そうしてこれまでに生まれた紫の同胞達は、自ら死を選んでいった。

それでもヴィオリッドが自死を選ばなかったのは、生来楽観的な気質だったこともあるが、あの日一緒に生まれた兄弟の存在があったことも大きい。偵察のために単独で群れを離れる機会が多い彼らは、時折ヴィオリッドのもとを訪れて孤独を埋めてくれた。

追放後も途切れることのなかった家族との絆。

それがなければ、こうして「生涯の友」と出会うことはできなかっただろう。


「――どうしたヴィオ。もう腹一杯か？」

今日出会ったばかりの友に問い掛けられて己がぼんやりしていたことに気付いたヴィオリッドは、「まだ食べるわよ」と言わんばかりに低く唸った。幼少期の食事事情ゆえか、雪狼にしては少食な腹は既に八分目を越えていたが、今宵だけはまだこの空気に酔いしれていたかった。

新鮮な赤身肉を平らげ、搾りたての温かな乳を飲み干して、人間の子供やスライム達に群がられたまま首を巡らせて森を見る。

『さらばだ兄者。達者で生きろ』

『理から外れた者同士、せいぜい仲良く長生きするがいい』

口数こそ少ないが情に厚い長弟に、不器用だが根は優しい次弟。そして「長男」が独り立ちした日を最後に姿を見せなくなった両親。

雪狼としては不出来だった己を「生きろ」と送り出してくれた、厳しくも温かい家族がいるあの蒼い森に戻ることはもうないだろう。

だが、友とそして新たな家族になるであろう人々を得た己は、きっともう孤独ではない。

そして長生きしなければならないのだ。

そうでなければ、掟に背いてまで己を生かしてくれた家族に申し訳が立たない。

人間の領域で生きる以上は彼らの作法を覚えなければならないだろうが、それでもヴィオリッドは己の世界が広がっていく予感に胸を躍らせた。己が封じられていた山を下り、故郷の森を出て、まだ知らないことばかりの広い世界を存分に堪能してやるのだ。

——だから、父よ、母よ、そして我が兄弟よ。もう憂うることは何もない。

ただ、外の世界に旅立った幸福な家族がいたことだけを優しい想い出の中に留めておいてほしいと、ヴィオリッドはそう願うのだ。

幕間　使い魔ヴィオリッドの日記

■六月×日
暇ねぇ。のんびりするのは嫌いではないけれど、隠れて暮らすって、とんでもなく暇よね。

■六月×日
散歩中にうっかり雪狼と鉢合わせしてしまったわ。そんな化け物見たみたいな顔して逃げなくてもいいのに。失礼ねぇ。ちょっと身体が大きくて目と毛の色が違うだけじゃない。

■六月×日
今日は次弟が遊びに来たわ。相変わらずツンケンしてぶっきらぼうだけど、そのわりにはいつも私の好きなものばっかりお土産に持ってきてくれるのよねぇ。雪待鳥の肝とか、粉雪草の花とか、赤猪の尻尾とか、獲るの面倒なものばかりなんだけれど……。可愛いわねぇって言ったら、尻尾で殴られた。素直じゃないわねぇ。

■六月×日
あんまり退屈だから、お散歩ぐらいならって思うんだけれど、どうもねぇ……。「雄か雌かもよく分からん異端者！」みたいな顔して雪狼の群れに追い掛けられるのも、なんだか面倒臭いのよねぇ。

どっちだって私は私よぉ。

■六月×日
長弟が遊びに来たわ。あの子も忙しいのでしょうにわざわざ差し入れまで持って、律儀だこと。

まぁでも、弟達のお陰で退屈な日々に彩りが生まれるのよね。今日も色んな話をしてくれたわ。

最近蒼の森のスライムが人間の村に出入りしているんですって。それって、隣とそのお隣の群れに手を出した人間が逃げ込んだ村よね。余所者の巻き添えで襲われたっていうのに、魔獣に対する忌避感はないのかしら。なんだかんだでメンタル凄いわよね、人間って。

あのスライム達も、色んな種族と仲良くできていいわよねぇ。

種族や性別を意識せずに付き合うって、なかなかできることじゃないわよ。

■六月×日
どこかの群れで、私みたいな毛色の違う子が生まれたみたい。無事に……育つといいわね。

■六月×日
また長弟が来てくれたわ。ちょっとお疲れ気味のようねぇ。

「隣の群れが次のリーダーの選定で揉めているらしい」

肉体的な強さか精神的な強さかで揉めてる？　それじゃあその二頭で群れを纏めたらいいじゃない。

「合理的だが、それは古参が許さんだろうな」

長弟はそう言ったけれど、なんだか自分でも納得してなさそうね。この子達も、いずれはどちらがリーダーになるか争うことになるのでしょうけれど……。

「知能派の我か、武闘派の弟かで意見が割れている。我としては弟を推したいが、どうにもあのツンデレが古参受けが悪くてな」

ツンデレなんて言葉どこで覚えてきたのかしらこの子。

「人間が使っているのを聞いて、面白い表現だと思ってな。最近若い雪狼の間で流行(はや)っているぞ」

……仕来り(しきた)がどうこうという割には、そういうところ、なんだか調子がいいわよねぇ。

「しかし、我では頼りないという古参もいる。いっそほかから選んでくれればありがたいが、どうも古参連中は連綿と続く血筋を絶やしたくないようでな。父者の血を引く雪狼でなければ認めぬと」

面倒くさいわねぇ相変わらず……。

「しまいには、雄らしい強さと雌らしい包容力を兼ね添えた兄者を呼び戻してはどうかという意見も出る始末でな」

はぁ～～～？？？　今更何調子いいこと言ってやがんだあの老害どもがクソったれ。

「兄者、兄者、言葉が乱れている。まぁ、クソったれなのは間違いないが」

そうね、間違いはないわ。

「ところで兄者、最近無暗に歩き回っていないか。人間どもが騒いでいるようだが」

そ、そ、それは多分、何かの間違いだと思うわ！

■六月×日

別に悪いことした訳じゃないのになんで隠れてなきゃいけないのかしら！

別に私だって好き好んで逸れ狼してる訳じゃないのよ、本当は群れの皆と仲良くしたいわよ！

何にもしてないのに異端だとか言って逃げたり攻撃したりするの、絶対おかしいわよね！

■六月×日
友達が欲しいわぁ……たまーにスライムやマンドレイクが遊びに来ることもあるけど、なんていうかこう、狭いところで待ってるだけっていうの、本当に鬱々としてくるわね……紫色の仲間達が自ら雪待鳥の餌になりにいく気持ち、分からなくもないわ。

でも私はしないわよ！　悔しいから！

■六月×日
なにかしら！　なんだか朝からどきどきするわ！　いい出会いがありそうな予感！

そわそわしちゃって落ち着かないからあちこちうろついていたら、その気配が近付いてきたわよ！

悪意なく近付いてくるのってスライムか虫か植物くらいだから、凄く新鮮！　これってあれかしら、噂の魂の友とかそういうのかしら！　素敵ねぇ、もしそうならどんな種族なのかしら！

あらやだちょっと人間だわ！　人間よ！　そうね、もしかしたら魔獣をお友達にするよりはずっと現実的かもしれないわね！

ああ～らイイ男！

種族間の差があり過ぎて顔の造形まではちょっとよく分からないけれど、雰囲気は間違いなくイイ雄よ！　連れの雌も毛色が変わっていて不思議な雰囲気だけれど、悪くないわね！　まぁまぁまぁ、私に会いに⁉　訊きたいことがある⁉　いいわよいいわよなんでも訊いてちょうだい‼

■六月×日

お話を聞いてくれた人間は、やっぱり魂の友みたい。外の世界に連れていってくれるのですって！　このアレクという新しいお友達は、私に名前を付けてくれたわ。人間の世界では名前を付ける習わしがあるっていうけど、いざ付けてもらうとなると興奮するわね！

ヴィオリッドですってヴィオリッド！　花と英雄の名前からもらったのですって！　素敵ねぇ。

……それにしても凄いわねぇ。魔獣より人間の方がよっぽど話が分かるわよぉ。勿論これが全てではないでしょうけど。これだけの数だもの、きっと魔獣より面倒なことも多いでしょうね。

でも、とってもワクワクするわ。ずーっと狭いところに閉じ込められていたのですもの、何があったって思う存分に楽しんでやるわ！

だから、心配しないでちょうだいね。私はきっと楽しく生きるから。

今までありがとう、私の家族たち。皆が護ってくれたから、私は素敵な友達に巡り合えたのよ。

愛してるわ。これからも、ずっと。

第二章　虚無の竜

1

　その晩、夜も大分更けた頃に案内された宿は素朴ながらも上品な佇まいで、宿泊客の身形からして富裕層向けの旅館だろうことが分かる。元は豪農の屋敷だった煉瓦造りの建築は歴史的にも価値があるらしく、学者が見学に訪れることもあるという。

　シオリ達に用意されていたのは宿一番の部屋で、使い魔三匹を連れていても十分な余裕がある立派なものだった。

「こんな立派な部屋……使い魔も一緒で大丈夫なんですか」

「ええ。当館では全ての施設が問題なくお使いいただけますよ。最近は使い魔やペットをお連れのお客様も多いですから、同伴で宿泊できる宿も増えておりますね」

　不安になって訊ねると、村長の義理の弟だという支配人はそう言って笑った。

　――ブロヴィートは元々農業と林業が中心の村だった。

　しかし、生活水準が向上して労働階級が旅行を楽しむことも珍しくはなくなったここ数十年は、街道沿いという立地や蒼の森に面した美しい景観を生かして、観光業にも力を入れているという。順調に観光客を増やした近年は、観光関連の第三次産業が占める割合が多くなってきているらしい。

「昔は富裕層の方々にはこのような農村はあまり好まれませんでしたが、この二、三十年で大分考え方が変わったようでしてね。貴族の方々がお泊まりになることも珍しくはなくなったんですよ。貴族ともなるとお連れ様も立派ですから、それなりの設備も必要でして、当館も大分手を入れました」

「なるほど、そうなんですね……凄い」

富裕層が落としていく利益は大きい。羽振りが良いと連れ歩く使用人や護衛も多く、たった一日の滞在で何件もの宿が潤う。しかし何か問題があれば真っ先に訪問滞在を取りやめるのもこの層で、書き入れ時に富裕層の宿泊取り消しが重なると、損失は計り知れない。

実際、先年秋の雪狼襲撃事件後に富裕層の事前予約がほとんど取り消しとなり、新規に始めた足湯でも減ってしまった売り上げを補填できず、出稼ぎを余儀なくされた家も少なくはなかったようだ。

「ですから早い段階で解決していただいて、本当に感謝しておりますよ」

幻獣騒動の原因となったヴィオリッドは、申し訳なさそうに耳を垂れた。

しかしそれは勿論、この魔獣のせいではない。元はといえば人間――それもこの地とは全くかかわりのない貴族の企みによるものだったのだ。そのうえ村を襲ったのはヴィオリッドの両親の群れではなかったということだから、これについては誰もヴィオリッドを責めることはできないだろう。

村人達もそれは分かっていて、代わりに村唯一の写真屋を呼んで「記念撮影」を強請り、ヴィオリッドを随分と狼狽えさせていた。

モノクロの写真ではこの美しい色を再現できないだろうが、それでも威風堂々とした佇まいは損なわれないに違いない。現像した写真は焼き増しして村役場や主だった施設に飾り、そのうちの一枚は後日、アレク宛てに届けられる約束になっている。

初めての「家族写真」は村人や騎士隊も参加しての賑やかなものになったが、この記念すべき日の良い想い出になると、アレクも無邪気に喜んでいた。

「写真は居間に飾るか。いや、その前に新居を決めるべきか」

「そうだねぇ。そっちを急いだ方が良さそう」

今のアパルトメントも二人と一匹暮らしには十分な広さだったが、雪熊ほどもあるヴィオリッドと同居するとなると、さすがに手狭だろう。

新居を兼ねたシェアハウス用の物件を本腰を入れて探すことに決めた二人は、「楽しい予定で毎日が充実してるね」と微笑み合った。


――翌朝、外から聞こえた牛の鳴き声で目を覚ましたシオリは、自分の身体をがっちりと抱え込んで眠っているアレクの腕を器用にすり抜けて上半身を起こした。まだ眠り足りないのか目を閉じたままもぞもぞしている彼の頬に口付けを落とし、そっと寝台を抜け出す。

床の上にはルリィとブロゥが広がっていて、そのすぐそばには携帯用の魔獣図鑑が転がっていた。就寝前の読み物代わりに眺めているうちに、眠ってしまったのだろう。

寝台の傍らには昨日「家族」になったばかりのフェンリル――否、美しい雪狼のヴィオリッドが身を起こして座っていた。こちらは大分前から目を覚ましていたようで、「夜更かししたにしては早起きね」とでも言いたげな悪戯っぽい目付きでシオリを眺めていた。

(これは……気付かれてたなぁ……)

夜中に目を覚ましたアレクが夢うつつで悪戯をしていたことに、ヴィオリッドは気付いていたのだろう。さすがに新しい家族を迎えたばかりでそんな悪戯を仕掛けてくるとは思わず抗議したシオリを、当のアレクは寝惚(ねぼ)けているのか目を閉じたまま終始ご機嫌で弄(いじく)り倒し、耐え続けて精魂尽き果てたシオリが意識を手放すまでやめてくれなかったのだから堪(たま)らない。

――これは後で、この王兄殿下に「戯れが過ぎる」と是非ともご忠告申し上げなければなるまい。

気恥ずかしさで顔を赤らめながら「おはよう、ヴィオ。早起きだね」と声を掛けると、ヴィオリッドから「ヴォフッ」という返事があった。

「――もしかして、起こしちゃった？」

声は潜めていたつもりだったが、音に敏感な魔獣を起こしてしまっていたかもしれない。もしそれからずっと眠れなかったのだとしたら、あまりにも申し訳ない。

そんなシオリの懸念を察してか、ヴィオリッドは「違うわよ」と唸(うな)った。

「それならいいんだけど……」

「……元々眠りが浅いのかもしれんぞ。今までずっと危険に晒(さら)されていたようだったからな」

布団の中でずっともぞもぞしていたアレクが、ようやく身体を起こして口を挟む。

実際にその通りだったようで、ヴィオリッドは「くぅん」と喉(のど)を鳴らした。

食物連鎖の上位にいる大型肉食魔獣がほかの魔獣に襲われることは稀(まれ)だというが、ヴィオリッドの場合は同族の雪狼から狙(ねら)われることが多かったという。

同じ姿形をしていながら色だけがまるで違う、それが彼らの警戒心と嗜虐(しぎゃく)心を煽(あお)っていたようだった。だから塒(ねぐら)を転々とし、夜も警戒しながらうとうとするだけの生活を余儀なくされていたのだ。

「そっか……」

毛色が違うがゆえに厳しい環境に置かれてしまうその辛(つら)さを、シオリはよく知っている。ただそこに存在するだけのことですら「普通」の人以上の努力を強いられる生活は、心身ともにひどく疲弊させられた。

「俺も実家にいた頃は眠りが浅かったからな。何の心配もなく眠っていられる今の環境が、心底ありがたいと思うよ」

　本来安全であるはずの家に居てさえ、彼は安心して休むことができなかったという。最大の庇護者であった父王が死病に倒れてからは、家ですら安らげる場所ではなくなってしまったのだ。

　気を抜いたところで命を取られるか、あるいは既成事実を作られて不本意な婚姻を強要されるか。望まぬ王位継承権争いは、夜のささやかな安らぎの時間すら彼から奪っていた。常に緊張を強いられていた最後の一年は熟睡できず、それも彼の健康を損ねる一因になっていたという。

　――睡眠不足は健全な思考を奪う。ヴィオリッドから訊き出した身の上話が事実とするならば、歴代の「フェンリル」が精神的に弱っていき、最終的には死に至ったことも無理からぬことだった。

「だが、これからはその心配もなくなる。安心してゆっくり眠るといい」

　アレクの言葉に、ヴィオリッドはぱたぱたと尻尾を振った。

　いい感じに話が纏まったところでふと思い出したシオリは、アレクの耳元にそっと口を寄せた。

「――ねぇアレク」

「うん？」

「……初めましての人と一緒にいるのに、悪戯するのはちょっと……恥ずかしいから、せめて別室とかそういうときに……」

　ひそひそと抗議するシオリに目を丸くしたアレクは、「ヴィオじゃなかったのか」と呟いた。

どうやら夢の中でヴィオリッドと戯(たわむ)れていたらしい。しかし実際には隣で寝ていたシオリを寝惚けて弄り倒していた訳で、それで散々に掻(か)き乱される破目になったシオリはあんぐりと口を開けた。

「それでどうして寝間着の中に手が入るの⁉」

「あ、ああ、悪かったよ」

「あれ絶対ヴィオと遊んでる手付きじゃなかったよ⁉」

「そ、そんなことを言われても」

シオリにしてはなかなかの剣幕に、アレクは腰が引けている。

いつの間にか起きていたルリィが「朝っぱらから仲良しで結構なことだなぁ」と言うようにぷるんと震え、ブロゥは初めて見る人間の痴話喧嘩(げんか)を興味津々で眺めている。そのうえヴィオリッドが「犬どころか雪狼も食わないわねぇ」とでも言いたげにニヤついているようにも思えて、シオリは「うああああぁ」と顔を覆った。

今後遠征のときには、何を置いてもまず恋人に気を付けねばなるまい。

――感動的な出会いを果たしたその翌日の、なんとも締まらない始まりである。

2

もごもごと妙な言い訳を続けるアレクをせっついてようやく朝の身支度を終えた頃、部屋の扉を叩(たた)く音が聞こえた。朝食の支度ができたらしく、頃合いを見計らって声を掛けてくれたのだ。

扉を開けると、支配人が配膳人を引き連れて盆に満載の料理を運び込んだ。

搾りたての牛乳や刻み葉野菜のミルクスープに始まり、色鮮やかな野菜の酢漬け、伯爵芋とビーツに燻製肉の炒め物、籠に盛ったライ麦の薄焼きパン、その横にはスライスしたコカトリスの茹で卵や黒水牛のチーズ、美しい桃色に艶めく生ハムや、大粒のベリージャムが食卓に並べられていく。

「こんなに沢山、いいんでしょうか……」

食事代を含む宿泊料は全て先方持ちだというが、報酬の上乗せ分とはいえ大丈夫なのだろうかとシオリは心配になってしまった。

しかし支配人は「損失が出ない範囲で賄っておりますから大丈夫ですよ」と微笑んだ。

「食材は全て村の皆の協力で集めたものを使っておりますから」

「え、これ全部この村で作られたものなんですか」

「ええそうです。塩や香辛料はさすがに無理ですが、それ以外のものは全て」

「へえええ……凄いなぁ」

「さすがトリスの台所と呼ばれるだけのことはあるな」

幸いにして、基幹産業の一つである農業は雪狼の襲撃から免れていた。被害があったのは街道沿いから村の中心部にかけての地域で、それより奥の農場は全て無事だったのだ。農産物は領都トリスへも出荷されており、なんとか数ヶ月で持ち直すことができた最大の理由はそこにあるようだった。

——有事の際、真っ先に需要が減るのが観光業だ。先年の事件でそれを痛感した村長が、観光業に偏りがちだった近年の施策を見直しているところだと支配人が教えてくれた。

「代替わりして若い人だけになった家では、離農して宿泊業や飲食業に転向したところも結構多かったんです。そういう家は稼ぎのほとんどを外からのお客さんに頼っていたものですから、あの騒ぎであっという間に干上がってしまって。うちのような兼業農家はなんとかなりましたが、足湯でせっかく回復した客足も休憩だけで、泊まらずに次の宿場町へということが春先くらいまで続きましたから、かなり厳しかったんですよ。それでここらで一度考え直すべきだという声が上がったんです」

王兄として思うところがあるのか、真剣な面持ちで聞いていたアレクは苦笑いした。

「どうしたって景気がいい方向に目が行きがちだからな。この村に限らず、王国全体で既存産業にもっと目を向ける時期に来てるんじゃないか」

「お隣のロヴネル領でも、農業の担い手が減ってきてるらしいしね。農村の若い人達が華やかな領都に流れていってるとかで」

かの地を治める女伯爵の友人アンネリエ・ロヴネルが、確かそんなことを言っていた。

「ああ……あそこは伊達に芸術都市を名乗ってませんからねぇ。なんでも王都より華やかって話ですから。先日も新聞で見ましたよ。若き女伯爵様が改善策を打ち出したとかどうとか。そういえば陛下も色々お考えのようで、近々有識者を呼んで対策を講じるとかいう話ですね。先代の宰相様や、ええと……なんでしたか、あの、早々にご子息に爵位を譲って研究職に就いたという農学博士の」

「——伯爵芋のリンドヴァリ博士か。都市と農村の共生についての論文で有名な」

「ああそう、その方です。おや、お詳しいですね」

「まぁな。こういう仕事をしてると幅広い層から依頼がくる。だから話題に困らないよう、新聞に載るような名前や話題は一応知っておくことにしているんだ」

「ほう、さすがですな」

「まぁ、そうはいってもあまり深いところまで突っ込んだ話はできないが」

アレクの知識と教養が多方面に渡っているのは、その生い立ちによるところも大きい。

しかし、少なくとも「リンドヴァリ博士」についての心当たりがあるシオリは、ナフキンで口を拭う陰でひっそりと苦笑いした。

リンドヴァリ家は少年時代のアレクが交際していた女性の嫁ぎ先だ。博士は彼女の夫。その関係で詳しいのだ。

「――いや、つい長話をしてしまいました。では私は下がりますので、ごゆっくりお召し上がりください。終わりましたら呼び鈴を」

そう言い置いて支配人は部屋を出ていき、食事に集中しているしばらくの間はカトラリーが鳴る音だけが響いていた。

ルリィとブロゥ、そしてヴィオリッドは、新鮮なコカトリスの臓物と釣ったばかりのトリスサーモンをもらって、ご機嫌で食事を続けている。

「コカトリスが食べられるとは思わなかったなぁ」

「そうか？　毒腺の処理をすれば何も問題はないぞ。毒腺だって薬草と一緒にじっくり煮込んで熟成すれば、いい酒の肴になるというしな。まぁ、そうは言っても怖いから俺は食わんが」

「そ、そっか。当たると怖いしね……」

「クレメンスの好物でな。酒場でもよく摘まんでる」

「あの人は鳥ならなんでも好きそうなイメージあるなぁ。焼き鳥とかレバーペーストとか出すと凄く喜んでくれるもの……あ、このチーズ、ほんのり甘くて美味しい。お酒にも合いそう。お土産店で売ってるかな」

「あるんじゃないか。後で覗いてみるといい」

「うん」

「ついでに楓糖も買っていこう。ブロヴィートの楓糖は香りが良い」

「よそのより少し味が濃いよね？　それにちょっとキラキラしてて綺麗」

「ああ。白夜楓の葉を漬け込んで発光させてるんだそうだ」

「えっ、発光してるのこれ」

「暗いところで見るとぼんやり光って綺麗だぞ」

「なんと」

　新鮮な地場産の食材をふんだんに使った朝食は素朴ながらも味わい深く、朝食にしては多過ぎるのではないかと思われた量も、使い魔達の協力もあって全て平らげてしまった。

　満足げにぷるるんもふっとしている使い魔達の横で、シオリは満たされた溜息を吐く。

「美味しかったぁ……都会の料理も美味しいけど、こういうところの料理はなんだかほっとするね」

「そうだな。居心地も良いし、景色も良い。次は仕事抜きで来てみないか」

「いいね。ルリィもゆっくり里帰りできるし、ヴィオも村の人達とは打ち解けたみたいだし」

　諸々が一段落したら、今度はゆっくり時間を取って来よう。

　きっといつか実現されるだろう楽しい予定に、シオリは心を躍らせた。

（旅行なんて久しぶりだなぁ……）

　日本にいた最後の一年は忙しくて旅行どころか帰省する余裕もなく、こちらに来てからは生活基盤を整えるだけで精一杯の日々だった。

その予定が実現するとしたら早くても数ヶ月後になるだろうが、仕事抜きの旅行を考えられるだけの気持ちの余裕ができたことがまるで夢のようで、少し不思議なような気もしている。

使い魔達を交えてこれからの予定を話し合いながら、二人は帰り支度を始めた。といっても荷物はそれほど多くはなく、早々に支度を終えてあとは帰るだけだ。

食後の後片付けに訪れた支配人は、既に身支度を整えている二人を見て残念そうな表情を作った。

「おや、もうお帰りですか」

「ええまぁ仕事もありますし」

「ヴィオの環境も早く整えてやりたいからな」

「ああなるほど……色々手続きなどもあるでしょうからな」

支配人は名残惜しそうではあったけれど、すぐに気持ちを切り替えて「どうぞまたいらしてください。今度はお仕事ではないときに」とにこやかに言ってくれた。

「勿論、そのつもりだ。そのときにはまたこの宿で世話になりたい」

「ええ、喜んで。またのお越しをお待ちしておりますよ」

「色々とありがとうございました。ご飯、とっても美味しかったです」

従業員総出の笑顔での見送りは面映ゆく、しかしそれだけヴィオリッドの存在が受け入れられたのだと思えば嬉しくもあった。

手を振る彼らにルリィとブロゥがしゅるるんと触手を振り返し、ヴィオリッドが「ヴォフッ」と短く一声上げて応えているのを微笑ましく思いながら、二人は大通りを歩き出した。

「まずは土産を買うとして……帰りの足はどうするか。馬車でさっさと戻りたい気もあるが、ヴィオが乗れるかどうか」

「駅馬車はさすがに無理そうだもんね。誰かにお願いして馬車を出してもらうか、荷馬車に便乗させてもらえればいいんだけど」

私に乗っても構わないわよと首を下げたヴィオリッドを、「気にするな。シオリはともかく俺は重いぞ」と言って撫でながら視線を巡らせていたアレクが、不意に動きを止めた。

その視線の先には道端で屯している猟師達の姿がある。その中にはカスパルも紛れていて、彼らは真剣な面持ちで空を指差し、何事かを話し合っていた。

「――鳥の群れ？」

彼らが指差す北の方角から鳥の群れが飛んでくる。それ自体は特別珍しくもないが、さらにその向こうから接近する別の群れも見えて、二人は眉根を寄せた。

「渡り鳥……ではないよね？」

「今の時期に渡る鳥がいたかどうか……」

よく目を凝らすと、遥か遠方の空にも幾つかの黒い塊が見えた。

「……妙だな」

「うん」

断続的に飛来する鳥の群れ。その種類は一定ではなく、中には魔鳥らしき姿もあった。

シオリもアレクも鳥についてはそれほど詳しくはない。それでも何かおかしなことが起きていることは分かる。

カスパルに駆け寄ると、二人に気付いた彼らは一瞬笑顔を浮かべてそれぞれに挨拶を返してくれたが、すぐに険しい表情に戻ってしまった。

「何かありましたか。鳥が……随分飛んでるみたいですけど」

「まだよくは分からん。が、北の方で何か異変があったんじゃないかと」

言いながらカスパルは元猟師のビョルクに視線を流した。

「どうにも嫌な感じだぜ。森の魔獣どもが騒ぎやがる」

ビョルク翁は難しい顔で低く唸った。

「ああいうのを随分昔にも見たことがある。あんときのはこれほどじゃあなかったが……」

数十年前、老人がまだ青年だったある年の春。南国での越冬を終えて戻ってきたばかりの夏鳥が、何故か再び南に飛んでいくのを見たのだという。それも一つや二つではない数の群れだった。

今ほど連絡手段や報道機関が発達してはいなかったあの時代、正確に何があったのかは最後まで分からずじまいだったが、風の噂で「北の森で大型魔獣が出たらしい」と聞いたそうだ。

「大きな魔獣……」

「ワイバーンの群れが棲み付いただとか、それこそ魔狼フェンリルが出たんじゃねぇかってぇ噂まで出たが、ほんとのところはどうだったのかは分からねぇ。結局それっきりの話だったんで、実際大したもんじゃなかったんだろうがな」

この世界では魔獣暴走というものがある。自然災害や大型魔獣の発生などで混乱状態に陥った魔獣や動物が暴走を始める現象のことだ。規模は大小様々で発生時期もまちまちだというが、その予兆は鳥などの異常飛行から知ることができるという。

言い知れぬ不安を覚えたシオリは、恋人に身を寄せた。ルリィとブロゥもぷるんと震え、ヴィオリッドは金色の瞳で遠くを見据えている。

――不穏な予感は胸にこびり付いたまま、落ちることはなかった。

3

季節外れの鳥の渡りはその後まもなく数を減らし、三十分も経つ頃にはいつも通りの空になっていた。どことなく不安げに空を見上げていた人々も、何事もなかったように普段の生活に戻っていく。

村をうろついていたスライム達にそれとなく訊ねてはみたが、問題が起きたらしい場所から距離があるからなのか、彼らにも鳥の異常行動の理由は分からないそうだ。

あの鳥達が森に降りてきていれば詳しいことが分かったかもしれないが、ただひどく怯えていたこと、そして遥か北の方角で何かあったらしいということが分かった程度だ。

「まさか旧帝国で何かあったんじゃなかろうなぁ」

首を捻りながらカスパルも一度駐屯地に戻っていったが、今のところどこからも特別な報せは入っていなかったようだ。

「一応トリスの本隊に伝書鳥を飛ばしたが、今できるのはそのくらいだなぁ。しかし、念のため巡回は増やしておこう」

しばらくの間様子を見ていてもそれ以上何もなく、結局そのままトリスへ戻ることになった。

幸い途中の村までは荷馬車に便乗させてもらえるようだ。その先は徒歩になるが、二時間もあればトリスの門を潜ることができるだろう。

「念のため一筆認めておいた。道中、連れのことで何か訊かれるようならこれを見せるといい」

カスパルから手渡された封書の中身は、ヴィオリッドの通行と入市を認める簡易許可証だった。ヴィオリッドを連れていることで起きるだろう問題を気に掛けてくれたのだ。

「これは……助かるよ。カスパル殿、ありがとう」

「いや、こちらこそ、今回もまた色々と世話になったからなぁ。これくらいはさせてくれ」

照れ臭そうに笑ったカスパルは「また来いよ」とアレクの肩を叩き、そして固い握手を交わす。

「串焼きも美味かった。店の女将によろしく伝えておいてくれ」

「了解した。シオリ殿もくれぐれも身体には気を付けて」

どうしても初対面の印象が強いのか、カスパルに念押しされてしまったシオリは苦笑いしながら手を差し出した。その手が力強く握り返される。

「気を付けます。カスパルさんもお元気で」

「ああ」

簡潔で、けれども気持ちの籠もった別れの挨拶を済ませたシオリとアレクは、この一日ですっかり打ち解けた村人達に見送られて荷馬車に乗り込む。

荷馬車の御者は、今や足湯の女主人とも呼べるアニカの夫と息子だ。荷を運ぶついでに乗っていってはどうかと提案してくれたのだ。

どことなく得意げな顔で手綱を握る、母親の気風の良さと父親の落ち着いた風貌を受け継いだ少年の十四という年齢に、シオリは少し驚いてしまった。

「こんな大きな息子さんがいるんだ……！　アニカさん、私とそんなに変わらないのに」

夫妻が結婚したのは十六歳。成人して間もなくのことだ。日本人のシオリの感覚では驚くばかりだが、この国ではそれほど珍しくもないことなのだ。夫妻の息子も既に心に決めた相手がいるといい、十六歳になるのを待って結婚するつもりだと言った。

「都市部ではもっと年がいってから結婚する奴(やつ)も珍しくはないが、農村部では大体こんなものだぞ。なんだ、シオリの故郷ではもっと遅いのか？」

「七、八十年くらい前までは十代の結婚もわりと普通だったみたいだけどね。でも今は大学か、最低でもその下の教育機関までは学校に行く人が圧倒的に多かったから、卒業して働き始めてからって思うと、婚期も自然と遅くなりがちなんだよ」

「大学までが普通というのも凄いな。勉強熱心というかなんというか……」

「うーん……といっても、昔と違って大学も随分大衆化しちゃってるから、そこまで特別なことではなかったかなぁ。それに、勉強するために行ってる訳じゃなさそうな人も結構多かったし。社会に出るまでの猶予期間みたいな感じかな」

「なるほどなぁ。まぁ、それは我が国の上流階級にも言えることかもしれんな」

「そうなの？」

「ああ。大学はともかくとして、最近の貴族階級や富裕層は、息子を学院に通わせる家がほとんどだからな。その間は結婚や社会的な責任から遠ざかっていられるせいか、遊学と称して何年も異国を渡り歩いて放蕩三昧(ほうとうざんまい)の奴も少なくはない」

「うわ、規模が違った」

「例のリンドヴァリ博士も若い頃はその口だと思われていたらしいが、あの御仁の場合はしっかり結果を出して今や農学博士だからな」

「というと？」

「道楽の植物採集に美食三昧かと思いきや、世界各国を巡って農業技術やら料理法やらを集めて回って、最終的には王国の農業発展に大きく寄与したのさ。彼の人脈も馬鹿にならんし、あのレベルまでになれば遊学させる意味もあるんだろうがな」

「そうだねぇ。でも、博士の水準を求めたらさすがに可哀相かも」

「まぁな。あれと同等の成果を出せと言われたら俺でも泣く」

「それは……笑っていいのかなぁ……」

冗談めかした台詞ではあったが、彼が少年時代に諸々から逃げ出したことを知っている身としては反応に困ってしまう。

そういうつもりではなかったが悪かった、そう言って苦笑いしたアレクは、初の乗り物体験に興奮してきょろきょろしているヴィオリッドと、いつの間にか御者台にちゃっかり上がり込んでいるスライム達を見て再び笑った。


速歩で行く荷馬車は思ったよりも快適だ。有志で金を出し合って買ったという最新式の荷馬車は揺れが少なく、幌の中を吹き抜ける風も心地よい。お陰で馬車酔いするようなことにもならなかった。

トリスヴァル領の美しく雄大な景色を眺め、幌から顔を覗かせているヴィオリッドの姿にぎょっと二度見する旅人達に噴き出しながら、馬車の旅を楽しむ。

一見するといつもと変わりのない、平和な街道沿いの光景だ。

「そうはいっても、いつもよりは少々騒がしいか」

街道沿いの湖沼には、普段は見掛けない鳥の群れが降り立っている。

「朝見た鳥達よりは落ち着いてるみたいだけど……」

「あれかぁ。普段は国境の辺りの大樹の森にいる奴だよ。ヴィゾブニルは元々暢気というか、肝が据わってる鳥だからね。とりあえずは距離を取ったってところなんじゃないかな。しかし惜しいなぁ、冬だったら一羽くらいは獲っていきたいところなんだけど」

アニカの夫は、遠目にも魔獣と分かる大きな鳥に目が釘付けになっている。

寒冷地の大樹に営巣するヴィゾブニルは暑さに弱く、夏の間は極端に肉質が落ちるという。美しく光り輝く尾羽も色がくすんでしまい、商品価値はほとんどない。それでも目の前にある「高級食材」の魅力には抗えなかったのか、旅人の一団が茂みの中から狙っているのが見えた。

「おいおい、今の季節に獲っても美味くないぞ」

「あっ、あんなデカい的、あの距離で外しやがった。どこに目ぇ付けてやがんだ下手くそ」

息子の露骨な揶揄に苦笑した父親は「おい、聞こえるぞ」と窘めたが、すぐに表情を引き締めて後ろを振り返った。

「しかしまぁ、これは早めに戻った方が良さそうだな。お二方、悪いけど次の村で」

普段は見掛けない魔獣の姿は、異常を知る目安の一つだ。

父子は念のため村に戻ることにしたようだ。

「ヴィゾブニルがいるってことは、問題が起きてるのは国境の辺りってことだろうから、取り越し苦労かもしれないけど、一応ね。気になるから」

ヴィゾブニルの棲息地は、ブロヴィートから北に約百シロメテルほどの場所だ。仮にそこで魔獣暴走が起きたとして、この辺りにまで被害が及ぶかどうかは微妙なところだというが、去年の雪狼の一件もあって不安らしい。

予定の場所よりも手前で馬車を降りることにはなったが、それでも大分距離を稼げたのだからありがたい。そもそもこの荷馬車自体がシオリ達のために出された節があって、それに薄々気付いていた二人は村人達の厚意に密かに感謝した。

「あんた方も気を付けて帰ってくれ」

「ここまでありがとうございました。アニカさん達にもよろしくお伝えください。今度は仕事抜きでお伺いします」

「うん、伝えとくよ。こちらこそ色々ありがとう。じゃ、また！」

「またなー、おっさん、ねえちゃん！」

馬に一鞭くれて立ち去る父子に別れを告げたシオリは、微妙に傷付いた顔で「シオリがねえちゃんで俺はおっさん……三つしか違わないのに……」と呟いているアレクを宥めながら歩き出した。

「――しかし、そろそろ何か分かっても良さそうな頃合いだな」

「うん」

小鳥とは違って大型の鳥はまだ精神的な余裕があるのか、この近辺に降りて羽を休めている。あのヴィゾブニルはひとまずの危機から逃れられた安心からか、すっかり寛いでいるようにも見えた。

そんな彼らに偵察とばかりに近付いていたルリィとブロゥ――こちらは珍しい鳥目当てだったようではあるが――が、しゅるりと戻ってきて触手を振った。どうやら何か訊き出せたようだ。

人間側の口頭での質問と、魔獣側の身振り手振りの返答から得られたのは、大樹の森に見慣れぬ巨大な魔獣が現れたという話だった。ヴィゾブニルはそれから逃れてきたのだという。

「……見たこともない魔獣？」

「大樹の森は旧帝国との国境近くだ。まさか例の実験体の狩り残しがいたんじゃないだろうな」

「彼らが知らないだけで、もしかしたら人間にとっては知ってるものかもしれないよ。図鑑に載ってるので近い魔獣っているかなぁ」

うーん、と考える素振りを見せたブロゥが、体内から携帯用図鑑を取り出した。ぺらぺらと捲(めく)っていた触手が、ある頁(ページ)で止まる。覗き込んだルリィが「これこれ、これに近そうな感じ」とでも言うようにぷるるんと震える。

「え、これって……」

「……本当ならえらいことだぞ」

二人はごくりと唾(つば)を呑(の)み込んだ。

――スライム達が指し示したその頁には、竜の姿が描かれている。

好奇心が強いのか、ヴィオリッドに近付いてしげしげと眺めていたヴィゾブニルも図鑑を覗き込み、「あーこんな感じー」と肯定するように「クエェ」と鳴いた。

「もし本当に竜だとしたら、魔獣暴走の予兆がある今の状況はまずいぞ。俺達にも要請が入るかもしれない。急いで戻ろう」

「うん」

ヴィゾブニルに情報料代わりのエナンデル商会謹製使い魔用干し肉を与え、二人と三匹は小走りに歩き出した。

その目前に一羽の鳥が舞い降りる。トリス支部の伝書鳥だ。二人の表情が強張(こわば)った。

冒険者ギルドでは、稀にこうして各地の冒険者に伝書鳥通信が入ることがある。所在地が定まらない旅先の冒険者への通信は確実性には欠けるが、大規模に招集を掛けたいときには有力な手段だ。

つまり、その手段を使うだけの何かが起きたということなのだ。

指定区域を飛び回り、指定時間、もしくは伝達人数を超えたらギルドに戻るよう訓練された通信魔獣は、アレクの肩に止まると「ショウシュウ、ショウシュウ」とけたたましい声で鳴いた。

アレクは慣れた手付きで足首の通信筒の中身を取り出した。くるりと巻いた紙片を丁寧に開くと、緊急招集を報せる内容と閲覧者のサインが小さく記されている。

「姐(ねえ)さん達にリヌスさん……あ、ルドガーさん達のもある」

「ああ。これは本格的に大事になったぞ」

C級以上への緊急招集。

――それは、国境地域に出現した竜型魔獣討伐及び暴走魔獣掃討戦への参加要請だった。

4

支部からの報せには、討伐部隊は深夜にトリスを発つ予定とあった。夜間の移動は本来推奨される行為ではないが、それだけ急を要する事態なのだろう。

だからできる限り早く戻り、少しでも身体を休めたかった。

いつもならあと少しと思う距離も、急事を受け取った今は、この十シロメテルさえももどかしかった。近隣の村で馬か馬車を借りるという手もあるが、手配をしている時間も惜しい。

「こういう状況だからな。近場にも何人かいたようだし、馬はもう誰かが借りていったかもしれん」

アレクのこの予想は間違いではなく、最初に飛び込んだ村では直前に借り手が付いていた。トリス支部所属の冒険者が借りていったのだという。人相風体から察するに、ラネリード夫妻のようだ。

「やはりか。これはもう余計なことはせず歩いていった方が良さそうだな」

「だね。それに私、馬には一人で乗れないよ。ああ……車だったら二十分もかからないのに……！」

してしても仕方のない無いものねだりが口を突いて出る。

「二十分……!?　それは凄いな。向こうの乗り物はそんなに速いのか」

「うん。ブロヴィートからトリスまでなら多分一時間くらいで着くよ」

「恐ろしい話だな。こっちもいずれはそうなって欲しいものだが、まだまだ夢の夢だ……おっと、なんだヴィオ」

急ぐアレクの背をヴィオリッドが鼻先でつつく。その金色の目は「つべこべ言わずに乗りなさいな」と語っていた。

アレクは躊躇ったが、ヴィオリッドの有無を言わせない強い眼差しに覚悟を決めたようだった。

「分かった。じゃあ頼む。だが無理だけはするなよ。何度も言うようだが、俺はかなり重いぞ」

「ヴォフッ」

提案が受け入れられて嬉しいのか、ヴィオリッドは高い声で一声吠え、身体を低くして「乗りなさい」と促した。

「シオリ、来い」

「う、うん」

アレクの手でヴィオリッドの背に押し上げられたシオリは、言われるままに背嚢を前に抱え込んだ。その後ろからアレクの逞しい腕が回される。

「俺が支えているから。お前はヴィオの鬣をしっかり握っていろ」

「うん、分かった」

ヴィオリッドに掴んでいい場所を教えられたシオリは、その鬣の根元近くを握り締めた。しゅるりと這い上がったルリィとブロゥが、二人とヴィオリッドの身体に繋ぎ止めるようにして巻き付く。

「よし、じゃあ行ってくれ。走らなくても良いからな」

「うぉんっ」

ヴィオリッドは短く吠えるなり、速歩で歩き出した。人を乗せての駆足はさすがにしなかったが、それでも十分に速い。駅馬車と同等かそれより少し速いくらいだろうか。この速度なら一時間もあればトリスに着くだろう。

「思ったよりもずっと安定感があるね。もしかして気を使ってくれてる?」

「そのようだな。それどころか慣れているようにも思えるが」

訊けば人間はこれが初めてだが、迷子の魔獣を乗せて親元まで届けたことなら何度かあるということだった。偏見も多かっただろうに、それでも見過ごせなかったのだろう。

「……優しいんだね」

ヴィオリッドは「放っとくのが嫌だっただけよ」とでも言うように「ヴォフッ」と小さく鳴き、その後は黙ってトリス目指して駆け続けた。

街道では一度だけ二人組の騎士に呼び止められたが、カスパルの許可証が功を奏してあまりしつこく追及されることはなかった。

休憩と情報交換を兼ねた彼らとのやり取りで、北方騎士隊の先遣隊はトリスを発ったらしいことが分かった。残念ながら我々は留守番なのだと、彼らは苦笑いした。

「駐屯騎士隊は受け持ちの地域を護ることこそが使命だからね」

「誉れ高き騎士として、前線で武勲を立てたいという気持ちは勿論ある。だが、民を護ることもまた我らの務めだ。だからそう悲観することもあるまいが……若い連中はやはり不満のようだな」

有事の際にもその場に留まることを要求される駐屯騎士隊への配属は、左遷に等しいと考える若い騎士も多いらしい。華々しく活躍して武勲を立てたい騎士にとっては、物足りなくもあるのだろう。

「……旧帝国の歴史を少しでも知っていれば、そんな考えに至ることもないと思うがな。攻めてばかりで護りを忘れた末に、護ることすらできなくなって滅亡したんだ。まぁ、活躍したいという気持ちは分からんでもないが」

目の前で苦笑いする壮年の騎士達の想いを代弁するようにアレクは呟く。

彼は時折こうして現地を見てきたかのように語ることがある。帝国史に造詣が深いということもあるだろうけれど、もしかしたら行ったことがあるのかもしれないと、シオリはふと思った。

「それで、状況はどうなんだ。いつもよりは人通りも少ないようだが」

「トリスから北は通行規制が掛かっている。そのせいもあるだろうな。外出制限まではまだ出ていないが、それも時間の問題かもしれん」

「なるほど。実際現地の様子はどうなっている？　何か聞いているか」

アレクの問いに、騎士は幾分声を低めて答えてくれた。

「――原因の魔獣は氷湖の辺りに出たらしい。たまたま近くにいた狩人の一団が襲われたという話もあった。小規模な暴走もいくつか発生しているようだが、拡大するかどうかはまだ分からない」

「氷湖？」

アレクはぎょっと目を見開いた。

「そのうえ竜型か。冗談にしても笑えんな」

「あまり考えたくはないがね。正直、せめて例の実験体であってくれればと思っているよ」

この辺りで氷湖といえば、ディンマ氷湖を指す。旧帝国との国境付近に位置する万年氷湖で、幻獣「氷蛇竜」が眠っているという伝説が残る場所だ。

神話の時代、大陸全土を支配し不毛の凍土たらしめた邪竜。それを死闘の末に封印した英雄が、帝国建国の祖なのだと伝説には語られている。

「この件で難民が恐慌を来す懸念がある。長引く難民生活で大分参っているようだからな。氷蛇竜伝説は向こうが発祥だし、些細なことが引き金になりかねんのだ」

「暴徒と化すかもしれない……ってことですか」

「騎士隊はそちらの相手もせねばならん訳か」

「だからそちらにも人員を割いているはずだ。それに万が一にもそういう事態になったら、十中八九騎士隊だけでは手が回らん。多分ギルドにも通達が行ってるんじゃないのか」

「ああ。ついさっき報せを受けたところだ。いずれにせよ俺達も急いだ方が良さそうだな」

「うん」

「うぉん」

騎獣に慣れていないシオリもヴィオリッドも、この数分でいくらか回復はできた。ルリィとブロゥも「こっちも大丈夫ー」とぷるるんと震える。

「よし、では行こう。あんた達も頑張ってくれ」

「ああ。すまないが、我々の分も頼まれてくれよ」

彼らは敬礼の代わりに籠手に包まれた手を差し出した。前線に出向くことができない彼らの秘めた想いを、固い握手を通して受け取る。

トリスは目前。「初仕事」を最良の結果で終わらせるために、ヴィオリッドはこれまで以上に速度を上げて走り出した。

トリスに到着したのはそれから間もなくのことだ。

非常事態を示す半開きの西門に飛び込み、慌ただしく入市の手続きを済ませてギルドに駆け付けたシオリ達を出迎えたのは、完全武装したザックだ。

シオリは息を呑んだ。ギルドマスターが自ら指揮を執るほどの事態だと知ったからだ。

5

いつもは活気に溢れているギルドの空気は重く、朗らかな同僚達でさえ今は声を潜め、深刻な顔でひそひそと言葉を交わしていた。

けれども戸口に立った二人の背後、日没直後の暮色のような色合いの大きな獣に気付いた彼らは、ぎょっと目を剝いた。

俄かに上がったどよめきに、書類を片手に険しい顔のザックも何事かと振り返る。そしてヴィオリッドの姿を認めた瞬間、道端でばったり竜と出くわしてもここまでは驚かないだろうというほど派手に仰け反った。

「おま……お前、何だその、それ、そいつ」

緊迫感が台なしの言語崩壊ぶりに、ブロゥが「ちょっと落ち着いて」とその足元をつつき、二人は思わず苦笑いしてしまう。足元のルリィも可笑しそうにぷるるんと震えた。

「詳しいことは後で話すが、件のフェンリルを使い魔にした。といっても、どうやら雪狼の変異種らしいがな」

「いや、フェンリルを使い魔にってお前、そんな簡単に」

「ヴォフン」

この二日でこういった反応にもすっかり慣れたのか、ヴィオリッドは狼狽えるザックを意にも介さず「以後よしなに」とでも言うように一声鳴いた。

「……とまぁ、見ての通りこいつに害はない。依頼人も納得してくれた。これは騎士隊長殿の許可証と依頼完了のサインだ」

「お、おう。確かにな……確かに間違いはねぇようだがよ……」

目を白黒させながらもサイン済みの依頼書に視線を走らせたザックは、「今すぐ色々問い詰めてぇところだが、それはまた今度な」と深々と溜息を吐く。

「この調子で竜の奴も穏便に済ましてくれりゃあいいんだが……」

「……本当に、竜なんだね」

まるでどこか遠い世界のお伽噺（とぎばなし）のようだとシオリは思った。

「ああ。ついさっき騎士隊から第二報が届いた。竜にほぼ間違いねぇが、種類の特定ができねぇって話だ。つまりは変異種、もしくは新種の可能性があると」

氷湖に出現した未知の竜種。

「――伝説の氷蛇竜とやらの可能性は？」

この場にいる誰もがその可能性に思い至っておきながら、それでも口に出すことは憚（はばか）られたその疑問を、アレクは敢（あ）えて口にした。

しかしザックは、正直に「分からねぇ」と答えた。

「分からねぇが、その心積もりでいた方がいい」

ごくりと誰かの喉が鳴った。

「……皆、聞いてくれ。ついさっき、北方騎士隊本部から正式に竜討伐の要請があった。ギルドとしては勿論受ける。だが、この案件は最初の襲撃で多数の死傷者が出ている」

それまであった微（かす）かなざわめきさえ消え、水を打ったような静寂が場を支配した。

誰も身動（みじろ）ぎ一つしない。

ザックはそのまま目を閉じ、何か悩むようにしばらくの間考え込んでいた。書類を持っていない方の手が一瞬固く握られ、そして解ける。

やがて彼は重々しく口を開いた。

「——相手は未知の竜で、攻略法は一切不明。そのうえ北部全域に及ぶ魔獣暴走対応で北方騎士隊は手一杯になっている。おまけに現場は難民キャンプの近くで集団パニックも予想される。つまり騎士隊の援軍はあまり期待できねぇってことだ。そのためこの案件の難易度は特Sランクに相当する」

一瞬の静寂。

次の瞬間、ぴんと張り詰めていた空気が崩れ、小さな悲鳴が重なった。

ぞっと立ち竦(すく)んだシオリをアレクは力強く抱き寄せたが、その彼の手でさえ、緊張にひどく強張っていた。息苦しくなるほどの緊張感。吐いた溜息が震えを帯びる。

特Sランク。

——人的、物的被害想定は甚大、災害級。

「今回の緊急招集、これだけの人数が応じてくれたことは嬉しく思う。だが事情が変わった。死傷者が出るかもしれねぇ現場だ。後方支援に回ったとしても、前線が崩れりゃあ否が応でも身体を張ってもらうことになる。だから無理強いはしねぇ。それぞれに事情や考えもあるだろう。ここで辞退してもらっても構わねぇし、どんな選択をしようが誰にも文句は言わせねぇ。俺達は自由を貴ぶ冒険者だからな。よく考えて決めてくれよ」

命あっての物種が第一信条とも言える冒険者だ。だから命を懸けろとは言わない。その代わりに彼は自ら先頭に立つつもりでいる。

ザックは見慣れた軽戦士風の装備ではなかった。竜鱗鎧(スケイルアーマー)を着込んだ「竜殺しの英雄」姿の彼は、この場に集った冒険者をぐるりと見回した。

けれども彼は、その視線を誰とも合わせはしなかった。そうすることで、ほんの僅かにでも「お前は出ろ」という圧を与えてしまうことを危惧したのだろう。否、彼のことだからむしろ、お前は出るなと言ってしまいそうになるのを堪えているのかもしれない。

――養う大家族がいる男、乳飲み子を預けて働いている若い母親、籍を入れたばかりの青年など、少なくはない人数が手を挙げて辞退した。

中には年齢を理由に辞退した者もいた。国内最高齢の冒険者、ハイラルド・ビョルネ翁もこのうちの一人で、彼は「竜を相手にするような年はとうに過ぎたがの、留守番くらいなら儂にもできるじゃろうて」と笑った。

万一前線が総崩れになった場合、魔獣と、そして暴徒と化した難民が街を襲うかもしれない。だから精鋭が抜けて手薄になるギルドを、ひいてはトリスの街を護るために残ると、彼はそう言うのだ。辞退した同僚達もハイラルドに追随した。

「爺さんになら安心して留守を任せられるってもんだ。頼んだぜ」

「先生の分も我々が戦います」

若い頃から孫息子のように可愛がっていたザックと愛弟子クレメンスの頼もしい姿に、ハイラルドは目を細めて笑った。皺と古傷が刻まれた手で二人の肩を叩いて何度も深く頷く仕草に、言葉にできない想いが溢れている。

師弟の見送りの儀式を済ませたクレメンスの腕に、ナディアの手が掛けられた。頷き合うこの二人は、ともに危地へ向かうつもりなのだ。

シオリは恋人を見上げた。そして足元の友人を見下ろす。

アレクは頷き、ルリィはぷるるんと震えた。ヴィオリッドもまた尾を優雅に揺らす。

彼らは残れとは言わなかった。

恋人も友人も、ただ護られるだけの存在でいろとは決して言わなかった。

恐怖は勿論ある。そして自らが戦力としてはあまりに弱いという自覚もだ。

けれども、大切な人達がともに征くことを肯定してくれたのなら、何も憂うことはない。自らが持てる全ての力で以て、未知の竜を討つ、その手助けをするのだ。


フルオリット山脈とリーリア谷のドラゴンを斃した竜殺しの英雄ザック・シエルの号令、そしてそれに応える冒険者の鬨の声が、ギルドに響き渡った。

6

この日の夕方、トリスヴァル領北部に非常事態宣言が発令された。領民は生活維持に必要な場合を除いて外出が制限され、夜間及び居住区域外への外出は全面禁止された。

小さな村や集落では魔獣除けの城壁がある町への避難指示が出され、避難先に指定された領都を含む各町では、門を半開にして避難民の受け入れと魔獣暴走に備えた。

堅牢強固な高い城壁に囲まれた領都トリスでは例外的に警戒水準は低く定められたが、飲食店での酒類の提供は制限され、夜会や興行の一切が禁止された。劇場や酒場、娼館など、事実上営業停止となった店も少なくはなく、夏至祭を前にしてのこの措置には当然不満の声も上がった。

しかし、明け方から昼頃に掛けての魔獣暴走の予兆を多くの市民が目撃しており、安全が確保されるまでは致し方のないことだとして概ね受け入れられた。

だが、終わりが見えない。宿を求める旅人や帰宅を急ぐ人々の顔には不安が滲む。


市内に異様な雰囲気が漂う中、二人は装備を整え直すために一度帰宅した。

ルリィとヴィオリッドはギルドに残した。彼らにも何か思うところがあるようで、使い魔同士で情報交換するつもりのようだ。

「食料と回復薬は野営道具とは別の背嚢に分けておけ。携帯食と回復薬は持てるだけ持っていけよ」

「うん、分かった」

今回は煮炊きをする余裕はあまりないだろう。

少なくとも一旦作戦が始まってしまえば、完了までは休む時間は恐らくほとんどない。時間との闘いだ。せいぜい携帯食を摘まんで沸かし湯を飲む程度に違いない。

シオリは戸棚から小さな背嚢を取り出し、作戦時に携行する食料や回復薬、防寒具を押し込む。

目的地は常冬のディンマ氷湖だ。防寒具は必須。

「仮眠はギルドで取ろう。その方が少しでも多く休める」

「うん」

ザックを指揮官とする本隊は午後十時、後発隊は明朝三時に出発予定だ。

本隊に参加する二人は、慌ただしく身支度してアパルトメントを飛び出した。

そして暮れ泥む日がようやく落ちた午後十時過ぎ、冒険者達を乗せた幌馬車二台が北門から出発した。剣が交差する冒険者ギルドの旗を掲げた幌馬車は、領都の城壁北側に防衛線を敷いた領都防衛部隊の合間をすり抜ける。

街道沿いに展開していた隊の騎士達が、最前線に向かう冒険者達を敬礼で見送ってくれた。その顔ぶれの中にニクラス・ノイマン——水虫は治っただろうか——や、ルリィの同胞ソルネとその主の騎士の姿もあった。

そのほかにも、名は知らなくとも挨拶を交わす程度には親しい顔見知りが幾人も。

武運を祈る。

後は頼んだ。

互いに生きて会おう。

交わす言葉はなく、ただ敬礼と目礼でのみ伝えられるそれぞれの祈りと想いを胸に、ギルドの幌馬車は北を目指して走っていく。

夏至が近い今の季節の夜は完全な闇に沈むことはなく、仄かな明るさを残した非現実的な空は、漠然とした不安を誘う。

領都の城壁が見えなくなってから間もなく、微かな鉄のような香りが風に交じるようになった。

血の臭いだ。

街道周辺には魔獣の真新しい死骸が点在している。騎士隊の殲滅部隊によって処理された、小規模魔獣暴走の残骸だ。

幌の外を見ていたアレクとクレメンスは、険しい顔をした。

「随分な数だな」

「だな。しかし、騎士隊に丸投げしていいというのはありがたい」

出発の直前、辺境伯家から直々に「街道沿いの小規模暴走は騎士隊対応。冒険者隊は本陣に直行せよ」という報せがあった。今回の氷蛇竜討伐では、二度の竜討伐経験があるザックの存在は必要不可欠。その到着に遅れがあっては差し障りがあるということだった。

幌から外を覗くと、平原のあちこちに点在する灯りが見えた。騎士隊の魔獣殲滅部隊の陣だ。時折魔法の光が明滅している。交戦中なのだろう。

「こういう小規模な暴走も魔獣暴走の前兆なんだ。魔獣暴走は小規模な暴走が合流して起きることもある。だからこれを潰しておけば、大規模な魔獣暴走をある程度は防げるんだ。だが、同時多発的にあちこちで発生するから、ああして一定間隔で陣を張って対応することになる」

「へえ……」

しかし発生は広範囲かつ断続的で、終わりが見えない戦いは心身ともにひどく消耗させられる。だからよほど効率よくやらなければ、瞬く間に消耗して暴走に呑まれることになるとアレクは言った。

「だが、今回は新型兵器を導入したってぇ話だ。うまく行きゃあ、これまでよりずっと楽になるかもしれねぇな」

「新型兵器？」

どこか意味深長な響きに振り返ると、兄貴分はにやりと笑った。

「索敵魔法だよ。お前が教えた」

「あ……」

春先の家政魔法講座の成果。それを今、こんな形で見ることになろうとは。

「距離と精度はまだまだと聞いたが、なんとか実戦投入できるレベルには仕上がったのか」

「遭遇前に大体の発生地と走路が分かるってぇのは便利だろうぜ。無駄足踏まずに済むんだからな。討ち漏らしもかなり減らせるはずだ」

出発から一時間。これだけの距離を走っていながらまだ一度も生きた魔獣と遭遇していないのは、索敵を利用した殲滅作戦が功を奏しているのだ。

「……そっか。ちゃんとお役に立ててるみたいで良かったよ」

感慨深く呟くシオリの肩を、アレクがそっと抱き寄せる。

足元のルリィも誇らしげにぷるるんと震え、優雅に寝そべっていたヴィオリッドが「やるわねぇ」と鼻を鳴らした。

放置すれば併呑（へいどん）して大きな集団になりかねない、群発する小規模暴走。

それを狩り尽くす勢いで騎士隊が頑張ってくれたらしい。だから、出発してから本陣到着までの間に魔獣の群れと遭遇したのは、国境地帯に入ってからの二回きりだ。


「――さすがにこれは逃げきれんか」

間もなく最警戒区域に差し掛かる頃、街道を塞（ふさ）ぐように現れたバジリスクの亜種を前に、アレクはすらりと愛剣を抜いた。

森林の奥深く、日の当たらない沼地に棲息するはずのその群れは、瞬く間に二台の馬車を取り囲んだ。油を差していない古びた扉のように、ギィギィと耳障りな鳴き声を上げている。

魔法灯の光に照らされて、どす黒い鱗が禍々しくぬらりと光る。

「手筈通り、アレク班、ナディア班、迎え討て」

事前に班分けされた冒険者隊に、指揮官ザックの指示が飛んだ。

ルドガーが魔法灯を点滅させて、後続の馬車に合図を送る。停車、応戦の合図だ。

すぐに了解の応答があり、威嚇攻撃と同時に減速を始めた馬車は間もなく停車した。

既に誰かの手で魔法障壁が張られ、魔獣の馬車への接近は防がれている。早速近付こうとして行く手を阻まれた沼毒蜥蜴が、悔しげに牙を剥いた。毒々しい錆色の口内から毒液が吐き出される瞬間を狙って魔法を叩き込み、激痛にのたうつ魔獣の首を斬り落としていく。

精鋭冒険者の連携は凄まじく、Ａランク相当の群れは五分と経たぬうちに血の海に沈んだ。

「お疲れ」

「ああ」

ヴィオリッドの口元に付いた血糊をルリィがぺろりと拭き取る横で、シオリはアレクの頬に飛んだ返り血を、消毒液を含ませたガーゼで拭った。

「……その辺に転がってるのも、人里近くでは見ないのが増えてきたね」

「ああ。どうやら森からも魔獣が溢れ始めているらしいな」

まだ大規模暴走が発生するまでには至っていない。しかし、全ての元凶となる氷蛇竜は未だ健在。

これを駆除しない限りは、魔獣暴走の危険に晒され続けることになる。急がねばなるまい。

——そう考えた瞬間、彼方から響く不気味な音——声が、大気を震わせた。

……オオオオオオオオオオオオンンンンン……

花火の余韻のような音。腹の底に響くようなそれは、巨大な生き物が放った重低音の咆哮（ほうこう）だ。誰もが瞬（まばた）きすら忘れたように目を見開き、息を呑んだ。

――午前二時を過ぎて仄明るい夜空が徐々に白み始め、間もなく夜明けを迎えようとしている。爽（さわ）やかなはずの初夏の黎明（れいめい）の景色はしかし、重々しく不気味な気配に支配されつつあった。

7

国境地帯最大の町ディマを通り過ぎ、冒険者ギルドの幌馬車はクリスタール平原を北上した。

ストリィディア王国最北端に位置するこのクリスタール平原は、かつては光の魔法石を含有する巨大水晶の産地であった。

月光の輝きを持つ巨大水晶の採掘は一時期トリスヴァル領の主要産業の一つだったが、旧帝国領時代の乱掘で産出量が激減。採掘できるのが砂粒ほどの石ばかりになる頃には山の面影はほとんどなくなり、緩やかな起伏があるのみの平原となっていた。

閉山後、人の出入りがなくなってからは長い時間をかけて新たな生態系が生まれ、鉱山時代とは別種の美しさを持つようになった。領土奪還作戦後に平原を区切る長大な砦（とりで）が築かれて以降は領内有数の景勝地だったが、今この場所は旧帝国の内乱から逃れた難民のキャンプ地となっている。

本陣はこのキャンプ地から、馬でおよそ一時間ほど北西に進んだ場所だという。

領内から旧帝国側に出国できる唯一の出入口、バルタサール門を中心に広がるキャンプ地を幌馬車から眺めていたシオリは、曰く言い難い気持ちになって眉根を寄せた。

まだ午前四時。

多くの人々が床の中にいる時間だというのに、仮設小屋が整然と並ぶキャンプ地のそこかしこに難民らしき姿があった。

無理もない。周辺にはまだ片付けられていない魔獣の死骸が転がり、その合間を騎士や難民出身の冒険者らしき人々が忙しそうに行き来して騒然としている。そのうえあの咆哮だ。眠ることなど到底できないだろう。

その顔に浮かぶのは不安と困惑、絶望がない交ぜになった表情ばかりだ。

あるいは、虚無。

それはまるでこの世界に来たばかりの頃の自分の姿を見るようで、少し息苦しい。

――内乱からおよそ一年。

一時期は数万を超えた難民の多くは、落ち着きを取り戻し始めている郷里へ戻っていった。

しかし一部は未だこの地に留まったままだ。彼らは故国に見切りをつけたが第三国に渡る余力もなく、安定したストリィディア王国に永住したいと考えている。その多くは諸侯によって理不尽に土地を追われ、各地を漂流していた流浪の民だ。

彼らの受け入れ先として、再開発途中で中断していた鉱山町の跡地が決定した矢先に事が起きてしまった。入植の予定は先送りとなり、ようやく見つけた安住の地を目前で奪われることになった彼らの絶望は計り知れない。

苦労に苦労を重ねてようやく手にしたと思ったものを取り上げられる辛さを、この世界に転移して以来の数年で嫌というほど味わったシオリには、彼らの絶望が手に取るように分かる。

無意識に自分の身体を抱き締めるようにしていたシオリを、アレクが抱き寄せる。幼子をあやすように二の腕を何度も軽く叩いて、胸の内の激情を優しく鎮めてくれた。

「しかし、思ったよりは落ち着いているようだが」

理由を敢えて訊かずに別の話題を振ったのは、気を使ってくれたのだろうか。

「これでも一時はだいぶやばかったらしいぜ。また見捨てられるか囮に使われるんじゃねぇかって騒ぎになったとかでよ」

気の毒にな。ザックは呟くようにそう付け加えた。

彼らは故国では見捨てられた存在だ。ただ財源を生み出す装置でしかなかった彼らは、最終的に敗走する皇帝直轄軍の盾にされた。だから、彼らにとっては見たことのない伝説の邪竜などよりも、現実にこれまで受けてきた仕打ちの方が遥かに恐怖だったのだろう。

「……惨いことだな」

ぽつりとクレメンスが呟き、アレクは目を伏せた。

「だが、纏め役の男が優秀らしくてな。懇々と説き伏せて、なんとか混乱を収めたってぇ話だ」

元は貴族だったらしいが平民落ちしてからの生活が長く、ものの考え方は庶民寄りで、人々に受け入れられるのも早かったという。

半年ほど前この地に流れ着いたその男は、やがてキャンプ地の中心的存在となった。難民の中から腕の立つ者を集め、キャンプ地の警備や食料調達、果ては仮設小屋の修繕整備まで、王国の手を借りずに行う自治組織を結成した。男はその組織を活用して上手くキャンプ地を纏め、無法地帯にならぬよう気を配っているのだという。

キャンプ周辺で発生した小規模暴走にも敢えて手は出さず、全てを騎士隊に任せて防衛に徹した。線引きすべきところも弁えている。

こんな状況でも比較的落ち着いた状況を保っているのはそのためなのだろうと、馬車を先導する騎士の一人が自らの見解を口にした。

「なるほど。何者かは知らんが、帝国にもまだまともな貴族がいたんだな」

「まったくだ。しかし、それはそれで別の問題もあってな。今回の件で我々としては向こう側に退避させたかったのだが……ここだけの話、同じキャンプ地でも皆の旧帝国側と王国側では治安にかなりの差ができてしまった。そういう理由で、難民もあまり動きたがらんのだ。女子供連れは特にな」

「そんなにか」

「ああ。咆哮を聞いた後には、さすがに移動していったグループも少なくはなかったが……それでも見ての通り、かなりの人数がこちらに残っている。これまでのことを考えれば、帝国そのものに強い忌避感があるのかもしれんな……」

そう言ったきり、それまで細々と状況を教えてくれていた騎士は無言になった。表情こそすましたものだったが、その顔には隠し切れない濃い疲労の色が滲んでいる。

――未知の竜と魔獣暴走、そして扱いの難しい難民。

たった一日で、あまりにも多くの難題に接してきたのだろう。訓練された騎士とはいえ、それら全てに対処しなければならない彼らの精神的、肉体的重圧は計り知れない。

王立騎士団本部や、隣接する領地からは増援の派遣が決定されたらしいが、どんなに急いでも数日は掛かる。

今のところ竜は氷湖周辺から動く様子はないというが、そのままでいてくれる確証はない。

（増援を待ってたら、竜が移動を始めるかもしれない。町を襲うかもしれない。もっと大きな暴走が起きるかもしれない。そうなったら……）

シオリの脳裏にブロヴィート村の惨状が過ぎる。

――広場いっぱいに溢れた数え切れないほどの雪狼の群れ、壊れて散らばる壁材やガラス片、倒れて動かない血塗れの人々、必死に戦い続けて利き腕の機能を失った騎士。

もたついていたら、あれ以上の惨劇が起こる。この状況を長引かせてはいけないということは、平和な日本育ちのシオリにもよく分かった。

だからこそ辺境伯は、増援の到着を待たずに竜討伐経験がある冒険者隊の投入を即座に決定したのだろう。騎士の矜持よりも、民を護ることを優先したのだ。

本陣に到着した冒険者隊を出迎える騎士達の丁重な態度からも、そのことが強く窺えた。竜殺しの英雄率いる冒険者隊の扱いは、破格とも言えた。専用の天幕まで用意されていたのだ。

「出陣までの間、ここでお休みください」

「ありがてぇ。助かるぜ」

ザックと隊長クラスは作戦会議に参加しなければならないが、それ以外はいくらか時間の余裕ができる。少しでも横になって身体を休めることができるとあって、仲間達から安堵の息が漏れた。

ニルスとエレンが率先して毛布を配り、次々と受け取った仲間達は一分たりとも無駄にしないとばかりに、武装したまま横になった。

(気が昂(たかぶ)って眠れる気がしないけど……せめて横になるだけでもしておこう)

今日(きょう)はかなりの強行軍になるだろう。アレクを待つ間、パートナーの自分だけが休むというのも多少は気が引けたが、体力差を考えれば少しでも横になっておいた方がいいことは間違いない。

そう思って荷を下ろしたシオリに、ザックから声が掛かった。

「シオリ。悪ぃがお前も来てくれ」

「……え？」

まさか自分が呼び出されるとは思わず、シオリは目を瞬かせた。

「お前の魔法がかなりのお役立ちだったそうでな。後方支援連隊のお偉いさんが、挨拶ついでに礼を言いてぇそうだ」

ザックもアレクも困惑顔――というよりは渋い顔だ。案内役の騎士だけが、すました顔で目礼を寄越した。恐らく自分の参加は決定事項なのだろうが、多分それだけではないだろうことがこの三人の表情から察せられた。

(なんか面倒なことになりそうだな……)

そう思いながらもシオリは「分かった」と頷いた。

「ではこちらへ」

先導する騎士の後ろにザック、続いてクレメンスやカイ、ナディア、リヌスなどの主だった顔ぶれが並ぶ。アレクと自分は最後尾だ。

歩きながらアレクは囁いた。

「――先方が何か無理を言うようなら俺が止めてやるし、場合によっては裏から圧力でもなんでもかけてやるさ。だから安心して臨んでくれ」

彼は言外に権力を使うことを匂わせ、シオリはそこまでの事態なのかと目を見開いた。

「やっぱり、そんな面倒な話になりそうなんだ？」

「まぁな……」

アレクは渋面のまま嘆息した。

「よっぽど気に入ったんだろうな。もしかしたらお前だけ騎士隊預かりになるかもしれん」

「え、いくらなんでもそれは無理」

反射的に強い拒絶の言葉を口にしたシオリに、渋面を崩した彼は小さく声を立てて笑った。

「はっきり言うようになったな。だがまぁ、俺としてもお前を簡単に向こうにやる気はない。だから安心して今の調子で断ってやれ」

足元のルリィも「自分も協力するよ！」と力強くぷるんと震えて、うっかりすると出陣前に丸裸にされる騎士が出かねないなと、シオリは思わず噴き出した。

「ありがとう、二人とも」

内緒話をしているうちに案内の騎士は、「こちらです」と立派な天幕の前で足を止めた。

「お連れしました」

「入れ」

短いやり取りの後に垂れ幕が開かれる。

招き入れられた中のあまりの物々しさに、シオリは身を竦めた。

組み立て式の大きな卓を取り囲むようにして座る険しい表情の騎士達は完全武装で、殺気立つ気配で皮膚が切れそうなほどだ。

彼らはスライムやアルラウネといった奇妙な使い魔にも、ほとんど動じなかった。唯一魔狼の姿にだけ「おお」という控えめな反応を示しただけだ。

この佇まいからして彼らは間違いなく幹部クラスなのだろうが、直々に魔獣と交戦したのか、拭い切れなかった体液や泥が鎧にこびり付いていた。

「――S級冒険者にして竜殺しの英雄ザック・シエル殿、そして冒険者ギルドトリス支部精鋭の諸君、よく来てくれた。突然の要請に応じてくれたこと、感謝する」

上座で重々しく口を開いたトリスヴァル辺境伯クリストフェル・オスブリングにも、シオリが知る陽気で人好きのする表情は欠片(かけら)も見えなかった。深く刻まれた眉間(みけん)の皺、切れそうなほどに鋭い目、固く引き結ばれた口元が、まるで知らない人のように見せていた。

否が応でもここは戦場なのだと思い知らされる。

幹部席の後ろには元ブロヴィート駐屯騎士隊長レオ・ノルドマンが直立姿勢で控えていたが、彼だけは冒険者隊にいくらかの気遣いを見せた。

その視線がシオリを捉えると、僅かに表情が緩む。そして一瞬、苦笑いを浮かべた。

（……そういえばレオさん、後方支援に配置換えしたんだっけか……）

後方支援連隊のお偉いさんとやらの情報源は彼かと当たりを付けると、どうやらそれは正しかったようで、レオはそのまま申し訳なさそうに目を伏せてしまった。

代わりにその手前に腰掛けている「お偉いさん」は、獲物を見付けたようににやりと笑った。嫌らしいものではないが、悪い笑みだ。

（うわぁ……これは本当に厄介そうだ……）

居心地が悪くなったシオリは、紛らわすように隣のアレクを見上げる。しかし彼は別の何かに気を取られていたようで、緊張したようにある一点を見つめていた。その視線は天幕後方の片隅に向けられている。

（なんだろう）

身長が低いシオリからは、長身のアレクや同僚達の向こうにあるものが見えない。そっと身体の位置をずらして覗き込むと、こちらを、正確にはアレクを凝視している男女の姿が目に入った。

理由は分からないが、彼らは明らかにアレクを見ていた。敵意は感じられない。しかし、その深く探るような視線をアレクは警戒したらしく、その手はさり気なく剣の柄に掛けられていた。

騎士に取り囲まれるようにして立つその二人は、アレクの背後から顔を出したシオリに気付いたようだった。そして顔を見るなり「あ」という形に唇を開く。まるで、長年会っていなかった知人を不意に見つけたような顔だった。

（誰だっけ……知り合いだったかな）

――男は少しくすんだ鳶色(とびいろ)の髪、太く凛々(りり)しい眉(まゆ)に強い光を湛(たた)える蒼い瞳の持ち主で、真っすぐに背筋を伸ばしたその立ち姿は綺麗だった。細身だが捲(まく)り上げた袖(そで)から覗く腕は逞しく、質素な衣服の下には鍛え上げられた肉体が隠されているだろうことが察せられた。

女の方も髪色や瞳の色は男と同じ。顔立ちこそ違うが、全体の雰囲気はよく似通っている。もしかしたら兄妹かもしれない。

どちらも身形からして難民らしいが、難民に知り合いはいない。

でも、多分、どこかで会ったことがある。

「……なんか見たことがあるような気がするけど……誰だっけ」

「分からん。分からんが、会ったことはある、と思う」

ぼそぼそとやり取りしていると、明らかに余所見をして会議に集中していない男を見咎めたクリストフェルは「どうした、フロル・ラフマニン」と指摘した。

「……失礼いたしましタ。思いがけず命の恩人に会えましタもので、つい」

その名、語尾に癖がある特徴的な話し方、そして命の恩人という言葉。

男の正体に思い当たった二人と、やや遅れてクレメンスとナディアが「あっ」と声を上げた。

「あのときの帝国人か……！」

シルヴェリアの塔で死にかけていた二人の帝国人は、見違えるほど健康的になった姿で微笑んだ。

8

「ほう。命の恩人」

それまで険しかったクリストフェルの目が、面白がるように緩んだ。それきり何も言わず、顎で帝国人を指し示した。少しなら旧交を温める時間を取っても良いということらしい。

二十年来の知己の意図を正確に読み取ったアレクは、フロルとユーリャとの距離を詰める。シオリとナディア、クレメンスもそれに続き、握手と抱擁の応酬になった。

「元気そうでなによりだ。見違えたぞ」

「あんた達のお陰ダ」

フロルは笑った。いつか見た、何もかもを諦めてしまったような昏いものではない、陽光が弾けるような笑みだった。

「身体はもう大丈夫なんですか」

「ああ。あの後肺炎になりかけ夕が、なんとか持ちこたえ夕。騎士隊にも随分親切にしてもらってな。今はこの通り、すっかり健康を取り戻し夕よ。あんた達には本当に……感謝してもし切れない」

差し出されて握り返した手は二人とも荒れていた。キャンプ地に来てからずっと精力的に働いていたのだろう。しかし、かつてのような病的な蒼白さはなく、肌にも張りがある。握り返した手は温かく、苦労はあっても最低限の健康的な生活をしていることが窺えた。

なにより、その生き生きとした表情は以前にはなかったものだ。人は表情が変わるだけでこれほど印象が違うものなのかと驚かされる。

「アレクといったか……あんたを見たときすぐに気付いたが、本当にあのときの恩人かどうか確証が持てなかっ夕。だが、そっちの魔導士を見てようやく確信でき夕よ」

三角帽子の東方人は珍しいから記憶に残る。

言葉を選んだ遠回しな表現でフロルはそう言い、シオリは苦笑いするしかなかった。

「それはまたなんというか……」

三角帽子自体は決して珍しくはない。だから日除けにも、そして東方系特有の黒髪と顔立ちを隠すのにもちょうど良いと被っていたものだ。

（むしろ目立ってるなら、装備を変えてみてもいいのかな）

そんなことを考えながら、シオリは微妙な愛想笑いを作った。

「それで、何故ここに？」

アレクの問いに、それまで和やかだった二人の表情が曇る。というよりはむしろ、苦々しい顔だ。

「情けない話ダが、尻拭いというべきか……今回の件は同胞がかかわっているようで、首謀者に俺達の名を出した奴がいるんダ。例の氷湖の辺りはラフマニン家の所領だったこともあって、何か事情を知ってるんじゃないかと連行されてしまってな」

不安がるキャンプ地の仲間達に付いていてやりたかったのに、えらい目に遭ったとフロルは溜息を吐いた。纏め役として忙しく立ち回る中、二人は重要参考人として連行されてしまったのだという。

騎士達に物々しく取り囲まれているのは、そういう訳だったのだ。

「尻拭い……？」

「つまりこれは、単なる獣害事件などではなく人災だということだ。それも旧帝国のな」

どういうことかと訊く間もなく、話の切り上げ時だとばかりにクリストフェルが口を開く。

「というと？」

「皇帝派の残党の仕業だ。奴らが旧時代の怪物を解き放ったのだ」

クリストフェルが低く右手を掲げると、「説明させていただきます」と傍らに控えていた騎士が進み出た。彼は書類を手にしていたが、何度も同じ報告をさせられて内容を諳んじてしまったのだろう。一度もそれを見ることなく事のあらましを説明した。

「地元農民の狩猟団に扮(ふん)した皇帝派の残党が、旧帝国側より砦を大きく迂回(うかい)して王国側に侵入。昨日未明、峡谷南端ディンマ氷湖に到着。帝国領時代末期に凍結封印した実験体の封印解除を試みたところ、目覚めた実験体の攻撃でおよそ半数が死亡。魔獣の異常行動を調査中だった国境警備隊が生き残りの一部と接触し、事件発覚——というのがおよそのあらましだ。なお斥候(せっこう)隊の報告では、件の実験体は地竜型。しかし小型の翼が確認されたほか、バジリスク、ワイバーンなど複数の魔獣の特徴が見受けられた。合成魔獣の可能性が高い、とのことだ」

淡々とした説明だったが情報量は多く、その内容全てを理解するのにいくらかの時間を要した。誰もがしばらくの間無言だった。

「……伝説の舞台に竜の合成魔獣を封印とは笑えんな」

「その人達は伝説を再現しようとしたってことですか？」

「供述が事実ならそういうことになるな」

「冗談にしても笑えねぇよ。そのうえてめぇで生贄(いけにえ)になりやがったか」

ザックは赤毛頭を掻きながら毒づいた。

帝国領時代末期ということは、封印から百五十年以上は経っているということになる。それならきっと、邪竜は腹を空かせていただろう。皇帝派の残党は、封印を解いたその場で喰われたのだ。

しかしそれで足りたかどうか。邪竜はさらに食料を求めて移動するかもしれない。

「……それで、ラフマニン家とのかかわりは？」

フロルとユーリャに視線を走らせたアレクが訊ねる。救助した二人が重要参考人とあって、内心複雑なのだろう。

「絶対にないとは言い切れんが、少なくともこの二人は無関係だと我々は見ている」

クリストフェルは肩を竦めた。

「大体、十二月初旬に保護されてから二ヶ月間、騎士隊の医療施設で監視付きで療養中だった二人が、一体どうやったら十二月中旬に旧帝都で帝政復帰を呼び掛けて皇帝派の残党を集められるんだ」

シルヴェリア駐屯騎士隊との伝書鳥通信でもそれは確かなことで、療養を終えた後には支援物資の荷馬車に便乗させ、難民キャンプに送り出したという記録も残されていた。そのとき同乗した騎士は掃討作戦に参加中で、既に確認が取れているという。

「それは……」

シオリはアレクと顔を見合わせて苦笑いした。

「無理だな。仮に騎士隊に内通者がいたとしても無理がある」

「そもそもラフマニン家が氷湖近辺を所領していたのは三百年前までのことだ。実験体を凍結処分したとされる時期からは百年以上のずれがある。実験体の存在を認識していたかどうかも疑わしい」

「実際、ラフマニン家の関与については、苦し紛れの後付けとしか思えん点がいくつもある。奴らの供述もまるで噛み合っておらん。大方、キャンプ地にいるラフマニン姓の男女を思い出して、咄嗟に利用することを思い付いたのだろうよ」

皇帝派の残党は多少は歴史に詳しかったようだが、今現在精力的に働いているフロルとユーリャが、僅か半年前には瀕死の重症患者だったことまでは知らなかったようだ。

「災難でしたね……」

「まったくダ」

これからは正直に生きようと出自を明かしていたことがかえって仇になったと、二人は幾分疲れた顔で力なく笑った。

「だが、乗りかかった船ダ。俺達はこのまま討伐隊に参加するつもりでいる」

「帝国の問題にまた王国を巻き込んでしまっタわ。このままでは申し訳が立たなイもの」

ここまでかかわってしまった以上は無関係ではいられないと、彼らは言うのだ。

――ラフマニン家が政争で敗北して辺境伯の地位を追われ、かつての領地の片隅を治めるだけの弱小貴族になってから、すでに三百年の時が経っている。

その傍系の、さらに平民の地位に落ちて久しいフロルとユーリャがその責を負うつもりでいる。彼らの覚悟は潔くもどこか歪で、それが旧帝国問題の根深さを物語っているようにも思えた。

暴利を貪り悪逆の限りを尽くした旧帝国貴族の大半は収監中で、そのほとんどが重い懲役刑を科せられたか処刑を待つ身だ。本来この問題に全力で対応すべき彼らが、ある意味では今最も安全な場所にいる。代わりにこれからを生きていく民が、今後も続くであろう旧帝国の諸問題に向き合っていかなければならないのだ。

フロルとユーリャはまさに今、それに立ち向かおうとしている。

「あまり……気負い過ぎないようにしてくださいね」

思わずそう声を掛けると、二人は一瞬驚いたような顔をした。

それからゆっくりと滲むような笑みを零す。

「王国の人達は優しいわね……」

「そうダな。騎士隊の世話になっていたときには幾度となく気遣ってもらった。あんた達が掛けてくれた励ましの言葉も、あれからずっと心の糧になっている。俺達にとってはもう、王国そのものが恩人なんダ。だからこれは言わば、恩返しのようなものなんダと思ってくれ」

これは単なる自己犠牲ではないと彼らは言った。

「そう、ですか……」

「まぁ、頑張り過ぎないようにはするつもりダ。死に掛けて何週間も寝込むなんてことは二度と御免だし、あのデニスとかいう男にもまた怒鳴られたくはなイからな」

熱に魘（うな）され、それでも逸（はや）る気持ちを持て余して悶々（もんもん）と過ごす日々は辛かったとフロルは白状した。

「――もう死んで逃げようなどとも思わないし、自棄（やけ）も起こさなイよ。だから大丈夫ダ」

二人はもう自分の足で立っている。それならもう、あとは静かに見守るだけだ。

シオリの肩をそっと叩いたアレクは、微笑んで頷いた。足元のルリィもぷるるんと震え、クレメンスとナディアも感慨深く目を細めている。事情を知らないヴィオリッドとブロゥだけは、首を傾（かし）げるような仕草をした。

「我々としても貴重な戦力をむざむざ死なせるつもりはない」

クリストフェルもまた厳かに言った。

「勿論念のために監視は付けさせてもらうが、優秀な戦士は正直喉から手が出るほど欲しいのでな。フロルの剣の腕は確かだと聞いている。ユーリャ嬢の治療術にも期待しているぞ」

その気概があるのならば、ともに戦い生還することで旧帝国の悪印象を少しでも払拭（ふっしょく）してみろと彼は暗にそう言った。厳しくもあるが、そのための舞台を貸してやるということなのだ。それがクリストフェルの彼らへの譲歩でもあり、王国北部を護る辺境伯として与える試練でもあるのだろう。

こうしてみると、案外彼は最初から二人の無実を知っていて、この状況を逆に利用したのかもしれないとさえ思えてくる。

(ほんとに、向こうには回したくない人だなぁ……)

落ち着き払ったクリストフェルの態度に何とも言えない気分になっていたシオリと、その彼の視線が不意に絡み合う。こちらを捉えた瞳が、何かを訴えかけるように細められたような気がした。

それも束の間、徐に口を開いた者によって視線が外れる。

「――その貴重な戦力について、一つよろしいですかな」

言葉を発したのはあの後方支援連隊の「お偉いさん」で、彼はシオリを見ながら口角を引き上げた。

9

「控えろスヴェンデン。無礼だぞ」

「よい。構わん」

割り込むような形で口を挟んだお偉いさん――ルード・スヴェンデンと名乗った――を、クリストフェルの傍らにいた団長らしき騎士が窘めた。

しかしクリストフェルは、部下の不作法を咎めることはなかった。ただ片眉を上げて彼に問う。

「スヴェンデン連隊長。ここでの敢えての発言は、必要と判断したからだと捉えてよいか」

「恐れながら」

「そうか。では手短にな」

（えっ、許可するんだ）

そこは是非窘めて欲しかったが、無情にもクリストフェルは一つ頷いただけで許可を出してしまった。と、不意に彼と視線が絡む。ほんの一瞬、けれどもその僅か数秒の間に彼は目を細めてみせた。あれ、と思う間もなく真顔に戻る。

シオリの二の腕に添えられていたアレクの右手が、何か合図するように小さく動いた。ザックもまたちらりと視線を向ける。

四者の間で交わされたごく一瞬のやり取り。

（……そっか。悪いようにはしないってことかな）

クリストフェルの立場上、あからさまに「部外者」のシオリの肩を持つことはしないだろうが、彼もまたシオリの事情を知る数少ない人物の一人だ。北方騎士隊の思惑はどうあれ、見て見ぬふりをするつもりはないということらしい。

駆け引きは得意ではないシオリは、そっと肩の力を抜いた。けれどもできる限りは自分で切り抜けたい。自分一人で太刀打ちできるとは思わないが、護られてばかりの存在ではないと示したかった。

――かつての仲間達のように、いくらでも言いなりにできると思われたくはない。

（言いたいことがあるなら構わないから言ってしまえ）

アレクもそう囁いてくれて、シオリは小さく頷いた。

「――シオリ・イズミ嬢というのは貴女（あなた）で間違いないか。そこの、黒髪の魔導士殿」

「はい。私のことですが」

「呼び立ててしまって申し訳ないが、この場を借りて礼を言わせてもらいたい。シオリ嬢、貴重な研究の成果をご教示いただいたこと、まことに感謝する。お陰で魔獣暴走の被害は最小限に抑えられている」

前兆現象からおよそ一日。本来なら既に大規模暴走が発生しているはずだ。

それが未だ小規模な群れ単位の暴走に留められているのは、探索魔法を導入した掃討作戦が功を奏したからだと彼は言った。

「さもなければ、悠長に作戦会議など開いている余裕さえなかっただろう。魔獣暴走のもととも言える小規模暴走を一つずつ確実に潰すことができたのは、ひとえに探索魔法のお陰と言える。魔獣は数こそ多いが無限ではない。数さえ減らせば魔獣暴走の発生そのものを抑制できることが、今、立証されつつあるのだ。だが、探索魔法を試験的に導入してまだ一ヶ月弱。正直に申し上げると熟練とは言い難い。お恥ずかしい話だが、植物系魔獣が多く、気配が複雑な森林地帯では少々苦戦している。そこでシオリ嬢にご協力いただければと考えている。できればご同行願いたい」

（つまり、騎士の代わりに探索しろってことか）

スヴェンデンの言葉は「お願い」の体裁を取ってはいるが、その語気の強さは命令することに慣れたもののそれだ。非常事態対応を口実に、このまま押し通すつもりなのだ。

怖い、けれどもそれに呑まれる訳にはいかない。

「助言ならいくらでもします。けれども同行は承諾いたしかねます。私は冒険者隊の索敵担当としてここに参りましたので」

「それはこちらも承知の上だ。勿論無償でとは言わん。貴女さえ良ければ顧問として迎える用意もある。移民として苦労も多かったことと思うが、騎士隊所属となれば身分は保証される。決して悪い話ではないと思うが、いかがか」

「顧問……って」

使いどころがあれば、戦力外通告された傷病兵さえ拾う男だ。

スヴェンデンの目は真剣そのもので、本気なのだと分かる。

この僅かなやり取りでまさかそこまで話が及ぶとは思わず、シオリは絶句した。

その一瞬の沈黙を隙とみて、今度は別の騎士が口を挟んだ。

「スヴェンデン殿、抜け駆けは感心しませんね。我が隊としても貴重な人材は喉から手が出るほど欲しいのです。こういってはなんですが、後方支援連隊では彼女の能力を十分に活かし切れないのではありませんか。既存魔法の応用と合成魔法に関しては、我らも高く評価しております。どうでしょう、シオリさん、我が魔法部隊で研究員として働いてみては。歓迎しますよ」

「そういうことならこちらも黙ってはおれませんな。我々も我が隊に迎えたいと思っていた者がいるのだ。シオリ女史も含めてな」

「アッペルヴァリ殿、レンネゴート殿。横入りせんでもらいたい」

「優秀な人材を独占されてはかなわんのでな。せめて各隊に均等分配してもらわなくては」

彼らはこちらが承諾することを前提で言い争っている。それどころか、冒険者を各隊に分散配置する話にすり替わっている。共同作戦は建前で、初めからそのつもりでいたのかもしれない。

雲行きが怪しくなったことに、同僚達が困惑しているのが気配で分かった。

クリストフェルはといえば無表情のようにも思えたが、よく見れば机の上で組まれた指先が小刻みに上下している。多少なりとも苛ついているのだ。

隣のアレクが、ふ、と嘆息する。ちらりと見ると、（そろそろ加勢するか？）と横目で訊いていた。

（ううん、もう少し頑張ってみる）

せめて、自分の気持ちを全て伝えてしまいたい。

首を振ったシオリに、彼は苦笑気味に頷いてくれた。

「認めてくださるのは嬉しいのですが、私はお世話になった方々への恩返しの意味も込めて、自分の技術を世間に広めたいと考えています。騎士隊にいてはそれが叶いません。私は自分の意思でやり方を決めたいのです」

組織の性質上、間違いなく技術は騎士隊が独占することになるだろう。事と次第によっては、アレクと離れて生活することにもなりかねない。

「ご懸念の通り、研究内容は機密扱いとなる。状況によっては外出制限させてもらうこともあるだろう。だが、ご友人と離れることに抵抗があるというのであれば、共に来てもらっても構わない。アレク・ディア殿。貴殿の活躍は聞き及んでいる。貴殿も共に来てくれるのであれば、我々としても大変ありがたい」

「悪いがお断りする」

アレクは即答した。

「騎士隊の在り方を否定はせんが、性に合わない。俺も俺の意思で動きたいんでな」

「だが……、いや、仕方がない。しかしシオリ嬢はどうだ。是非考えてはもらえまいか」

実のところ戦力は黙っていても集まるが、好んで後方支援を志願する者は少ない。だから後方支援に特化したシオリがどうしても欲しいのだと、スヴェンデンは食い下がった。

「再三申し上げますが、お断りします。必要に応じて助言を差し上げることはできますが、騎士隊の所属になることは承諾いたしかねます。私は――私は、自由を奪われることも、足手纏いだからと切り捨てられることも、もう二度と嫌なんです。騎士隊の性質上、それを避けては通れないこともきっとあるでしょう。だから」

シオリは一度、騎士隊に見放されたことがある。あの暁（あかつき）の事件のときだ。

誰の目にも明らかに事件性があったというのに、証拠不十分で立件できなかった。何らかの圧力が掛かったからではないかと噂に聞いたが、多分それは事実なのだろう。主犯格だった先代ギルドマスターは貴族だったらしく、生家からの圧力があったのではないかという噂が立ったこともある。

いずれにせよ、冒険者ギルドでは迅速かつ厳密に処理されたあの事件は、しかし公的にはなかったことになってしまった。

圧力そのものは事実であっても、本当の理由は別のところにあって、それはシオリは知るべくもないことだった。けれどもシオリはそのとき、市民が頼るべき騎士隊に見放されたとそう感じた。切り捨てられたのだと、そう思った。

世の中法だけでは解決できないことは沢山あって、それを理解していてもなお当事者であるシオリは、本音では納得できないでいる。

個人的に親しい騎士も何人かいて、大多数の騎士は善人だということは知っている。けれども国家の組織である以上、有事の際に彼らから見捨てられることは十分にあり得るのだ。

決して騎士が嫌いな訳ではない。ただ、いつかはそういうことになるのではないかという恐怖感が拭い切れないのだ。

「私にとって、大事な今の居場所を出てまで選ぶ場所ではないんです……すみません」

語尾を震わせたシオリの肩を、アレクはそっと抱き寄せた。

「俺は王国に忠誠と剣を捧げるあんた方を尊敬している。だが、騎士隊の組織としての在り方を受け入れ難いと思う人間がいることは事実だ。切り捨てられた経験があるならなおさらな。だから、こいつの気持ちをどうか尊重してもらいたい」

アレクの言葉は静かで、騎士隊への敬意も確かにあった。王家に名を連ねる者として、彼らの存在を否定したくはなかったというのもあるだろう。

しかし、執拗に食い下がる彼らへの不快感からか、その身からは紛れもない殺気が滲み出ていた。ぴり、と空気が軋む。

――天幕の中は、しん、と水を打ったように静まり返った。

事情を知らずにいた騎士の一人が、隣の騎士に耳打ちされて眉根を寄せ、そして気まずそうに片目を覆った。レンネゴートと呼ばれていた騎士だ。彼はシオリの過去に何があったのかを、今ここで知ったようだった。

「――冒険者ってぇのは良くも悪くも訳ありの集まりだ。何がしかの過去を抱えてる奴は大勢いる。このシオリもそうだ。古傷を抉るような真似は金輪際やめてもらいてぇ」

それまで静観していたザックが重々しく口を開いた。

「それに俺達は竜退治に呼ばれたんであって、品定めされるために来たんじゃねぇ。これから未知の竜と戦いに出るってときに、大事な仲間を引き抜かれちゃ堪んねぇよ。これ以上つまらねぇ話を続けるってんなら、共同作戦はなしだ。俺達ぁ勝手にやらせてもらうぜ」

話は終わりだとばかりに彼らに背を向けたザックは、後ろに控えている仲間達に目配せした。行こうぜ、という合図だ。

「待ちたまえ」

立ち去ろうとする冒険者を、クリストフェルは厳かに呼び止めた。

「部下に発言を許したのはこの私だ。不快な思いをさせて大変申し訳なかった」

辺境伯自らの謝罪。目礼一つのものではあったが、驚いた騎士達は半ば腰を浮かせた。

「閣下。閣下が謝罪なさることでは――」

「竜討伐に彼らを呼べと指示したのはこの私だぞ。危地へ呼びつけておいて礼儀を欠く発言を許したのだ。謝罪は当然のことだとは思わんか」

部下の不始末は上司の責任。それは組織として当然のことであるとクリストフェルは言った。

「ですが閣下。有望な人材を護るという意味では、騎士隊という場所はこのうえなく都合が良いのも事実です。特に彼女は身寄りのない移民という立場にある。強力な後ろ盾を宛がうことは、決して不自然なことではありますまい」

「彼女はその騎士隊から見放された経験があるのだぞ。断る理由としては十分なものだろう。今更どの面を下げて護るなどと言えるのだ。これから登用しようという人材の経歴を、まさか調べていなかったなどとは言うまいな」

「それは……」

辺境伯でさえ把握している事実を、彼らはこれからシオリの上官になるつもりでいながら知らなかったということになる。

スヴェンデンやアッペルヴァリはいくらか事情を把握しているようだったが、表面的な経歴しか知らなかったレンネゴートは顔色を悪くした。

「以前から民間人、特に冒険者に対して強引な勧誘をする者がいるという話は私も耳にしている。優秀な人材が欲しいという諸君の気持ちはよく分かる。だが私としては、今後も冒険者ギルドと良好な関係を保ちたいと思っている。友情にひびを入れたくはないのだ。理解してもらえるな」

仮にも取引相手である。そこから人材の引き抜きをして、今後も同じように取引ができるかといえば決してそうではない。

今後は控えろという辺境伯からの直々の忠告を、騎士達は聞き入れるよりほかはなかったようだ。

「……御意にございます」

「大変失礼をいたしました」

「……という訳だ。気分を害したと思うが、どうかここは私の顔に免じて矛を収めてはくれまいか」

クリストフェルの視線を正面から受け止めたザックは、「ご理解いただけるのであれば、こちらとしてはこれ以上何も申し上げますまい」と答えた。

「だが今回の依頼、相手が相手なんで間違いはねぇようにやりてぇんだ。こっちとそちらさんの役割分担だけしっかりしてくれりゃあ、あとはこっちでいいようにさせてもらいてぇ」

「やむを得んな」

ザックの申し出に、クリストフェルはほとんど即答した。

今度は騎士達も口を挟むことはなかった。彼らは交渉を失敗したのだ。

結局シオリは、魔獣暴走担当となる北方騎士隊本隊に助言する形でこの場での役割を終えた。効率的な探索方法のいくつかを教えられた索敵班の騎士は、編成を変える必要があるなと慌ただしく立ち去った。

彼らは氷湖周辺の森林を外から囲み、森深部の魔獣暴走と氷蛇竜の逃走を阻止する役割を担う。大規模に展開する部隊編成を今から変えるのは骨が折れるだろうが、何事も実戦だと言ってその騎士は笑った。

氷蛇竜討伐の中心となる冒険者隊には本隊との連絡役の騎士を一人配置し、これとは別に、支援部隊として弓騎士隊と魔法騎士隊、後方支援連隊からは輜重(しちょう)隊と衛生隊が同行することに決まった。

彼らには冒険者隊の「保険」としての役割もある。

このほかには、旧帝国人のフロルとユーリャの参加が決まっている。

「やっと本題に入れそうだね」

「だな……」

ひと悶着(もんちゃく)あったがようやく出発の目途(めど)が立ち、一行は苦笑いするよりほかはなかった。

「……なんか無駄な時間を過ごした気分……」

「まったくだ。こんなことをしている暇があるなら少しでも余分に眠っておきたかったな」

使い魔達もその通りだと言わんばかりで、やはりうんざりしていたのだと分かる。

出発は小一時間後。軽く装備を整えたシオリは、それまでの僅かな時間を休息に充てるために、毛布に潜り込んで目を閉じた。

——作戦会議を終えて側近とともに天幕に残っていたクリストフェルは、その場に留めさせていたスヴェンデンに視線を向けた。

直々の叱責を受けるに違いないと、騎士達は憐れみの、あるいは揶揄の視線を残して出ていったが、事実は異なる。

「……急な頼みだったが、よくやってくれた。悪かったな」

「なに、どうということはありません。道化役は得意とするところです」

それまでの殊勝な顔付きを崩したスヴェンデンは、一転してにやりと笑った。

「ああ、お陰で助かった」

クリストフェルは苦笑いした。

魔獣暴走という思わぬ舞台で想定以上の成果を上げた索敵魔法は俄かに注目を集め、これの考案者の獲得に動き始めた者がいるという報告を受けたときには、些か肝を冷やしたものだ。

それ自体は決して悪いことではないが、友人達の平穏と幸福を願うクリストフェルとしては、あまり良い状況とは言えなかった。

騎士隊幹部には貴族籍の者が多い。騎士隊を介して優秀な人材を自家に取り込もうとする輩は昔からあったが、もしそうなれば、辺境伯と言えども簡単には手が出せなくなってしまう。早々に手を打たねばなるまいと声を掛けたのが、青年時代から付き合いのあったスヴェンデンであった。

身元を隠して市井の居酒屋で息抜きをしていたときに出会った、平民出身の陽気な騎士。お調子者のようでいて思慮深く、こと兵站の重要性を熱く論じる姿に深い感銘を受けて以来の付き合いだ。

『囲い込まれては困る女がいる』

そう切り出して、この男に移民の女を調子よく丸め込もうとしてしくじる騎士を演じさせたのは己だったが、彼が役割に徹してくれたことで、シオリを自隊に取り込もうとしていた幹部に釘を刺すことができた。

「レンネゴートの噂は聞いてはいたが、アッペルヴァリは些か意外だったな。保守的な印象があったが記憶違いか」

「ここ数年は目立った成果がなかったようですからな。焦りもあったのではないかと」

「移民の女を適当に言い包めて手柄を横取り……か？」

「そんなところでしょうな」

彼は肩を竦めて暢気に苦笑いするだけだったが、いつの間にか机の下でこっそり「聞き耳」を立てている瑠璃色のスライムに気付いていたクリストフェルは、ひくりと口元を引き攣らせた。

——作戦行動中に、何故か下半身素っ裸などということにならねばよいが。

さすがに今は控えてくれと視線で伝えると、察したらしいルリィは「仕方がない」とでも言いたげにぷるんと震え、それから「じゃあね」と触手を一度だけ振って音もなく去っていった。

「……しかし、あのアレクとかいう男の殺気にはさすがに肝が冷えましたな。出陣前に女神の御許に召されることになるかと思いましたぞ」

「それはまぁ……悪かったよ。誤解のないよう伝えておく。勿論貴君の献身にも報いるつもりだ」

「なに、当然のことをしたまでです。しかしまぁどうしてもというのなら、秘蔵の酒でもいただきましょうかね。執務室の飾り棚の奥の」

予期せぬ台詞にクリストフェルはぎくりと肩を揺らし、それを見た彼は声を立てずに大笑いした。

「仕事柄、隠し持った食料を探し当てるのは造作もないことですよ」

「恐ろしい男だな……」

持込禁止の訓練期間中、上官が密かに持ち込んでいた嗜好品を見つけ出して同期に振る舞ったとか、どこからともなく山菜や木の実を調達してきて、事故で食料を失った自隊に多大な貢献をしたという逸話のある男。

記憶力、観察力、洞察力が高い。とにかく目端が利くのだ。余所の部隊でお荷物扱いされていた人材を拾い上げては、その長所を見抜いて見事に使いこなしてみせる。

此度もどの部隊よりも早い段階でシオリの魔法に目を付けていた。

どことなく胡散臭い容貌と言動に顔を顰める者は多いが、その能力、面倒見の良さゆえに信奉者も多いのもまた事実である。

得難い人材、そして旧知の友だ。

「――では私もそろそろ戻ります」

そう言い敬礼して足早に去ったスヴェンデンの背を見送ったクリストフェルは、彼とその率いる部隊の無事を祈った。

第二話　竜討伐と祈りの祝祭

第一章　温かな場所でおやすみ良い子

1

冒険者達が仮眠を終え、身支度を整えて出揃う頃には出発の準備は整っていた。討伐部隊が乗り込む馬車と輜重隊の運搬騎獣が街道に並び、出発の時を待っている。

馬車馬も運搬騎獣も、特別な訓練を受けた強靭な個体ばかりだ。馬車を引く多足軍馬は早く行こうと鼻息荒く、沢山の物資を括り付けた戦車山羊は、暢気に草原の草を食んでいる。

ギルドの馬は騎士隊に預けられ、代わりに多足軍馬が繋がれた。

「こいつぁいい馬だ。頼んだぜ」

竜殺しの英雄の称賛に気を良くした美しい漆黒の馬は、勇ましい嘶きを上げた。

その後まもなく、騎士隊の馬車を先頭に、討伐部隊が出発した。

直前、見送りに顔を見せたクリストフェルは、厳かな表情を崩さないまま瞳だけを僅かに揺らしてただ一言、「生きて戻れ」とだけ言った。武運を祈るなどという、どこか他人行儀な物言いではなかった。それは、紛れもない彼の本心であっただろう。

彼も武人だ。できるなら自ら先頭に立ち、共に戦いたかっただろう。しかし彼の肩書がそれを許さない。死者が出るかもしれない場所へ、大切な友と部下を送り出さなければならない彼の胸中は如何ばかりか。

　御者台に片脚を掛けていたザックは、不意に踵(きびす)を返してクリストフェルに歩み寄り、肩の高さに手を掲げた。目を丸くしたクリストフェルがやがて破顔して同じように手を掲げると、彼は親友の手に己の手を打ち付ける。

　必ず戻るという誓いの儀式。

　ここにいる大多数の人々は彼らの関係性を知らない。けれどもこのとき、二人の間には確かな友情があることを知った。

　――やがて馬車は走り出す。

　シオリもアレクも、これから竜の待つ地へと向かう人々はただ前だけを見つめていた。もう誰(だれ)も後ろを振り向かない。

　それを見送る人々だけが、森に呑(の)まれて見えなくなった彼らの面影を探すように、いつまでもその場に立ち尽くしていた。


　ディンマ氷湖までは国境に広がる森林地帯を抜けていく。地元の猟師が使う、巨木の根を迂回(うかい)するように踏み固められた道を辿(たど)って奥を目指した。

　夏空に巨大な枝葉を広げて聳(そび)え立つ巨木群に圧倒されたシオリは、知らず小さな吐息を漏らした。

　幾人もの大人(おとな)が手を繋いでようやく一周できるほどの巨木が生い茂り、竜の尾の如(ごと)き太い根がうねるように地を這(は)っている。開拓するにはあまりにも手が掛かり過ぎるがゆえに、最低限の道以外はほとんど人の手が入っていないこの森。

しかし、湧き水を水源とするいくつもの清流と栄養豊富な土壌、魔素の濃い森は恵み豊かで、この辺りに住む人々にとってはなくてはならないものだった。

「だが、当面森の恵みは期待できんだろうな。少なくとも今年はもう……無理だろう」

アレクがぽつりと呟く。

「魔獣暴走対策でかなりの数を狩ってしまった。時間が経てばいずれまた戻ってくるだろうが、それまでに廃業する猟師も多いだろうな」

彼の視線は道の端に転がる魔獣の死骸と、暴走する魔獣に踏み荒らされたベリーの群生地を捉えている。魔獣暴走が与える影響は、暴走そのものだけではなかったのだ。

「魔獣の死骸を片付けないのって、きっと、単純に手が足りてないからってだけでもないんだね」

「まぁ……そうだな。そういう面も少なからずある」

アレクは認めた。

「落ち着いたら近場の連中が拾っていくはずだ。あまり日が経つと腐敗が進んで難しいが、そうでなければ使える素材は沢山ある」

「そっか……それならやっぱり、早く解決しないといけないね」

「ああ」

氷蛇竜さえ斃せばあとはトリスヴァル辺境伯の領分になる。きっとアレクやザックも密かに手を貸すのだろう。

——渦中の氷蛇竜は未だ氷湖に留まったままだ。彼の竜は目覚めの食事を済ませた後、氷湖のそばで蹲るようにして浅い眠りと短い覚醒を繰り返しているという。

二百年近くに及ぶ長き眠りで消耗した体力の回復を図っているのか、あるいは氷の魔獣であるがゆえに氷湖に留まっていた方が都合が良いのかもしれないが、それはあくまでも推察に過ぎない。

いつ人のいる場所に向かって移動を始めるかも分からない状況だ。

しかし、先遣隊は攻略法の分からぬ未知の竜を無暗に攻撃してはならぬ、討伐部隊到着まで陣容を整えて待機と命じられたようだ。その代わりに、でき得る限りの対策を講じているという。

彼らの主たる任務は魔獣の逃亡阻止だ。決して人が住む場所に近付けてはならない。足止めに掘った二重の深い堀を泥で満たし、結界の陣を幾重にも張り巡らし、飛ぶはずのない地竜型の魔獣が万が一にも空へ逃げることがないようにと、最前線に魔法騎士隊と弓騎士隊を配置していた。

数多の命を抱くはずの森は今、息を潜めて待機する騎士達が放つ殺気と、妖気交じりの重苦しい冷気に覆われて、異様なまでの静けさだった。命溢れる夏の痕跡を残していながら、その全てが失われてしまったかのような静寂は、言い知れぬ不安感を煽る。

ルリィやブロゥはそわそわと落ち着きがなく、ヴィオリッドは居心地悪そうに視線を彷徨わせている。使い魔の魔獣達は、こんな森は知らないと言いたげだ。

騎士隊の防衛線を越え、奥へ進むほどに森本来のものではない、冷たく、粘り付くような空気が重苦しく圧し掛かり、シオリはふるりと身を震わせた。

常冬の湖が近いからというだけではない。何の準備もなしに近付けば、きっと心身に障るだろう類の気配が纏わりついてくる。

（……まるで死霊の巣みたいな……）

およそ生者のものとは思えない気配。それは、冒険中に幾度か出会った死者の成れの果ての気配によく似ていた。

幾人かが不調を訴え、ニルス処方の気付け薬を口に含んだ。それでも回復しない者は途中の陣に預けることになったが、そこでも似た症状で手当てを受けている騎士がいた。索敵中、氷蛇竜のものであろう気配に触れて失神したのだという。

間もなく意識を取り戻した騎士は、「えらい目に遭った」と呻いた。

「死霊の体内に取り込まれたらこんな気分になるかというような……なんとも悍ましい……」

氷蛇竜は死霊ではない。目視で確認されているからそれは確かだ。

けれどもその気配はまるで死霊のようで、何の心構えもなく探索魔法で触れてしまった彼は、この世のものとは思えない瘴気を孕んだ気配に意識を呑まれそうになったと語った。

話を聞きながら、シオリは慎重に探索魔法の網を伸ばす。

――巨木群の先に、今感じている不快感を何倍にも濃縮したような「何か」がいた。

長く触れていて良いものではないことは分かる。その「何か」に同調しないように最大限の注意を払いながら魔法を解く。そんなシオリに、アレクは不安げに声を掛けた。

「おい、無理はするな。大丈夫か」

「大丈夫。なんとなく……こういうものの躱し方はもう分かってるから」

この数年、伊達に魔法研究に時間を費やしてはいない。対象の気配に内包された感情に触れてしまうこともある探索魔法は、もはや第一人者と言ってもいい立場にある。そういったものへの対処法は身体で覚えてしまった。

「でもこの感じだと、もしかしたら精神攻撃もあるかもしれない。気を付けないと」

「そうだな……念のため気付け薬を多めに持っておくか」

竜による精神攻撃の可能性が示唆され、ニルスによって追加の気付け薬が配布された。

「嗅ぎ薬だから、あらかじめ布に染み込ませて持っておくといいよ。鎮静効果もあるから」

夜紫陽花の蜜から作られたそれは、ふわりと甘く爽やかな香りを放った。それだけで気分が落ち着くようで、硬かったその場の空気が幾分緩和された。


その後、再び馬車を走らせて間もなく防寒具の着用命令が下り、夏服の上から冬装備を着込んだ。

それでも薄ら寒く感じられるのは、周辺に漂う瘴気のせいだろうか。

「湖を全面凍結させ、その周辺まで常冬にするほどだ。それで昔から、湖底には氷の魔法石の鉱脈があるんじゃないかと言われていた。しかし、全面凍り付いているうえにかなり深いようでな。これまでにも何度か専門家が調べたが、結局詳しいことは分からずじまいだった。だが、そうは言ってもこれほど妙な気配は今までになかったはずだ」

「ねー。何度かこっちで仕事したことあるけど、こんなのは初めてだよ」

あまりこの土地に詳しくはないシオリのために説明してくれたアレクの言葉に、リヌスが口を挟んだ。口調こそ普段通りのものだったが、いつもは太陽のように笑っている彼の表情は硬く、その顔色も冴えない。

このひどく重苦しい空気は、伝説に謳われた竜が目覚めた影響だろうとザックは言った。

「竜ってぇのは、その存在感だけで人が殺せるとまで言われてんだ。しかしここまでの奴ぁ、俺も経験がねぇな。よっぽど気を強く持たねぇと戦う前に呑まれちまう」

二度の討伐経験があるザックの言葉は重く響いた。

——竜殺しの英雄の到着まで、騎士隊に攻撃命令が下りなかった理由の一つ。

これほどの異様な気配の持ち主を下手(へた)に刺激して人里近くまで逃したら、それだけで死人が出る。

それどころか万が一にも国境を越えさせたら、国際問題に発展するだろう。

国境に接した領地には、そういう問題も付いて回る。だから辺境伯というのは、単純に武力や政治力だけではない、そういう事態にも柔軟に対応できるだけの人間でなければ務まらない。

クリストフェルは、騎士隊を差し置いてまで民間組織の冒険者ギルドを頼った。同一人物による二度の竜討伐は信頼に足ると、確実性の高い選択をしたのだ。

しかし、立場や面子(メンツ)を天秤(てんびん)に掛けるまでもなくその判断ができるほどの人材となると、そうはいない。体面を重要視する貴族はなおさらだ。

クリストフェル・オスブリングは、国境地帯を任せるに足る人物なのだと改めて思い知らされる。

——前方から討伐部隊のものではない馬の嘶きが響いた。

巨木群の合間を駆けてくるのは伝令の早馬だ。

「竜覚醒、移動の兆しあり！　魔法騎士隊第一、弓騎士隊第一が交戦中！」

伝令の言葉に被さって重低音の短い咆哮(ほうこう)、続いて爆発音が響いた。木々の向こうに閃光(せんこう)が走る。

「氷湖はすぐそこだ！　いつでも出られるようにしとけよ！」

ザックの号令。緊迫感で皮膚が切れそうなほどの空気に、シオリは震える指を噛(か)む。

「……俺達のためだけじゃない。クリストフェルや民のためにも、必ず勝って帰らないとな」

愛剣に手を掛けて前を見据えたまま、アレクはぽつりと呟いた。

王族でありながら前線で自ら剣を取って戦うアレクの、シオリにだけ聞こえた独り言。

本来の姿を偽り民からは見えない場所で、彼はこうして民のため、国のためにずっと戦い続けてきたのだろう。

「うん。勝って帰ろう。そして皆で夏至祭を目いっぱい楽しもうよ」

死ぬ気で戦うとは言わない。死ぬ気でなどと言っていては、いざという局面で「もういいか」と永遠の安息を望んでしまいそうだからだ。

ひどく冷たく、何もかもを拒絶するような気配が迫る中、自分を奮い立たせるためにもシオリは努めて明るく言った。その言葉に呼応してルリィがぷるんと震え、ヴィオリッドも牙を剥いた。

「森から出るぞ！」

巨木群が途切れて突如開けた視界の向こう、陽光に煌めく白と薄青の世界の中心に見えたのは雪の小山――否、真珠をまぶしたように輝く白銀の竜だ。

首を巡らせた竜と、不意に視線が交わる。

そのガラス玉のような瞳は、およそ感情らしいものの一欠片も見当たらない。ひどく虚ろだ。

まるで虚無の深淵を覗き込んだかのような錯覚に陥って身を竦めるシオリの横で、アレクは強い既視感に息を呑む。

怒り、悲しみ、痛み、苦しみ、孤独、渇望――あらゆる負の感情を煮詰めた後に残った、冷たく硬い空虚の結晶と化した瞳を、アレクはかつて見たことがあった。

（まるで、いつかのシオリのようだ）

それはあの日、悪意を抱く三人娘と対峙したときに彼女が見せた瞳によく似ていた。

絶望というにはあまりに生温い、希望と名の付くもの全てを手放してしまった空虚な瞳だ。

2

第一印象は竜の形を成した巨大な美しい真珠。しかしよく見ればその姿はひどく歪だ。

身体つきは確かに地竜のもの。けれども、鳥に似た後ろ脚とくるりと巻いた太い尾には、バジリスクの特徴がある。前脚と一体化した翼はワイバーンのものだろうか。

様々な生き物を繋ぎ合わせた歪な竜の足元には、何かの残骸と赤黒い染みがあるのが遠目にも分かる。旧皇帝派残党の成れの果てと思われた。

神話の邪竜をそのまま体現したかのようなその竜は今、虚ろな瞳で人々を睥睨していた。生き物であるなら、なんらかの感情がそこに見えるはずだ。だというのに、そこにあるのは底なしの虚無。

――強い既視感を覚えたアレクは、思わず隣の恋人に視線を向けていた。

幾許かの緊張はあれど、その落ち着いた色合いの瞳には強い光が宿っている。

(大丈夫だ。あのときとは違う)

それを分かってはいても、アレクは湧き上がる不安を抑えることができなかった。

目の前の竜とかつての彼女の瞳はあまりに似ていて、このまま戦えばシオリがあの竜と同調してしまうのではないかとひどく不安だった。

だが、当のシオリは「大丈夫」と言った。

「大丈夫だよ。私はもう空っぽじゃないから」

そう言って彼女は微笑む。

聡い彼女は、自分と竜を見比べているアレクの表情から察したに違いなかった。

「空っぽだった私を満たしてくれたのはアレクだよ。今この瞬間だって満たしてくれてる。アレクと出会ってからまだ一年も経ってないのに、もう溢れそうなくらいなの。だから、大丈夫だよ」

「なるほど」

愛剣を握り直したアレクは、竜を見据えながらにやりと笑った。

「そんな可愛いことを言ってくれるなら、これはさっさと終わらせて帰らないとな」

夜のお楽しみを匂わせるとシオリは頬を赤らめ、足元のルリィが「お前はこんなときにまで何を言っているんだ」とばかりにじっとりと見上げた。真横に陣取っているヴィオリッドは「お熱いわねぇ」とでも言いたげに鼻を鳴らしていて、アレクは小さく声を立てて笑った。

（いつも通り。いつも通りだ。肝心の俺が動揺してどうするんだ。いつも通りじゃないか）

そう、いつも通りに戦うだけだ。


湖岸の戦場を見下ろす丘にある第一次防衛線。そこに設置された土塁の内側で馬車は止まった。

竜が本気を出せばあまり意味はないだろうが、土魔法で築かれたそれは一応の防御壁代わりになっていた。竜の攻撃射程圏のぎりぎり外側だったが、魔法攻撃の余波を食らう可能性もある。何もないよりは遥かにいい。

「待っていたぞ」

討伐部隊の到着を認めた先遣隊指揮官が、手短に挨拶を済ませて状況を教えてくれた。

「現況を伝える。目標は北東、平原方面に向かって移動を試みている模様。魔法騎士隊、弓騎士隊が移動阻止のため交戦中。目標の突進攻撃、氷、水、風属性の魔法使用及び魔力放出を確認。魔法耐性あり、弱点属性、急所ともに不明」

「飛行能力は？」

「未確認。ただし前脚にワイバーン様の翼あり。飛行の前兆行動様動作を一度確認した」

「分かった。しかし魔法耐性ありか。炎属性も試したんだな？」

「無論だ。全方位から最高火力で撃ち込んだがまるで動じん。足止め程度にしかならなかった」

さすがに伝説の竜の名を冠するだけのことはある。

竜は本体のみならず、表皮を覆う鱗にも強力な魔力を帯びている、魔法耐性が高い魔獣だ。ゆえにこれと戦う側は、物理攻撃主体の近接戦を強いられる。あれほどの巨体を相手にだ。

それでも属性付きであれば、不利な属性魔法である程度体力を削げるはずだったが、弱点属性と思われる火属性が効かないのだ。

決して気のせいではなく、その場の空気が重くなった。

「奴の属性は氷属性で間違いねぇのか」

「正直に言うとよく分からん。氷属性は強く感じられるが、明確にそうだとは断言できんのだ」

「なんだそりゃあ」

騎士らしからぬ曖昧な返答に、ザックは眉根を寄せた。

「例の探索魔法でも探らせたが、どういう訳か属性が混在しているうえに、使用者の半数が昏倒してそれ以上探れんのだ。ここからでも分かるだろう。あの不気味極まりない気配を。あれは精神に来る。当てられて離脱を余儀なくされた者もいる。そのうえ魔力放出時の精神攻撃が強力で下手に近付くことさえできん」

「属性が混在……⁉」

一般的に生物は単一属性である。属性の異なるものを掛け合わせても、生まれてくるのはどちらか一方の属性だ。にもかかわらず、属性が混在しているとはどういうことか。

ザックはしばらく考え込んでいた。その視線がこちらを、正確にはシオリの方を向いた。

「……シオリ。探れるか」

自分で声を掛けておきながら、彼の表情に不安が滲んだ。訓練された騎士が昏倒するような気配だ。低魔力のシオリに任せることに躊躇いがあるのだろう。

だがシオリは「やってみる」と頷いた。

目を閉じて集中する彼女の身体から微細な魔力の糸が伸びる。

彼女を興味深く観察していた騎士達から小さな感嘆の声が漏れた。無駄がなく、繊細で美しい魔力の流れに感じ入ったようだった。

「全体的には氷の属性を強く感じるけど、前脚……翼かな……の片方は風、片方は火。後ろ脚のあたりは土属性だと思う。身体の中心部にも氷とは違う属性があるような感じがするけど、深い闇のような気配……強い拒絶があって探れない。これ以上は私の魔力が押し負ける。ごめん、兄さん」

竜の毒気に当てられて幾分蒼褪めたシオリは、唇を噛んだ。多分悔しいのだろうが、それでも騎士達は細かい探索結果に驚きを見せている。「噂以上だ」と誰かが呟く。

「いや、この距離からそこまで分かっただけでもありがてぇ。よくやった」

労いの言葉をかけられても、シオリの眉根は寄ったままだ。何か気に掛かることがあるらしい。

「どうした。ほかにも何かあるのか」

促すと、彼女は躊躇いがちに口を開いた。

「属性の変わり目……って言えばいいのかな。線を引いたようにくっきりした境界線がある感じで、生き物にしては不自然かなって思った。なんていうか……異素材の生地を繋いだら、境目が目立ってるみたいな、そんな印象」

「どういうことだ」

それが何を意味するのか。

戦況を有利なものにする情報なのかを図りかねた騎士達は眉根を寄せた。

しかし騎士の一人が口を挟んだ。

「前脚と後ろ脚だと言ったな。その部位は胴体と少しばかり色が異なるという報告を受けている。模様なのかと思っていたが、何か意味があるのかもしれん」

自然、人々の視線が氷蛇竜に集まった。

首を巡らせ尾を振り回す氷蛇竜を、遠巻きにした騎士達が牽制している。まだ大きな損害は出ていないようだったが、苦戦しているようだ。

しかし、よく見れば竜の四肢の動きがぎこちないようにも思える。

「話し中申し訳ない。発言の許可を」

エレンと何か話し込んでいたニルスが、沈黙を破った。医師資格を持つ二人に注目が集まる。その表情は硬く強張っていた。

「現物を間近で確認した訳じゃないし、ストリィディアではまだ認められていない治療法だから、これは推測になるけれど」と前置きしたうえでニルスは言った。

「その二ケ所は、もしかしたら移植したのかもしれない。損傷の激しい部位に、本人や近親者の組織を移植する治療法があるんだけど、動物や魔獣の場合、同種の別個体や近縁種の組織を使うことがある。そのときに組織の提供源が異属性であった場合、移植部位に提供源の属性がそのまま残るらしいんだ。つまり、後天的に属性を複数持った個体になる」

「異属性の個体を交配した場合はそうはならないわ。どちらか片方の属性しか発現しない。あの竜が交配を重ねて作り出された合成魔獣だというなら、単一属性のはずよ」

「理屈は分かるが……別個体の組織を移植だと？」

「そもそもあの巨体にそんなことができるものなのか？　手術はおろか、組織の提供源を探すことすら容易ではないだろう」

　しかし二人は不可能ではないと言った。

「幼生体の段階であればできないこともない。竜だって、卵から孵って数年は大型犬程度の大きさだっていうじゃないか。決して不可能なことではないよ」

「それも二つ以上の属性を持っているというのなら、あの竜は合成魔獣というよりはむしろ、いくつもの魔獣を繋ぎ合わせた……継ぎ接ぎ細工の生物ということになるわね」

　かつて栄華を極めた旧帝国は、最盛期には様々な分野の最先端にあった。生物工学や医療技術もまたその一つだ。

——数々の合成魔獣を生み出した旧帝国。その一部を目にしたことがあるアレク達にとって、それは否定しきれない話だ。二人の推論が事実である可能性は、決してゼロではない。

「これが事実だとするなら、こんなものは間違ってても治療とは言えないよ。いや、それどころかむしろ——」

ニルスはそこで言葉を切って沈黙した。

(面白半分に……命を弄(もてあそ)んだのか)

途切れた台詞(せりふ)の先を想像したアレクは、吐き気を催すような嫌悪感に低く呻く。そして隣で蒼褪めている恋人を抱き寄せた。その肩は心なしか震えているようにも思えた。

足元のルリィは身動(みじろ)ぎすらしなかった。ヴィオリッドは牙を剥き出して低い唸(うな)り声を上げていた。

(行き過ぎた栄華と欲は、かくも倫理観を狂わせるのか)

——もし推測が事実とするならば、惨(むご)く悍ましいという言葉では到底足りない。あの竜が虚無の深淵に至ったその理由の一端を垣間見たような気がして、アレクは天を仰ぐ。

夏の朝の高く澄み渡った空は、残酷なほどに青く美しい。この輝くような空の下、命に溢れた世界に降り立ってなお、あの竜はただひたすらに冷たく虚ろなのだ。

「——まだ推測の域を出ねぇ。詳しいことは現地で確かめよう。話を続けるぜ」

長いようで短い沈黙を破り、ザックが声を張り上げる。

「合成魔法による簡易結界は試したか。あれは魔法耐性があっても有効だぜ。足止めになる」

「簡単に言ってくれるな」

片眉(かたまゆ)を上げた指揮官は淡々と返す。

「残念ながら、我々はまだそれを使いこなせる水準にはない。暴発の危険性が高いのだ」

シオリのせいですっかり当たり前のように思っていたらしく、これを聞いたザックは気まずそうに
「ああ、そりゃあ……それもそうだな。いや、悪かった」と頬を掻いた。

「じゃあこっちで試させてもらう。シオリ、頼めるな」

「うん、任せて」

「足止めならあたし達にもやらせておくれな。攻撃するばかりが能じゃないよ」

ナディアは同僚の魔導士達に目配せした。春の講座以来続けていた研究の成果を、ここで試そうというのだ。

彼らに全幅の信頼を寄せているザックに否やはない。

「そんなら期待させてもらうぜ。そっちは任せた。それじゃあ俺達ぁ討伐に専念させてもらうが、構わねぇな。最終的には総攻撃になると思うが、それまで手出しは無用だ」

ザックの言葉は念押しのようなものだったが、騎士隊の指揮官はあっさりと頷いた。

「問題ない。背後の護りは我々に任せてくれ。彼奴が例え空を飛ぼうが絶対に逃がさん。物資も潤沢にある。だから存分に戦ってくれ――だが」

それまで淡々としていた指揮官が最後、不意に言葉を途切らせた。僅かな沈黙の後、口を開く。

「本音を言えば我々が戦いたかった。冒険者とはいえ民間人を最前線に立たせたくはなかったよ」

微かに語尾が震え、その表情に悔しさが滲む。

騎士隊を差し置いて、民間の組織に全てを託した上層部の決定への不満でもあるのだろうか。

「なんだ、不満か？　手柄ぁ横取りされんのが」

だが、彼はザックの言葉を否定した。

「そうではない。騎士ではない人間を死地に向かわせねばならんことが不満なのだ。本来それは我々の役目だからな」

「おいおい、真面目過ぎんだろ、騎士さんよ。緊急事態に騎士も民間人もねぇよ」

渋面の指揮官にザックは笑った。

「やれる奴がやる、ただそれだけの話だ。今回は俺達に竜討伐の経験があった。そして俺達は攻めるのは得意だが、護りには向いてねぇ。対象が多けりゃ多いほどな。領地だ国だって規模になっちまっちゃあ、物量でも信用度でも制服さんにゃ到底敵わねぇよ」

適材適所が適用されただけの話だと語ると、指揮官は苦笑気味に「そうだな」と頷く。

「――誰一人欠けてはくれるなよ。必ず全員生きて戻れ。そうでなければ悔やんでも悔やみきれん」

生きて戻れ。それはクリストフェルと同じ餞の言葉だ。

次の瞬間にはもう私人の顔をかなぐり捨てていた指揮官は、声を張り上げた。

「前線各隊に伝令！　討伐部隊到着と入れ替わりに第一次防衛線まで後退！　態勢を整えたのち討伐部隊騎士隊側面に移動！　冒険者隊を全面支援！」

僅かな待機時間にザックもまた指示を飛ばす。

「まずは奴の動きを可能な限り封じる。有効なのは翼と尾だ。この二ケ所をやりゃあ運動能力をかなり削げる。俺とアレクの班は尾を切断。これで奴はバランスを失うはずだ。クレメンスの班は翼を。こいつは破くだけでいい。それから、もしニルスとエレンの推測が当たってんなら、少なくとも四肢の接合部分はほかの部位より強度がねぇ可能性もある。こいつは現地で見極めよう。いけそうならそこも攻める」

「了解だ」

「リヌスは目を潰してくれ。これはできればでいい。ニルスとエレンは例の接合部の有無の確認。医師の目で判断して欲しい。カイ、すまねぇが一時的に二人の護衛を頼む。接合部が見えるところまで連れてってくれりゃあいい。その間、カイの班はクレメンスの下に入ってくれ」

「――ザック。二人にヴィオも付けてやってくれ。少しの間なら人も乗せられる」

身軽で賢いヴィオリッドなら、護衛役を十分に務められるはずだ。無論ヴィオリッドには許可を得てある。

アレクの提案にザックは目を丸くしたが、「よし、じゃあ頼んだ」と即断した。

返事の代わりにヴィオリッドは短く吠えた。頼もしい「友」だ。

「ナディア、ダニエルの班は奴の足止めと支援を頼む。やり方はそっちに任せる。治療要員は各班後方に待機、負傷者の迅速な治療及び重傷者の搬送を頼む。エレン、ニルス、お前らも……頼んだぜ」

「了解したよ」

「任せてちょうだい」

「それ以外の指示は各班長に従え。俺からは必要に応じてその都度指示を出すが、相手が相手なんでな。型通りにいかねぇ可能性は常に念頭に置いといてくれよ」

個体数が極めて少なく出現場所も一定ではない竜は、国内の討伐総数も直近の二十年では両手の指にも満たない数だ。有効な情報そのものがあまりないのが実情。ゆえに討伐には非常な困難を伴う。得られる全ての情報を取りこぼさずに集め、攻略法をその場で組み上げなければならない。

「了解」

「それから……フロルとユーリャ。あんた方のその使い込んだ得物を信じて命じる。フロルはクレメンス、ユーリャはニルスの班に入ってくれ。最前線の戦いになるが、期待してるぜ」

二人は力強く頷いた。

彼らの剣と杖は、シルヴェリアの塔脱出時に置き去りにされていたはずだった。しかし、雪解けを待って調査に赴いた駐屯騎士隊が、想い出の一つも手元に残らないのでは寂しかろうと、わざわざ回収してキャンプ地まで送ってくれたのだという。

その彼らの優しさと気遣いにも報いたいと二人は言った。

「せいぜい足を引っ張らんように全力でやルさ」

「全力出すのは構わねぇが、命を懸けるだなんてことだけはよしてくれよ。寝覚めが悪ぃし、なにより……キャンプで待っててるお仲間が悲しむだろうからな」

「あんた方は本当にお人好しダな」

フロルは笑った。

「……だが、悪い気分じゃない」

目の縁を濡らして俯く男の肩を、アレクは叩いた。

顔を上げたフロルは「大丈夫ダ、いつでも行ける」と目元を拭う。

「竜退治はさすがになイが、ワイバーンなら経験がある。なんでも命じてくれ」

「そいつぁ頼もしい」

全隊に伝達完了の報せを受け、ひらりと手を振って返したザックはにやりと笑う。

いよいよだ。自然、背筋が伸びる。

「最後に戦闘中の注意だ。奴の直線上には絶対立つな。突進攻撃が来たらまず避けられねぇ。必ず側面に立てよ。それから前衛は一撃離脱が基本だ。一ヶ所には留まるな。尾の動きにも注意しろ。かすりでもしたら、骨なんぞ簡単に砕けるからな――行くぞ！」

ザックの号令と共に、一斉に防衛線を飛び出す。

純粋な戦闘能力のみならず、高い観察力と判断力、臨機応変の行動が求められる、竜――竜の形をした怪物の討伐が、ついに始まった。

3

戦場となる氷湖北東岸を目指し、ザックを先頭にした討伐部隊は緩やかな丘を一気に駆け下りた。

竜より約五十メテルの位置、半同心円状に布陣していた先遣隊から比喩ではなく歓声が上がった。

一個小隊ほどの人員で防衛に徹し、一進一退を繰り返す戦いに彼らは疲弊していた。

領内北部全域に及ぶ魔獣暴走対応で多数の人員が割かれ、小竜種や大型魔獣の棲み処には精鋭の騎士達が派遣されている。それゆえに、先遣隊と討伐部隊に割ける人員は決して多くはなかったのだ。

伝説級の竜相手に一個小隊の規模では、むしろ少な過ぎるとさえ言ってよいだろう。

しかし、接近戦を禁じられたことが功を奏したのか、致命傷を負った者がいないのは幸いだった。

「討伐部隊到着！」

「待ちかねたぞ！　全隊、一度押し返したのち負傷者を回収しつつ後退！　防衛線にて態勢を整えろ！」

「魔法騎士隊、総員火炎魔法用意――撃て！」

数十人に及ぶ魔法騎士の火魔法が炸裂し、炎そのものは効かずとも、その爆風で氷蛇竜は押し戻された。足止めの泥沼にずぶりと嵌り、態勢を崩して横倒しになった。

これを機と見て先遣隊が後退を始め、入れ替わりで討伐部隊が順次指定の位置に就いていく。

湖岸に立ったアレクは、足元の意外な暖かさに目を見開いた。氷湖の冷気によって湖岸は真白に凍り付いているはずだったが、地面は溶けてすっかり乾き、むしろ暖かさすら感じるのだ。先遣隊が魔法で足場を整えた名残であるらしい。

「足場は我々騎士隊が引き続き維持する。貴殿らは戦いに専念してくれ」

引き上げる間際、先遣隊指揮官はそう言った。絶え間なく湧き上がる冷気が地面をそのままにしておくことを許さず、端から再び凍り付かせていくのだ。だから魔法で常に干渉していなければならず、その地道で骨が折れる作業を彼らは引き受けると言った。

「そいつぁありがてぇ」

「なに、これくらいはやらねばな。なかなか快適だったぞ。足元が冷えんのはいい」

役目を引き継いだ騎士達が展開する魔法にどこか見覚えがあると思ったが、シオリの家政魔法を参考にしたと聞かされて合点がいった。発案者はシオリの講座に参加した騎士で、快適な眠りのために硬い地面を整えるというシオリの話から着想を得たという。

「いずれ近いうちに是非お話を」

微笑して軽く頭を下げたシオリに笑顔で返した彼は、直属の部下を引き連れて後退していった。

その間、氷蛇竜はその巨体ゆえに、粘性の高い泥沼から這い出ることに苦戦しているようだった。未だ体勢を直せずにもがいている。

　このまま泥沼深く沈めて再封印すればよいのではという考えがちらりと頭を掠めたが、それでは根本的な解決にはならないということもアレクは知っていた。事実、この竜は封印から目覚めてここにいるのだ。再封印したとて、いつかはまた再び目覚め、世を騒がせることになるだろう。

　だから今、ここで斃しておかなければならない。

「しかし……大きいな」

　大きいとは思っていたが、改めて間近で見るとその巨大さに圧倒された。アレクでさえ、本音を言えばこれは人間が戦っていいものではないと思う。

　かつて倒した火竜とはまるで違った。あれらは飛行の妨げにならぬように、小柄で細身だった。だが、目の前のこの竜はどうだ。小山のようなとはよく言ったものだ。こんなものが長年誰に知られることもなく眠り続けていたなどとはぞっとする。

　最接近して分かったことだが、人工の泥沼の後方には何かを地中から引き抜いたような大穴と亀裂があり、砕け散った岩や巨大な氷塊が散乱していた。土魔法、氷魔法での足止めから脱出した跡だ。亀裂の深さ、岩や氷塊の大きさからして拘束力はかなりのものだったはずだが、竜の膂力がそれを上回ったのだ。

　だがそれより気になったのは、竜が泥に浸かっていながら平然としていることだ。もうもうと激しく湯気が立ち上っているからには高温なのだろうが、それをまるで意に介していないようなのだ。

「――ちょいと待っておくれな。この邪竜様ときたら、出端を挫いてくれるじゃないのさ」

「これ、もしかして空調魔法が効かないんじゃ？」

ナディアとシオリの表情は硬い。

「どうするザック」

ザックはしばし氷蛇竜を見つめていたが、すぐに「やめとこう。無駄に魔力を消費する必要はねぇ」と答えた。

長時間の高温曝露は恐らく無意味。

これで戦闘開始前に有力な手段の一つを失ってしまった。

「熱いのも冷たいのも平気だなんて、ねぇ」

ナディアがぼやく。魔導士にとってはやりにくいことこのうえない相手だ。

「やはり、物理攻撃で叩くのが確実か」

「だな。どうにかするしかねぇ」

こんな巨大生物と生身で戦うなど、アレクとてできるならやりたくはない。

竜種は巨躯だ。些細な動作一つが人間にとって脅威となる。たったの一歩で数メテルを移動し、軽く前脚を振り払っただけで人間など容易に吹き飛ぶ。爪が掠めれば、皮膚が薄皮を剥くように剥ぎ取られてしまうほどだ。

だからまずは動きを封じなければならないが、地竜は水竜に次ぐ巨躯の持ち主。例えザックの大剣を根元まで突き刺したとしても、心臓には届き得ない。その巨躯を支える四肢や尾も頑強で、斬り落とすにも一筋縄ではいかないだろう。

だがやるしかない。

ナディア達は魔法による物理攻撃中心の戦法に変えることにしたようだ。

シオリも弱体化魔法の役目がなくなり、補助及び衛生要員として流動的に動くことになった。ニルスの薬品と輜重隊の物資を受け取り、腰元のポーチの中身を手早く入れ替えていた。

気遣い上手なルリィとブロゥは、防御担当兼負傷者の搬送係だ。

――転倒した氷蛇竜は体勢を立て直しつつある。戦う相手が変わったことを覚(さと)り、既にその視線はこちらを向いていた。

各班指定位置に就き、騎士隊から全隊配置完了の報が届いたのはほとんど同時だった。

「よォし、始めるぞ！　ナディア、ダニエル班、凍結魔法！」

戦場にザックのよく通る声が響く。第一戦から退いた身、しかしその気迫は衰えていない。

(――もし義兄上が生きていたら、多分今頃あいつは王国騎士団のトップに立っていたのだろうが)

一瞬浮かんだ、過去のある瞬間まではあり得たであろう彼の「未来」の姿。それを即座に頭の隅に追いやったアレクは、一気に踏み込んだ。

「全面凍結(ヘル・フルーセン)！」

ナディアを筆頭とする魔導士の強力な凍結魔法が、高温の泥沼を巨大な氷塊に変えた。

「キュオッ！」

泥沼から這い上がろうとしていた氷蛇竜は、四肢と胴体の動きを封じられ、勢い余ってがくんと首を垂れる。

すかさずリヌスが弓を引いた。鋼をも貫く月魔鉱製の矢が竜の眼前に迫る――瞬間、巨大な口ががぱりと開き、槍の穂先のような牙が生え揃った口から強風を吐き出す。

ごぉ、と唸るような強風は湖岸を吹き抜け、矢を呆気なく吹き飛ばした。

「ちぇ、やっぱ一筋縄にはいかないかー！」

叫びながらも彼は脱兎の勢いでその場を離脱した。竜がリヌスの姿を捉えたからだが、それが竜にとっての隙ともなった。

竜が細身の弓使いに気を取られた瞬間、大地から岩と氷の巨大な槍が生えた。強靭な鱗に覆われた硬い皮膚を貫通することはなかったが、横面を殴られた衝撃で頭部が大きく揺れた。

リヌスの追撃が片目に見事命中、「ギャンッ」という短い悲鳴が上がった。

「さすが！」

誰かの称賛の声と、口笛が響く。

その間、アレク達も黙って見ている訳ではない。その巨体との距離を詰め、凍り付いた泥で固定された尾に一斉に斬りかかった。

アレクとルドガー、魔法剣士達の炎を纏わせた魔法剣が表面の鱗を削ぎ落とす。

鱗は魔法にも物理攻撃にも耐久性があるが、垂直方向の衝撃に比べて水平方向の攻撃には弱い。ユルムンガンド戦で得た鱗の対処法は、幸い氷蛇竜にも効いたようだ。

「うわーっ、これ気持ちいいなァ！」

気持ち良く剥げ落ちた鱗に、ルドガーは思わず歓声を上げていた。

鱗の下の剥き出しになった肌に、渾身の力で振り下ろしたザックの大剣が突き刺さる。肉が裂け、ゴリュ、と気味の悪い音を立てて大剣が止まった。

血飛沫が飛び、ザックの身体を朱に染めた。

氷蛇竜は吠え、激しく身体を揺する。

無論、剣士達は既にその場から退いていた。

足元からびきびきと音が鳴る。氷塊がひび割れる音だ。だが抜け出すまでには至らず、竜は悔しそうに短く鳴いた。

「さすがに一回じゃ無理か！　だが悪くねぇな！」

血塗れの大剣を抱えたザックは満足そうに笑った。

「今のうちにやっちまうぞ！」

「おう！」

答えるアレクとルドガー、ほかの班員も笑顔だ。

だが、皆それが容易ではないことを知っている。

ザックの大剣捌きは骨を断つほどのもの。その全体重を乗せた切っ先を受けてなお無傷を保った骨に、一体何度斬り付ければ断ち落とすことができるのか。そして、それまでの間、この異形の竜が大人しくしていられるのか。

（――恐らく、あと一度打ち込めるかどうかだ）

アレクの勘は当たっていた。もう一度鱗を削いだ瞬間、氷蛇竜の咆哮とともに足元が激しく泡立ち始め、巨大な氷塊がただの泥沼に戻ってしまった。

大気が揺らぎ、氷蛇竜の胸部が大きく膨らむ。

肌を圧迫するような独特の感覚。「それ」が来ることを察したアレクは叫んだ。

「魔力放出が来るぞ！　堪えろ！」

重なるように重低音の咆哮が上がった。強風さえ伴う魔力放出と同時に闇に覆われ、脳と心臓を冷たい手に鷲掴みにされたような感覚に襲われる。

「う、あっ……！」

絶望に沈むような昏い闇――少年時代の陰鬱な幻を見たような気がして、アレクは思わず呻き声を上げた。

ルリィとブロゥが風圧でころころぽよんと転がっている横に、シオリが自分の身体を抱き締めるようにして立ち竦んでいる姿が見えた。

駆け寄って抱き締めたいが、それを許される状況ではない。

ヴィオリッドは体勢を低くして油断なく身構えているように見えるが、鼻面に皺を寄せて牙を剥く表情がその心情を物語っていた。孤独だった過去を突き付けられたことが、ひどく気に障ったのだ。

「第二波が来るぞ！　耳を塞げ！」

大地を揺るがす咆哮は人々の恐怖感をさらに煽る。

被害は後方の騎士隊にも及んだ。耐えきれなかった者達が膝を突いている。倒れ伏して動かない騎士を、衛生班員がよろめきながら引き摺っていく。

冒険者隊は気付け薬を染み込ませた手布を仕込んでいたお陰で昏倒するまでには至らなかったが、それでも士気を削ぐには十分なダメージを受けていた。

「気付け薬を飲んで！」

ニルスの怒鳴り声で、冒険者達は歯を食いしばりながら腰元のポーチを漁った。小さな薬瓶の中身を呷ると、微かな苦みを感じたあとに甘く爽やかな薄荷の香りが鼻腔を抜けた。

それでいくらか残っていた不安と不快感が解消される。それでも回復しきれなかった者は、ルリィとブロゥがしゅるりと回収して後方まで運んでいった。

――精神攻撃で受けるダメージの度合いには個人差がある。感受性の強さやその日の体調にも左右されるが、向けられた負の感情があまりに大きければ、受け止めきれずに昏倒する者さえ出てくる。あの虚無の竜が放つ負の感情には、それほどの威力があった。

魔力伝いに感じた孤独と絶望。恐らくあれは、それを深く体験したことがある者ほど効果がある。

素早く視線を巡らせたアレクは、クレメンスに助け起こされているナディアを見た。

ザックは両脚で立ったまま平然と身構えているが、顔色は悪く幾分苛立っているようにも見えた。

二十六年前の悲劇の記憶を蒸し返されては、平静ではいられまい。

「……お前は大丈夫か」

竜から視線を外さないままゆっくり後退したアレクに、深呼吸した恋人が答える。

「ん、平気。ちょっとびっくりしただけ」

「ちょっと、か。何度でも言うが、無理はするなよ」

なんでも「ちょっと」で済まそうとする愛しい恋人には苦笑するしかない。

人々が動揺していた一分弱の間に、異形の怪物は泥沼を抜け出していた。足元で蠢く人間達をちらりと見る。しかしそれも束の間、ふと視線を逸らした竜は、無造作に一歩、二歩と踏み出した。

北東、クリスタール平原の方向だ。

やはり、どうあっても下へ、人がいる場所へ行こうというのだ。

ち、と舌打ちしたアレクは嘲笑（あざわら）った。

「俺達なんぞ眼中にもないということか」

「上等じゃねぇか」

ザックもまた赤毛から血を滴らせたまま、凄絶（せいぜつ）な笑みを浮かべた。

「なんとしても振り向いてもらうぜェ、色男！」

竜殺しの英雄の咆哮は、冒険者達を鼓舞する鬨（とき）の声となった。

4

一歩二歩と下界を目指して進む氷蛇竜。その歩みを止めないことには接近できない。

はらりと落ちた一房の髪を振り払ったナディアは、声を張り上げた。

「あんたら！　あの子を止めるよ！」

魔女の号令に、ただ黙って指示待ちしていた訳ではない魔導士達の全力の魔法が解き放たれ、竜を縛った。足元に生じた落とし穴が竜を捕らえ、底に敷き詰められた氷の粒が流砂のように流れて巨躯が逃れ出ることを妨げ、幾重にも重なる岩の枷（かせ）が四肢を大地に繋ぎ止めた。

ザックを筆頭とする近接戦の戦士達が、尾を、翼を攻めていく。

その間、魔導士達は拘束の維持と反撃の阻止に全力を注いだ。土魔法、氷魔法の巨大な「腕」で、竜の顔面を全方位から殴りつける。

氷蛇竜は首をもたげ、怒りの咆哮を上げようと口を開くも、ナディアの爆炎魔法に阻まれてそれすらもできない。藻掻(もが)いて亀裂を入れ緩めた枷も、瞬く間に修復されていく。

魔法による継続的な物理攻撃と、輜重隊による魔力回復薬の大量供給は、竜に反撃の余地すら与えなかった。ギャン、キュッと短い悲鳴を上げるのが精一杯だ。

「王国の魔導士は恐ろしイな！　あんなやり方は見たことがなイぞ！」

温厚だと聞いていた王国人冒険者の情け容赦のない私刑に青くなりながらも、フロルは長剣を振り上げた。翼に鋭い切っ先が食い込む。

だがその瞬間切っ先がずるりと滑り、危うく剣を取り落としそうになった。

「なにっ⁉」

体勢を崩したフロルはその場でたたらを踏んだ。

クレメンスもまた、漆黒の双剣を比較的柔らかそうな場所に突き立てたが、やはり切り裂くことはできなかった。切っ先が滑り、攻撃がぬるりと受け流されてしまう。

どういうことだ。

目を凝らして翼を見た二人は、その表面からとろりとした液体が滲み出ていることに気付いて目を剥いた。

「なんだと……⁉」

蝙蝠(こうもり)の翼に似たそれは、よく見れば表面に薄っすらと細かな羽毛が生えていた。その羽毛の乾燥を防ぎ、撥水(はっすい)性を保つための脂が分泌されていたのだ。

「どこまでも面倒な……！」

「おい待て、靴を見てみろ！」

足元の異変に気付いて、比喩ではなく血の気が引いた。接近戦で付着した脂が彼らの靴を汚していたのだ。剣士にとっては致命的だ。靴底のぬめりが足さばきを妨げてしまう。

――洗い流さなければ。いや、しかしどうやって。

魔導士の誰かに流してもらうか。だが、動物性の脂が水や湯で落としきれるかどうか。石鹸でもなければ無理ではないか――。

「……いや、石鹸水か……！」

まさにそれを得意とする人物がいたではないか。

不意に思い出したクレメンスは、三角帽子の同僚を探した。衛生要員として休みなく動き回っているシオリと視線が合う。

一時的に攻撃を止めたクレメンス達に、異変が生じたのを察したのだろう。すぐに駆け寄った彼女は、事情を聞いて石鹸を取り出した。

「良かった。今日も持っていたんだな」

「習慣みたいなものですから」

言いながら魔法で手早く石鹸水を作った彼女は、靴に付着した脂を綺麗に洗い流していく。石鹸水で滑らぬよう、足元に流れた泡まで綺麗に濯ぐという気遣いも忘れない。

「どうですか」

「完璧だ。ありがとう」

この間僅か二分足らず。

その仕事ぶりを改めて目の当たりにしたフロルは瞠目した。

「彼女がキャンプ地にいてくれたら、随分と助かるんだが……」

実感が込められた言葉は、決して社交辞令などではない。

「……しかし、どうすル。これでは翼に近寄れんぞ。また同じことになる」

「諦めて付け根から斬り落とすか。それでも簡単にはいくまいが……」

氷蛇竜の翼は、前脚から体側に掛けて膜で覆ったような構造になっている。つまるところ、その付け根に当たる部位が前脚なのだ。巨体を支えるために太く頑強に発達した前脚は、恐らく国境の巨木群を伐採するより難儀するだろう。

諦めるという選択肢が一瞬脳裏を掠めた。

本来翼を持たぬはずの地竜だ。後から接合したものだというなら、そもそもこの巨体を飛ばせるだけの作りはしていないかもしれない。

仮に飛べたとしても、この翼では恐らく自在に空を飛ぶことはできない。せいぜい高所から滑空するか、風魔法や上昇気流を用いて舞い上がる程度だろう。

「地形からして、ここでは飛べないイんじゃないか？」

「普通ならその通りだ。だが」

国外の冒険者の手記で読んだ記憶がある。竜の中には助走をつけて飛ぶものもあるのだと。

手記に記されていた竜は、滞空時間こそ短かったものの、その空を飛んだ僅かな時間で数十人もの人間を葬ったという。魔法すら用いず、滑空時の体当たりだけで致命傷を負わせたのだ。

手記を書いた冒険者は辛うじて生き延びたというが、彼はその戦いで左半身の自由と、仲間の過半数を失っている。

――そう、万が一ということもある。騎士隊の報告でも、飛行の前兆行動様動作を確認済みとあったはずだ。だからザックは斬れと命じたのだ。

「翼を洗ってみますか」

シオリが言った。

「もっとも、分泌腺があるのなら一回洗っただけでは意味がないかもしれませんが」

「いや、それでもやる価値はある。洗うのは片方だけでいい」

「では追加の石鹸をもらってきます。手持ちのではさすがに足りませんから」

シオリの要求はマレナが輜重隊に伝えてくれた。

「あいつらローズ・トヴォール社のいいやつ使ってるよ。香り付きでないだけマシだけど」

殺菌消毒用の石鹸を抱えて戻ったマレナは、そうぼやいた。

「品質が一番確かなメーカーらしいですしね。衛生隊で使うにはこのくらいじゃないと駄目なんじゃないでしょうか。ほかのところは不純物が多いみたいですし」

石鹸に強い拘り(こだわ)があるらしい女達の会話はよく分からなかったが、ともかく現状が打破できるならなんでもいいとクレメンスは思った。

会話しながらも彼女達は石鹸の包装を破いて準備を進めていた。氷の刃交じりの風魔法で石鹸を薄い破片の山に変えたシオリは、竜の翼目掛けて魔法を解き放った。

「泡沫(ほうまつ)水流！」

陽光を受けて淡い虹色(にじいろ)に煌めく石鹸水の巨大な塊が、片翼を包み込んでいく。

討伐対象相手(しつこい脂汚れ)に遠慮はいらぬと思ったのか、高温の強水流で洗うなど一欠片の容赦もない。巨躯の持ち主でなければ、この洗濯一つであの世行きだろうとさえ思えた。

戦闘の合間に遠くから眺めていた使い魔達が、「これが噂の厄災の魔女か」と震え上がっている。

それに気付くこともなく、シオリは洗浄水を蒸発させながら器用に魔力回復薬を呷った。

その顔色はあまり良くはない。熱を発する魔法は魔力消費が大きいというが、これだけの作業で底をつきそうになる彼女の魔力は、確かに低いのだろう。

尾に斬り付けてから距離を取ったアレクが、一瞬こちらを見た。恋人を気遣ったのだ。

だが彼も、そのほかの誰もが退がれとは言わなかった。彼女は自分の戦い方を知っている。現に今もこうして、彼女らしいやり方で戦況を変えようとしている。

「乾燥終わり！　どうぞ！」

「ありがとう！」

「助かっタ！」

新たな脂が滲み始める前に、クレメンス達は再び翼に迫った。

跳躍、そして全体重を乗せた重く鋭い突き。

今度は滑ることなく、ぐ、と深く皮膜に食い込む。貫通するまでには至らなかったが、ぷつりと肉が切れるような手応えが確かにあった。

「行けルぞ！　刃先が通る！」

「攻撃の手を休めるな！　畳み掛けろ！」

剣と槍の絶え間ない斬撃はやがて、片翼に破れを生じさせた。

一度破れてしまえばあとは容易く、穴に刃先を差し入れて体重をかけるだけで裂けていく。

これでもう飛ぶことはできまい。

「左翼を落としたぞ!!」

縁まで切り裂かれて両開きのカーテンのようになった片翼を前に、クレメンスは勝ち鬨を上げた。


この一報は冒険者達の士気をさらに高めた。

伝説の名を冠する巨大な竜を相手に、決して無力ではないという証明になったのだ。

「先越されちまったなぁ！　俺達も続くぜ！」

氷蛇竜の血を浴びて赤毛をさらに深い赤に染めたザックは、獰猛に笑う。

その姿はまるで赤竜の化身、神話の戦神のようだとアレクは思った。


——常に人に囲まれている明朗闊達な気性。

しかし、ひとたび戦場に出れば戦神の如き激しさで大剣を振るうこの男が、少年の頃からアレクの憧れだった。

『お前と似た境遇の持ち主だ。きっと良い相談相手になってくれるだろう』

そう言って出会いの場を設けてくれた父の言葉通りに、この男はアレクの道標となってくれた。

貴族社会における庶子の振る舞い、話題の振り方、揶揄の受け流し方から、上手な手の抜き方、市井での遊び方に至るまで、生粋の貴族にはない視点からの助言はアレクの支えになった。

出会いから僅か数ヶ月で彼は貴族社会を去ったが、文通という形で繋がりを断たずにいてくれた。

冒険者という道を教えてくれたのも彼だった。出自や身分、肩書は関係のない、実力重視の世界の厳しさと楽しさを教えてくれた。

城を出奔してから冒険者として独り立ちできるまでの間、まるで本当の兄のように接してくれた。心構えと戦い方、野外を生き抜くための知識を教え、時には厳しく、時には優しく導いてくれた。

不遇の少年期を過ごしていながらそれを感じさせることのない、豪快で明るい太陽の如き男は、当時アレクが思い描いていた理想の男像そのものだった。

この男がいなければ、今の己の立場も、後の最愛となる女との出会いもあり得なかっただろう。

アレクにとっては兄であり、越えるべき目標でもあった。この男さえいればどんな困難にも立ち向かえると思わせてくれるザックの背を、ずっと追い掛けてきた。

しかし、まだ足元にも及ばない。

魔力を持たぬ身でありながら、数多の経験を経て魔素の揺らぎを感じ取ることができる域にまで達し、常人であればほんの一振りすることさえ叶（かな）わぬ大剣を難なく操って、冒険者最高位の地位と竜殺しの称号を得た男。

その足元に、一体いつになったら辿り着くことができるだろうか。

憧れの男の隣に並び立つアレクの瞳が、陽光を受けて紫水晶の輝きを放つ。

――警戒心が強く孤独を愛しながらも、一度懐に入れた者は命を懸けても護り抜こうとする姿、そしてその印象的な瞳の色から「紫紺の魔狼（まろう）」と、本人が知れば恥ずかしさでのたうち回るであろう二つ名で密かに呼ばれている男は、赤毛の竜殺しとともに竜の尾目掛けて愛剣を振るった。

「うおおおおおっ！」

大魔法をも弾く鱗を剥ぎ落とし、高密度の筋肉を切り裂き、刀剣の素材にさえなる硬度の骨を――正確には関節を剥き出しにした。

関節なら斬れるかもしれない。

アレクの魔法で筋力を高めた彼らは、地に縫い留めんばかりの勢いで剣を振り下ろした。

尾骨と尾骨を繋ぐ筋肉を斬り、膜を破り、軟骨を潰し、切っ先がその下の肉にまで到達した感触が剣を伝わった。まさに皮一枚で繋がった状態。中途半端に千切れた尾が垂れ下がる。

その皮一枚に残された鱗を剥ぎ、そのまま斬り落としたザックの後から、アレクがその断面を焼いた。じゅ、と肉の焼ける臭いがあたりに漂う。

こうしておけば、爬虫類(はちゅうるい)型の魔獣のように尾が再生することもないはずだ。

「やったぜぇ！」

無邪気な質のルドガーが歓声を上げた。


近接戦の戦士たちにも決して後れを取るまいと、この間に二人の医師も動いていた。

「エレン、君は前脚を！　僕は後脚を診るよ！」

「分かったわ！　気を付けてね！」

「ああ、君達も！」

エレンはカイに抱えられ、ニルスはヴィオリッドの背に跨(また)がって、白銀の巨体を一気に駆け上がる。

「うぷ、おぇぇっ……」

背から降ろされて後脚の付け根にしがみ付きながら口元を押さえたニルスを、ヴィオリッドが

「しっかりなさいな」と後ろから鼻先で支えた。

駆け上るときの激しい上下運動で、軽く乗り物酔いしたようだった。そのうえ氷蛇竜の背の上は不規則に振動していて、余計悪化しそうだ。

吐き気止めを飲みたいところだったが、今はそんな僅かな時間さえ惜しかった。驚異的生命力を持つ竜が、いつ枷を破壊して暴れ始めるかも分からないのだ。

貴重な薬草でもあるアルラウネのイールが差し出した「薬効成分たっぷりの葉っぱ」をありがたく口に含んで「うわ、効くなぁ」と呟きながら、屈(かが)んで表皮を丹念に調べ始めた。

「……分かるといいけれど」

二百年も前の縫合痕、それも仮定にしか過ぎない移植手術の痕跡を、果たして見つけられるかどうか。移植の疑いがある部位は色が違うと騎士は言っていたが、これほどの巨体ではむしろ接近するほどに視野が狭まり、差異が分かりにくくなっていた。

「……獣医学も勉強しとけば良かったな」

患者の前で口にするべきではない、思わず漏らしたその弱音を聞いていたのは使い魔だけだ。

「多分……当時の技術から考えると、それほど綺麗には縫っていないはず。縫合痕は目立つはずだ。移植は関節よりも上とするなら、多分このあたりだと思うんだけどっ、う、わぁっ⁉」

どん、と地面が大きく揺れた。

否、揺れたのは氷蛇竜だ。早くも回復しつつある。断続的な揺れが「診察」を妨げた。

「おぇっ、ああもう、くそっ！」

らしくもなく悪態が口をついて出る。

騎士隊の報告では、後脚の形状にはバジリスクの特徴があるということだった。土属性だというシオリの探索結果とも一致するが、そもそも竜の近縁種であるバジリスクとは体表面の組織が似ているのだ。簡単に見分けがつくのだろうか――。

そこまで考えたニルスは、はっと息を呑む。

「そうだ、探索。探索魔法だ……！」

シオリの探索魔法の用途は索敵だけには限らなかった。ついさっきもそうして竜の身体を探っていたではないか。固定観念にとらわれるなと、以前彼女はそう教えてくれたではないか。

「よし！」

ニルスは構えた。竜の揺れる背に片手を触れて、目を閉じる。

まだ慣れてはいない魔法。それに、シオリのように魔力量は少ない。この作業だけでかなり消耗してしまうだろうが、やらないという選択肢はなかった。

塗り薬を患部に優しく馴染(なじ)ませるように、鱗の下の組織に魔力を浸透させていく。

(あまり深くなくていい、表面近くを丁寧に……)

後脚は確かに大地を思わせる土の属性。けれどもある瞬間にそれが途切れ、突然感触が変わった。

「あった……！」

異素材を継ぎ合わせたようなという、シオリの表現は正しかった。

その部位を目視で確かめると、途中から薄っすらと色が変化している。そこで区切ったように、鱗の流れが不自然に変化した場所。目立たないが、無造作に繋ぎ合わせた痕が確かにあった。引き攣(つ)れて盛り上がった傷は、間違いなく縫合した痕跡だ。

ニルスはエレンを見た。カイに支えられて背に這いつくばっている彼女もまた、こちらを見ていた。その目は「見つけた」と訴えている。

「――ザック！　縫合した痕があったよ！　間違いない、この手足は繫ぎ合わせたものだ！」

移植痕――大きな傷はたとえ塞がっているように見えても、完全に元通りという訳ではない。見えないだけで、傷自体は永久に残る。そしてその部位は、正常な組織よりも負荷に弱い。

声を限りに叫んだニルスに、仲間達は歓声で応えた。

――片翼を破き、尾を落とした。

これで氷蛇竜の運動能力は半減。

あとはその四肢を落として移動能力全てを封じ、総攻撃で本体を潰せばいいだけだ。

勝利の可能性が見えた。

張り詰めていた戦場の空気が僅かに緩んだそのとき、それは起きた。

一瞬視界が揺れたような気がした。続いてふわりと身体が浮き上がるような奇妙な感覚が過ぎる。

眩暈かと思った瞬間、大気が振動を始めた。

竜種が得意とする極大魔法の前兆現象、それに気付いたアレクは反射的に怒鳴った。

「大魔法が来るぞ！」

ナディアも、一瞬遅れてそれを察知したザックも声を限りに叫ぶ。

「魔法障壁！」

「防御態勢を取れ！」

刹那、ぴしりとひび割れる音が響き、やがてそれは轟音を伴う激しい揺れとなる。

氷蛇竜を起点として周囲の土が捲れ上がり、地割れから生じた石礫と土塊が噴出した。

――人は下からの攻撃には存外弱い。そして魔法障壁最大の弱点もまたそこにあった。

死角となる足元の、障壁の薄い場所を破って侵入した石礫が地から天に降り注ぐ豪雨となり、冒険者達の身体を激しく打ち付ける。

大きな破片に巻き込まれた者は吹き飛ばされ、大地に激突した衝撃で一瞬呼吸が止まる。

体勢を低くして防御態勢を取っていた者は目に土埃を、顔面に石礫を食らって悲鳴を上げた。

――永遠にも感じられる数十秒の時が過ぎ、やがて土魔法の豪雨は止んだ。

カイとエレン、ニルスとヴィオリッドは、竜の背の上にいたことが幸いして無傷。

たまたまルリィとブロゥのそばにいたリヌスとユーリャは、スライムの柔らかい身体に護られてこちらも軽傷。

だが、身の丈ほどもある巨大な土塊に巻き込まれそうになったシオリを咄嗟に抱え込んで横に飛んだアレクは、着地の際に左半身を激しく打った。幸い折れはしなかったようだが、打ち付けた左腕が激しく痛み、思うように動かせない。

ザックは身を低く屈めて大剣で前面を覆い、どうにか致命傷は避けたようだ。しかし掠めた破片で額に裂傷を負い、顔面を赤く濡らしている。

だが彼らはまだ軽傷と言えた。

無事では済まなかった者が半数に及び、優勢だったはずの戦いが瞬く間に覆された。

氷蛇竜もまた、大魔法発動の後遺症でまだその場を動けないでいる。

しかし、己が優勢に転じたことは理解したようだった。

もう一押しとばかりに上げた咆哮が、痛みに悶える者達に追い打ちをかけた。

昏き闇の幻は、負傷によって気力を削がれた人々の胸に容易く入り込み、戦意を奪っていく。

竜の虚ろな瞳が僅かに歪んだ。

それはまるで嘲笑のようだとアレクは思った。

5

「怪我人を竜から遠ざけろ！」

手布で額の傷を押さえつけながらザックは叫ぶ。

自分だって怪我人じゃないかと近寄ったブロゥに「俺は大丈夫だ」と笑って見せ、ほかの重傷者を運ぶよう言いつけると、空色のスライムは幾分不満げにしながらも従ってくれた。

氷蛇竜はまだ硬直状態にある。この僅かな時間に負傷者を処置し、態勢を整えなければならない。

すぐそばに倒れていた仲間をブロゥに託し、己の傷に応急処置を施したザックは、自らも救助に加わった。

「出血には消毒薬と血止めを使え！」

「治療術師は軽症者から優先的に治療して！　治療が終わった人は救助に手を貸してちょうだい！」

「骨折にはくれぐれも気を付けて！　骨がずれたままの場所に治療術は使うなよ！」

ニルスとエレンの怒声が響く中、無事だった者達はふらつく足を叱咤しながら動き出した。

血の匂い、悲鳴と怒号、呻き声が溢れる目の前の光景はどこか現実味がなく、まるで映画を見ているようだとシオリは思った。脳が現実を受け入れることを拒否しているのかもしれない。

けれどもこれは紛れもない現実で、シオリは震える手で腰元のポーチから痛み止めを取り出した。

左腕を抑えたままじっと耐えている恋人の土気色の顔には脂汗が滲んでいて、痛みがよほどのものなのだと分かる。

「ごめんね。私を庇って」

けれどもアレクは気にするなと首を振った。

「なに、咄嗟に大事なものを護っただけだ」

こんなときにまで気障なことを言ってのける恋人に、シオリは苦笑で返すしかなかった。

それに多分、いざとなったら自分だってそうするかもしれない。

「これ、飲んで。痛み止め」

一粒差し出した痛み止めは、あまり多用するなと言われていたものだ。

アルラウネの根から抽出した成分が含まれる丸薬の鎮痛効果は絶大。

しかし短期間に多量に服用すれば、毒性が勝るのだという。自然排出されるまでに、強い眠気や倦怠感、頭痛などの不快症状が出るとニルスは言った。だから、一日に使用していい最低限の数しか持たされていない。

そもそも、身体の異常を報せる痛みという信号を遮断すること自体が危険なのだ。異常を無視して負傷部位を動かせば、後々どんな後遺症が残るか分からない。そういう意味でも濫用してはならない薬だ。

『二粒ずつ配るから、ここぞというときにだけ使うんだよ』

普段であれば、ニルスもこれを決して素人に手渡したりなどはしなかっただろう。

しかし、竜討伐では治療の手が足りなくなる可能性は十分に考えられる。後遺症に目を瞑ってでも戦わなければならない局面があると、今回に限り、特例中の特例としてこれが配布された。

実際、今も治療術師たちが駆け回って必死の治療を行っているが、明らかに間に合っていない。

「……大丈夫だ。多分、折れてはいない」

言いながらもアレクはシオリの手を借りてそれを飲んだ。

これだけの痛みに耐え続けること自体、気力と体力を削ってしまう。それに、治療を待つ間に氷蛇竜が復活してしまうかもしれない。

幸い、その後まもなく治療術待ちの順番が回ってきて、シオリはほっと息を吐く。

「貴方が痛み止めに頼るなんてよっぽどね」

言いながら手早く患部を調べ始めたエレンは、「良かった」と呟いた。

彼の自己診断通りに骨折はないと診断され、治癒魔法によって腫れが瞬く間に引いていく。

「良さそうだ。ありがとう、もう行ってくれ」

「ええ」

短い会話だけでエレンは次の患者に向かう。

「――ああ、いかんな。氷蛇竜の硬直が解け始めている」

「……うん」

けれども、竜を拘束する手段を持つ魔導士の大半が、戦闘不能状態に陥っているようだった。

時間はあまりない。二人もまた、彼らを介抱するために各々散った。


治療術師達が懸命の治療を続け、その順番待ちをしているルドガーは、倒れたまま動かぬ妻をどうにか竜から離して悲痛な声を上げていた。

「マレナ！　マレナ、おいしっかりしろ！」

最愛の妻の腕が、関節ではない場所から不自然に曲がっている。利き腕ではなかったが、両手武器のマレナには致命的だ。

起き上がることもできず、本当は目を開けることすら億劫だ。それでも気丈に微笑んで、マレナは年下の夫の半泣きの顔に、ひどく重く感じる指先を伸ばした。

最前線で戦えるほどの、強く立派な男になったルドガー。

けれどもその本質は、「マレナねえちゃん」と自分の後ろを付いて回っていた、臆病で泣き虫の少年の頃と変わってはいない。

「……大丈夫、予備の、片手剣があるわよ。まだ、戦える……」

虚無の竜の咆哮で挫けかけている心を叱咤して、マレナは声を絞り出した。

「馬鹿言えよ、そんじょそこらの魔獣とは違うんだぞ！」

強大な竜を相手に、予備の片手剣で太刀打ちできるはずがない。

それを理解してはいても、夫を残して退却しなければならない悔しさにマレナは唇を噛んだ。

なにより気付いてしまったのだ。

戦いの興奮で痛みをあまり感じないというのに、何故だか身体に力が入らない。竜との戦いで思う以上に疲労が蓄積していた身体は、全く言うことを聞いてくれなくなっていた。

それでも骨折さえ治せばまだ戦えると訴えるマレナの唇を、白くほっそりした手がそっと塞ぐ。

「もう戦っては駄目。骨折は正しく治療しなイと駄目よ。後ろでちゃんと診てもらってテ」

治療術師、旧帝国人のユーリャはそう言った。

治療術は万能ではない。毒を抜き、傷を塞ぐことはできても、折れた骨を正しい形に修復することはできない。このまま治癒魔法を使ったとしても、おかしな方向に曲がったまま骨が繋がるだけだ。後遺症を残しては、今後二度と槍を持つことはできない。

しゅるりと近付いたルリィが、マレナの下に潜り込んだ。後方の衛生隊まで搬送してくれるのだ。

「お前の分も俺が戦う。だから安心して休んでろよ」

らしくもなく気障ったらしく、唇に触れるだけの口付けをしたルドガーは、泣き笑いの顔で立ち上がった。

「……分かったわ。絶対、勝ってよね」

言外に死ぬなと言った妻に、ルドガーはとうとう目から涙を溢れされた。

「当ったり前だろ。可愛い嫁さん置いて逝けるかよ」

切れた頬を治療術で塞いでもらった彼は、無事だった仲間達のもとへと駆けていった。

一方でナディアをはじめとした魔導士達も、仲間達から必死の介抱を受けていた。

咄嗟の全魔力放出で周囲にいた仲間を護り、魔力枯渇で昏倒したのだ。

失敗して対象を護り切れなければ介抱してくれる者さえいない、全滅しかねない危険な技。

「無茶なことをする……！」

クレメンスは蒼褪めて動かないナディアに気付け薬を飲ませようとした。

だが、飲み下せないまま零(こぼ)れたそれは、口の端を伝って落ちる。

「くそっ……！」

薬瓶の中身を自ら呷り、何の躊躇いもなく彼女の唇を己のそれで塞いだ。口移しでは少しずつ飲ませるしかなく、それがひどくもどかしい。

しかし瓶の中身を全て空けても、彼女が目覚めることはなかった。蒼白(そうはく)で血の気がなく、ぐったりと脱力しているのは重篤な魔力切れの症状だと分かる。

けれどもその様子はまるで死人のようで、最悪の想像を振り払ったクレメンスは、震える手でナディアの腰元のポーチを漁った。最上級の魔力回復薬、これさえ飲めば魔力は回復する。そうすればきっと目覚めるはずだ。

そうであってほしいと願いながら、口移しを重ねて魔力回復薬を彼女に含ませる。

次第にナディアの顔色が戻り、高濃度の最上級魔力回復薬を五本空にしてようやく目を覚ました彼女は、「寝覚めの景色があんたの悩ましげな顔だなんて、まるっきり後朝みたいじゃないのさ」と薄く笑った。

二人の間にしか分からぬ冗句。

クレメンスは赤面した。

「まったく、お前ときたら……」

安堵と呆れで深々と溜息を吐く後ろで、ダニエルとイクセルが「これはひどい！」「なんだこの臭いっ！　くっせぇ!!」と悲鳴を上げて飛び起きた。

こちらは誰にも口移ししてもらえず、どうあっても薬を飲んではくれない二人に業を煮やしたイールによって、気付け薬代わりの葉の搾り汁を喉の奥に突っ込まれたようだ。

薬師の使い魔による暴挙はしかし、覿面な効果をもたらした。副作用で数日は不快症状が続くかもしれないとのことだが、ともかく意識が戻ればあとはどうとでもなる。

この世のあらゆる苦みとえぐみを凝縮したようなとんでもない味に飛び起きた二人は、慌てて魔力回復薬に飛びついた。何本も立て続けに一気飲みしているのは、回復量が足りないというよりはむしろ、口直しなのかもしれなかった。

――我が相棒は口に入れてもまるで動じぬというのに。

解せぬとでもいうように「あー？」と呻きながら、イールはわさりと薄紫の葉を揺らした。

どうにも締まらぬ滑稽な様子に、ナディアも、つられてクレメンスも思わず噴き出す。

（一時はどうなることかと思ったが）

支えも必要とせず、笑顔さえ見せて自力で立ち上がる魔導士達の姿に、クレメンスは強張っていた肩の力を抜いた。

まだ戦える。

一人、二人と、地に倒れていた仲間達が次々と立ち上がる。

今の攻撃で三割が離脱することになったが、それと入れ替わりで精神攻撃から回復した者達が前線に復帰した。

大丈夫だ。まだ十分に戦える。

数時間遅れでトリスを発った冒険者隊の後発隊が、あと一時間弱で合流するとの報も届いた。

また、北部各地に派遣されていた騎士隊の一部も、魔獣暴走対応の任を解かれてこちらに向かっているという。探索魔法による索敵殲滅作戦が功を奏し、魔獣暴走の危険は去ったと判断されたのだ。

片翼と尾を落とした今、必ず斃せるという希望が彼らを突き動かした。

「態勢を整えろ！　これより総攻撃をかける！」

ザックは討伐部隊で最も身軽なリヌスに伝令使を命じた。

冒険者隊、騎士隊の混合部隊による総攻撃要請。

「これでようやく騎士の本分を全うできる……！」

誰かがそう呟いた。

民間人ばかりを最前線に送り出して、彼ら自身は冒険者隊が敗北した場合の保険として待機を命じられた。

竜種討伐において、多勢での戦いは逃げ場を塞いでむしろ不利になる。人海戦術を用いて多数の死傷者を出した過去のようなやり方は許されない。だから竜の動きを封じるまでは、せめて移動能力を半減させるまではならぬと、前に出ることを許されなかった。直接の支援を認められていたのは輜重隊と衛生隊だけだ。

目の前で冒険者達が傷付き倒れようとも待機を強いられ続けた騎士達は、武者震いしながら間もなく下りるであろう突撃命令を待った。

――氷蛇竜が、爆心地からゆらりと身を起こす。

涎と土埃に塗れて顔面をくすんだ灰色に変色させたその竜の瞳、冷えたガラス玉のように虚ろだったはずの漆黒の瞳は今、不気味な光を宿して揺らめいていた。

絶望と虚無を振り撒く異形の竜は、足元をうろつく矮小な生き物を、明確に排除すべき敵と認めたのだ。

氷蛇竜の視線を正面から受け止めたザックは、額を流れる血を拭い、そして笑った。

誰も彼もが傷だらけで己と竜の血に塗れているが、戦死者はいない。神々の地に導かれた勇者などいないのだ。

(女神んとこに逝くのは俺達じゃねぇ。てめぇの方だ、憐れな竜よ)

大剣を突き上げ全身全霊を込めて叫ぶ。

「――総攻撃開始！　総員突撃せよ！」

6

遂に下された突撃命令。

高らかな鬨の声とともに戦場を駆け抜け、伝説の名を冠する竜に迫る。

――いかに竜と言えども、首を落とすか心臓を突けば確実に死に至る。

それは誰もが知る常識だ。

ではなぜ初めからそうしないのか。

実戦経験もなく、文字でしか物事を知らぬ評論家などは「分かり切ったことをなぜやらぬのか。急所ですらない場所を攻めて悪戯に犠牲者を増やすなど愚策の極み」と訳知り顔で語るが、遥か頭上、十メテルを優に超える高い位置で揺らめく頭を、二メテルにも満たず飛ぶこともできない人類がどうして落とすことができようか。強靭な鱗と高密度の分厚い筋肉の内側、長槍ですら届かぬ場所に護られた心臓を、どうして貫くことができようか。

できぬからこそ、障害となるものを先に排除せねばならないのだ。

飛んで逃げぬよう翼を落とし、巨大な鞭となって敵を叩き殺す尾を落とし、その一歩で容易く人を踏み潰せる四肢を落として、それでようやく急所を突けるのだ。

無論その間、竜も大人しくしている訳ではない。

その抵抗一つで簡単に命が奪われる、そんな戦いを強いられるのが竜討伐だ。

この氷蛇竜も今まさに激しい抵抗を見せ、一人二人と敵の数を着実に減らしていた。

それもただ抵抗するだけではない。戦いで学習し、敵の手段を封じることを覚えたようだった。上級魔法を連発して敵を防御魔法で手一杯にすることで、拘束魔法を使う余裕を奪うのだ。

自由を取り戻した四肢で足踏みして接近を躊躇わせ、それでも勇敢に立ち向かう者達を大きく撓らせた首で薙ぎ払う。倒れ伏した者の頭上から火炎弾を浴びせて、逃げる隙すら与えてはくれない。

だがそれでも、必ずこの邪竜を斃すという強い意志が人々を突き動かした。

鎮痛剤を飲み、身体強化を重ね、魔力回復薬を何本も空けて、何度振り払われようとも果敢に立ち向かっていく。

「足並みを揃えろ！　間合いに入るときは後ろから回り込めよ！」

「攻撃系は防御を補助系に任せて攻撃と拘束に専念しな！　補助系は全員で魔法障壁！」

ザックとナディアのよく通る声が響き、竜の猛攻に乱れていた足並みが揃う。

劣勢に傾いていた戦況は再び優勢に戻りつつあった。

このまま覆させぬと竜は吠え、森で息を潜めていた肉食の巨鳥フレスベルグの群れを呼び出した。

魔獣の頂点に立つ竜の気迫で従わせられたフレスベルグは、けたたましい奇声を発しながら人々目掛けて急降下した。

グリフォンにも見紛う巨鳥の群れは動揺を誘った。竜で手一杯の状況で、このうえ空飛ぶ魔獣の相手はあまりにも荷が重い。

そのとき突如、魔狼の咆哮が辺りに木霊した。

「ヴオォォォ――――――！」

天にも届かんばかりの遠吠えは、森に木霊し彼方まで響いていく。

気高き森の王者の咆哮は、恐怖によって従わされていたフレスベルグを正気に戻した。再び空に舞い上がった彼らは頭上を一度だけ旋回すると、そのまま森の彼方目指して飛び去っていった。

「ヴィオ、よくやった！」

契約の主、魂の友の称賛に気を良くしたヴィオリッドは、「ヴォフッ」と短く鳴き、再び戦場へ戻っていく。

「よし、ルドガー、手伝え！」

「はいよっ！」

アレクとルドガーは土魔法を唱えて竜の足元を陥没させた。強力な拘束にはならずとも、その歩みを止めることくらいならできる。

魔導士ほどの魔力はなく、剣士のように剣一本で戦えるほどの技量もない。それが魔法剣士の弱みだが、極めれば一人二役で戦える。万能になるか器用貧乏になるか。それはその者の努力次第だ。

「土魔法ってのは地味だけど、使いようによっちゃ便利だよな！」

地面を隆起させて坂道を作り、駆け上がりながらルドガーは叫んだ。

「まったくだ！」

襲い来る竜の土槍を小さな土塊に戻しながら、アレクは炎を纏わせた魔法剣を振るった。

鱗が飛び、そこへ仲間達が得物を突き立てていく。

「若ぇってのはそれだけで強ぇな！」

一人何役もこなしている彼らを横目で見ながら、ザックは口笛を吹いた。

「まったく歳（とし）は取りたくねぇもんだ！　さすがに手が痺（しび）れてきやがったぜ！」

言いながらもその動きに衰えを見せないザックを、「いつまでも若いつもりでいると、あとでどっと疲れが出るぞ！」と一回り年上のダニエルが揶揄（からか）った。

「そろそろ年齢なりの戦い方を模索するいい機会ではないかな！」

Ａ級魔導士の彼は、年齢を理由に補助職へと転向している。攻めの魔法ばかりを好んでいた青年時代とは戦い方もまるで違うが、生来の研究者気質で補助と防御の魔法を極め、かつてと遜色（そんしょく）ない戦果を上げていた。

「お互い帰ったら寝込むことになりそうだ！　戦槌！」

「違いねぇ！　おらっ、食らいやがれっ！」

ダニエルが作り出した巨大な岩の槌が氷蛇竜の膝裏を殴って膝をつかせ、背に駆け上がったザックが縫合部へ大剣を突き立てる。

鱗と鱗の隙間が僅かに開いている縫合痕は、ニルスの推測通り負荷には弱かった。鱗を剥がさなければ攻撃の一切を通さなかった表皮に、切っ先が深く食い込んだ。

「キュオオオオオン！」

怒りの咆哮を上げた竜は、がぱりと口を開けた。

「弓騎士隊構え！　撃て！」

二人に齧りつこうとしていた竜目掛けて、銀の軌跡が走る。弓騎士の魔法を纏わせた矢が幾筋もの軌跡を描き、口内の柔らかい場所に降り注いで、いくつかは舌に、残りは見事歯茎に突き刺さった。

だがそんなものは効かぬとばかりに矢を噛み砕いた氷蛇竜は、再び口を大きく開けた。

その鼻先をシグルドの爪が掠めて僅かな隙を作り、竜の背を駆け抜けたカイがその首元に魔力を込めた重い蹴りを入れ、衝撃と痛みに一瞬呼吸を止めた竜は潰れたような悲鳴を上げた。

それを好機と見たニルスは、腰元のポーチから秘蔵の新薬を取り出した。

「リヌス！　これをあいつの口にぶち込んでくれ！」

「おっけー！　任せてー！」

ニルスから手渡された紐付きの薬瓶を矢に括り付け、リヌスは見事その口内に命中させた。

飛び込んできた異物を歯で粉砕した竜が、喉の奥から絞り出すように絶叫した。

浸透した薬液が、竜の喉を焼いたのだ。

「ねぇニルスー！　今のあれ何ー!?」

「脳啜(のうすす)り撃退スプレーの原液！」

「うっそだろマジかよ！」

つい真顔で叫んでしまったが、リヌスは多分悪くない。

「ニルス先生容赦ねぇー！」

シオリが危険な希少種に激辛オイルをぶちまけて撃退したという話は、もはや伝説である。

その方法を用いた薬師の恐るべき所業にヨエルは悲鳴を上げ、詠唱中の魔法に乱れを生じさせた。

しかし、シオリの講習を経て研究と鍛錬を重ねた彼の魔法の精度は驚くほど高い。乱れを生じさせてもなお精度は高く、薄くも強靭な氷刃が表皮を撫(な)でるように飛び、鱗を捲り上げていく。

鱗を剥ぎ落とすほどではなかったにせよ、捲り上げられて生じた隙間は十分な隙となった。

「お前凄(すご)いな！」

同い年でランクは上のイクセルからの掛け値なしの称賛に、ヨエルも正直悪い気はしない。

「これなら剣が届かない場所の鱗も削ぎ落とせるぞ！」

「いいぞ、もっとやれ！」

「よっ、未来の大魔導士！」

同僚はヨエルが褒めて伸びる質だと知っている。

さんざんに持ち上げられて調子良く放った魔法が、次々と鱗を捲り上げていった。

そこへ全力攻撃が降り注ぎ、捲れた鱗の下の皮膚を傷付けていく。

なかでもナディアの魔法は凄まじく、炎を極限まで凝縮した熱線が竜の皮膚を貫いた――かのように見えた瞬間、一瞬にして膨れ上がった竜の魔力がそれを拡散させた。灼熱の光線が揺らぎ、火の粉を散らしながら空気に溶けて消えていく。

「いいとこだったのに忌々しいったら！」

爆炎の魔女は悔しげに唇を歪めた。

「長引かせるとまずいな」

アレクの顔は険しい。

長引かせればそれだけ学習を重ねさせることになる。そのうえ長命種の竜は総じて生命力が高く、総攻撃でこれだけのダメージを受けてなお、氷蛇竜はまだ余裕を見せていた。

長期戦になれば不利になるのは間違いなくこちらの方だ。

だがここに至ってもなお、まだ四肢の一本も落とせてはいない。

竜種では水竜に次ぐだろう巨躯。それを相手取ることの難しさをまざまざと思い知らされたアレクは歯噛みした。普通の魔獣であれば致命的であろう傷も、この巨体では切り傷程度にしかならないのだろうか。

「駄目だぁ！　沸騰もミンチも効かねぇわ！」

「魔力で押し返されちまう！」

イクセルとヨエルが悲鳴を上げた。

シオリの家政魔法を流用して体内を直接破壊しようと試みたが、膨大な魔力に阻まれて局所的なダメージしか与えられない。

シオリは中心部までは探索魔法でも探れなかったと言っていたが、魔力の高い彼らの攻撃魔法でさえ押し返されてしまった。

「何かもっと決定的な弱点でもあればいいが……確実に竜の動きを封じるような何かが……！」

そんなものが本当に存在するのか。

虚しいことだと分かっていても言わずにはいられなかった。

それを嘲笑うかのように竜が吠える。

「ヒュオオォォォォォォ――――！」

喉を焼いたからか、これまでほどの声量はない。しかしそれでも十分な力を伴うそれは、無数の精霊を呼んだ。氷湖周辺に漂う自我のない低級の精霊が、戦場を覆い尽くしていく。

「今度は召喚術か……！」

肉体を持ちながらその精神は精霊に近いとも言われている竜は、稀に召喚術を使うことがある。その稀な部類だったらしい氷蛇竜は、氷の眷属とでもいうべき霜の精霊を呼んだのだ。

真白な蛍のような姿の精霊は、チリチリと小さな鈴の音のような音を立てた。それが幾重にも重なり、共鳴し合って強い冷気を発した。

「ぐっ……！」

「けほっ……」

肌がひりつくほどに冷たく乾燥した空気は、呼吸器を刺激して正常な呼吸を妨げた。息自体はできる。しかし、数十分にわたる激しい戦いで大量の新鮮な空気を欲する身体には、ひどく堪えた。

氷湖から次々と湧き出るように現れる霜の精霊はさらなる冷気を発し、窒息しろと言わんばかりに嗤いさざめく。

と、そのとき大気がふわりと揺れた。優しく暖かな空気が辺りを取り巻いていく。

シオリの魔法だ。

ザックが言った通りに空調魔法は竜の足止めにはならなかったが、彼女の性質によく似た春の温もりは霜を溶かし、人々をふんわりと包み込んでいく。

「おお……！」

「これが噂の……！」

特別な動作も詠唱もなく、ほとんど瞬間的に発動させた合成魔法。

驚き、感嘆の声を上げながらも、騎士達は既に次の行動に移っている。

大魔法と同じく、魔力を瞬間的に大量消費する大規模召喚術の後には隙が生じる。訓練された騎士達がこれを見逃すはずはない。僅かな硬直時間を絶好の機会と捉え、一気に距離を詰めた彼らは流れるような動きで鱗を薙ぎ払い、剥き出しの肉に剣を突き立てた。

無論、アレク達も黙ってはいない。それぞれに振り上げた得物で縫合部を斬り、体液が噴き出す傷口を広げてようやく関節を剥き出しにした。

「よし、いけるぞ！」

このまま関節を切断しようと再び剣を振り上げた瞬間、氷蛇竜が火炎弾を吐いた。それは強風を伴いながら頭上に降り注ぎ、防御が間に合わずに巻き込まれた何人かが吹き飛ばされた。

――一進一退を繰り返して長期戦の様相を呈し始めた戦い。

その中で微かな違和感を覚えたアレクは眉根を寄せた。

だが、何に対してそう感じたのかが分からない。

――目前には魔法攻撃を連発する氷蛇竜。

炎、土、風、炎、土、風、炎、氷、炎の魔法と、闇の幻覚さえ伴う魔力放出が無秩序かつ断続的に続けられる。そしてまた、竜は火炎弾を吐いた。

「ああ……そうか」

アレクは不意に気付く。

「あいつ、氷蛇竜を名乗るくせに氷魔法をあまり使わないんだ」

それどころかむしろ、氷属性の魔獣であれば弱点となる炎属性の魔法を好んで使っているようにさえ思える。

シオリもまた何かに思い当たったようで、あっと声を上げた。

「何？」

「それだよアレク。あの竜が氷湖に封印されて眠ってたって、それ自体が変じゃない？」

「もし本当に氷属性だったら、氷漬けにされて眠るだなんてことにはならないんじゃないかな」

分厚い氷に覆われた深く冷たい氷湖の底は、氷蛇竜にとってはむしろ楽園のはずだ。それが身動きも取れぬまま、二百年近くもの間大人しく眠り続けていたというのはどういうことか。

「……！」

アレクは目を瞠（みは）った。

竜の弱点――氷の名を冠する竜の、真の姿に辿り着いたかもしれないのだ。

「こんな寒いところでずっと眠り続けてたって、まるで冬眠してたみたいだよ。だとしたら、あの竜は本当は氷の魔獣なんかじゃない。むしろ寒さに弱い、対極にある属性の――」

「炎属性の竜――火竜か！」

この竜は恐らくは地竜と火竜との交雑種。地竜の容姿と火竜の性質を併せ持って生まれた竜だ。

その正体は、火竜なのだ。

「身の内に……火の性質を隠していたのか」

膨大な魔力で本来の姿を包み隠して、氷の魔物の王を演じていたのだ。

否、演じさせられていた。

地竜の姿を持つ火竜に氷蛇竜の名と氷湖という棲み処を与え、そして長い年月を掛けて、この地に封じられた竜は氷の魔物の王であるという先入観を人々に植え付けたのだ。

――いつか、子孫が切り札として使えるように。

「これ、この血……多分、氷属性だ」

シオリはアレクに付着した返り血に触れ、震える声で呟く。

それはとても微弱な気配で、辺りの寒さに紛れて分かりにくい。けれども、その血に触れて感じ取れるのは確かに冷たい氷の気配だ。

「氷の魔法石の粉末を餌(えさ)に混ぜて摂取させられていたか……あるいは、輸血で氷竜の血液に置き換えられたか。どんな手段を使ったかは分からないけど、氷属性の血液を全身に巡らせることで、本来の属性を誤魔化してたんだろう」

ニルスの言葉には隠し切れない怒りが滲んでいた。

邪悪とはこのことを言うのだろうとアレクは思った。

偽りの名と属性を与えられた憐れな竜の背後に、ほくそ笑む科学者の姿を見たような気がした。その醜悪な笑みがかつて皇都で見た帝国貴族の姿と重なり、あまりの嫌悪感に吐き気すら覚える。

「強敵には違いねぇが、このクラスの竜にしちゃあ妙に鈍かねぇかとは思ってたんだ。だが、そういうことなら話は分かる。ここの環境はそもそもあいつにゃあ合わねぇってことだ。移動しようとしてんのも、本能的に暖かい場所を求めてんのかもしれねぇな」

返り血を拭いながら言ったザックの表情は険しい。だがその瞳には、憐れみの色が浮かんでいる。

「どうする。氷属性中心で攻めるか？　うまくすれば眠ってくれるかもしれん」

まだ確定した訳ではないが、アレクの問いにザックは「ああ」と頷いた。

「そうは言ってもこの気温であれだけ動く。氷湖に沈めるくれぇの――それこそ夏でも湖一つ凍らせるほどの低温でなけりゃ意味がねぇ」

竜が氷を割って浮上したであろう場所は、既に凍り付いていた。いったいどれほど低温なのか。

「首を残して氷漬けだ。魔導士を総動員して氷結魔法を使う。そして物理攻撃で首を落とす」

皆異論はない。もとより、できることはほとんどやり尽くしてしまった。

「よし、リヌス。全隊に伝令を頼む。標的は火属性の可能性あり、首を残して凍らせろってな」

「りょーかい！」

身軽な弓使いは戦場を駆け抜け、ザックの言葉を伝えていく。

やがて伝達は完了し、冒険者隊、騎士隊双方の攻撃が一時的に止んだ。

それを不思議に思ったのか、氷蛇竜もまた一瞬動きを止めた。

「今だ、ナディア！」

「任せな！」

突如垂直に空いた縦穴が氷蛇竜を呑み込み、ドォン！　という轟音が響く。

落下した氷蛇竜の首から上だけが不満げに顔を出し、目の前の人間達目掛けて牙を剥いた。

瞬間、魔導士と魔法騎士総動員の氷結魔法が竜を中心として渦を巻く。


びきびきびき、ぱきん。


軋むような音が響き、氷蛇竜——否、火竜を巨大な氷塊の内に閉じ込めていく。

竜は激しく鳴いた。人間達の企みに気付いて、戦慄したのだ。

氷の拘束を解こうと死に物狂いで激しく藻掻く。だがそれも虚しく、耐え難い眠気に囚われ動きを鈍らせていく。

「キュォオオオオオオオオオン！」

睡魔から逃れるように咆哮を上げる竜の、その身体から魔力が噴出した。それは色すら伴う闇色の瘴気で、浴びた者達に孤独と絶望の幻を見せた。

寂しい、悲しい、もっと暖かな場所に行きたい、こんな寒いところにはいたくない、もう二度と孤独の湖底に沈みたくはないのだと、そんな竜の慟哭は人々の心を激しく揺さぶった。

「呑まれるな！」

闇色を切り裂くようなザックの怒声が響く。

「戦場に情けを持ち込むんじゃねぇ！　敵への同情は身を亡ぼすぞ！」

烈火の如き色の髪を振り乱して、竜殺しは叫んだ。だが、そんな彼の眦(まなじり)は微かに濡れていた。

「同情するのは戦いが終わった後だ！　今はあれを斃すことだけに集中しろ！」

竜に同調しそうになる心を殺し、アレクも負けじと声を張り上げて仲間達を鼓舞した。

あれは憐れな竜だ。

だが、見逃せば甚大な被害が出ると分かっているものを、このままにしてはおけない。

それに、闇色の幻に紛れたあの竜の本心を知ってしまった。

あの竜は自由になりたがっている。異形の竜は、あの継ぎ接ぎだらけで不自由な肉体を捨てて、自由になりたがっている。

ならば、亡国の悪夢から永久に解放してやろう。

――それでも死にたくないという本能には逆らい難く、竜は死に物狂いで抵抗を続けた。

孤独と絶望の深淵に引き摺り込む幻を見せ、灼熱の魔法で氷の拘束を溶かそうとしてその度に上書きされ、死の腕から決して抜け出せない絶望に怯(おび)えて半ば恐慌状態に陥った竜は、混乱状態で火の雨を降らせて人々に悲鳴を上げさせた。

灼熱の雨を避け損ねた者が一人、また一人と倒れていく。

倒れ伏したまま動かなくなる者、火傷(やけど)の痛みに苦鳴を上げて悶える者。

治療術師や薬師達は必死で治療に当たった。

怪我を癒した者は、立ち上がって再び竜に向かっていく。

――その様子を、湖岸に広がる森の中からじっと見つめる男の姿があった。

巨木の根元に隠れるようにして口を開けた、小さな洞穴――氷湖に繋がる洞穴の奥深く、そこに隠された研究施設の跡地で竜の封印解除を成し遂げ、半ば崩れて迷宮のようになっていた洞穴から這う這うの体で脱出した男が見たのは、地上で待っていたはずの同志の無惨な姿であった。

そして、それを踏みつけながら暴れ回る竜と、必死に立ち向かう王国人の姿。

ある程度予想していたことではあったが、それを目の当たりにした男は絶望に低く呻く。

「やはり、御しきれなかったか……」

強大だった帝国が御せなかったものを、亡国の一貴族でしかない己が手懐けられる訳がない。

だが、帝国奪還を成し遂げるためには、この竜に縋らざるを得なかったのだ。

歯噛みして目の前の光景を忌々しげに眺めていた男は、ふと一人の男に目を留めた。討伐部隊の主力らしい魔法剣の男だ。

「似ている……」

それは、かつて帝室主催の狩猟会で見た、武器商の娘の情夫によく似ていた。

似ていると言っても間近で顔を合わせたことはなく、ただ遠目に見た「彼女の新しい男」とあの剣士の後ろ姿が似ているといった程度のもので、その姿を見たのもそのただ一度きりだ。常識的に考えれば、本人である可能性は極めて低い。

だが、寒さと飢え、ここ数日の強行軍で半ば正気を失いかけていた男は、あの剣士からもう目が離せなくなっていた。

「選帝侯の異母弟、雇い主を連合国に売り、帝国滅亡の遠因を作った裏切り者……！」

そんな男が何食わぬ顔して目の前にいる。まるで初めから王国人であったかのように振る舞い、あまつさえ切り札の竜に手を掛けようとしている。

ほとんど無意識のうちに、男は弓を番（つが）えていた。もし竜を御しきれなかったそのときには、自ら引導を渡すつもりで持ち込んでいた沼蛇の毒矢だ。

無論、こんなもので竜を殺せるとは男自身も思ってはいない。

だが、人であれば耐え難い激痛に襲われ、半時も持たずに死に至る。

標的はあの裏切り者だ。亡き皇女にも認められたこの弓で、必ずやあの裏切り者を仕留めてみせる。

せめて一矢報いねば、貴き命を散らした同志が浮かばれない。

妄執（もうしゅう）にとり憑（つ）かれた男は、限界まで弦を引き絞った。

（……なんだ？）

呼吸を整えながら双剣の血糊（ちのり）を振り払ったクレメンスは、森の片隅に人影を見たような気がして視線を止めた。

――竜の左後方に広がる森のほとり。そこには巨木の陰から戦場を覗き込む男の姿がある。薄汚れた猟師風の男だ。

その方向に視線を向けたのはほとんど偶然。そうでなければ、激戦が繰り広げられる中、その男に気付くことはなかっただろう。

逃げ遅れか、それとも規制を掻い潜（くぐ）った猟師か。その男はおもむろに弓を番えた。

竜討伐の援護射撃というには弓の角度が不自然で、目を凝らして男が狙（ねら）う方向を見定めていたクレメンスの横合いから、フロルの緊迫した声が掛かった。

「帝国人だ。何度かキャンプで見かけタ。水が合わなイといって、長くは居付かなかったが」

ざわりと肌が粟立った。

男の弓の直線上に、アレクの姿を認めたからだ。

「アレク！　弓使いが狙っている！」

声を限りに発した警告の言葉はしかし、爆音に掻き消されて届かなかった。

あの男の殺気も戦場に紛れて誰も気付いてはいない。

「くそっ！」

この位置からでは間に合うかどうかは際どいところだ。男の弓は既に限界まで引き絞られている。

だが、それでも駆け出さずにはいられなかった。

(間に合ってくれ……！)

無我夢中で疾走するクレメンスの帽子が風に舞い、銀髪が露わになる。

視界の端で男の腕が動いた。弓を射たのだ。

「アレク！　避けろっ！」

再びの警告にも竜の咆哮が重なり、また虚しく掻き消されてしまった。

(――駄目か！)

高速で飛翔する矢をこんなもので防ぎ切れぬとは分かっていても、双剣を構えたクレメンスはアレクの背後に飛び込んだ。

瞬間、ギ、と双剣を掠めた耳障りな音が響く。

続いて激しい衝撃、灼熱。

振り返ったアレクの目の前に、鮮血と銀糸が舞った。

7

「クレメンス！」

悲鳴にも似た声は、ザックのものだろうか。

何者かが放った矢を受けて倒れたクレメンスの、その左腕から滴る雫が地面にいくつもの赤黒い染みを作り、やがて小さな血だまりとなった。

「嘘、射られた……!?」

「なんで!?　流れ矢か!?」

竜ではない、人為的な攻撃で倒れた彼の姿に動揺が走り、戦場の一角に乱れが生じた。

「狼狽えるな！　ここは俺が見る、お前らは竜を頼んだ！」

集中を乱した同僚を一喝したアレクだったが、当の自分がこの場で最も動揺しているだろうという自覚があった。

――己と友の立ち位置、その直線上に射手と思しき男の姿を認めて、友が己を庇ったことを理解したからだ。

弓を構えていたその男は、リヌスの矢に肩を射抜かれて後ろ向きに倒れ込んだ。憤怒の形相で駆け寄ったフロルが男の胸倉を掴み上げ、激しく罵倒している。

男の身形とフロルの様子から、男が帝国人であることが察せられた。

それですべてを理解してしまった。あの男とは面識がないが、己を狙ったのは偶然ではあるまい。クレメンスは己の身代わりに射られた。それも帝国に捨ててきた偽りの姿、アレン・シュリギーナという幻影の身代わりにだ。


「反逆者に死の鉄槌（てっつい）を！」

薄汚れた猟師のなりをしたその男は、騎士達に取り押さえられながらも笑っていた。

「皇帝陛下万歳！　竜の英雄（ドルガスト）に永久の栄光あれ！」

狂ったように哄笑（こうしょう）する男の姿は狂人そのもの。

ゆえに男の「反逆者」という言葉を真剣に捉える者は一人もなく、ただ正気を失（な）くした皇帝派残党の凶行として片付けられた。


抱き止めた親友の身体から急速に力が抜けていく。脱力したその身体のあまりの重さに、アレクは息が止まりそうになった。

この重みには覚えがある。冒険者となってから幾度も見送ってきた仲間達の、物言わぬ身体の重みによく似ていた。

「……馬鹿野郎」

泣き出したくなる気持ちを堪えて、アレクは叫んだ。

「馬鹿野郎！　何故庇った！」

「……何故って、お前」

クレメンスは痛みに引き結んでいた唇を微かに開いた。笑ったようだった。

「やっと、掴んだ、幸せを、こんなところで、終わりになんて、してる場合じゃ、ない、だろう」

「それはお前もだろうが！　あいつを、ナディアを二度も行かず後家にするつもりか！」

「一度目は、私では、ないんだが、なぁ」

もう一度笑おうとした彼はしかし、低く呻いて呼吸を荒くした。空気を求めて開く唇が激しく戦慄き、じっとりと滲む汗がこめかみを伝って流れ落ちていく。胸を掻きむしるようにして動いた右手は、ひどく震えていた。

忍耐強いこの男が身を捩って苦鳴を上げる様は尋常ではなく、その苦痛の原因がただ矢傷ばかりにあるのではないと知れた。

(最悪だ……っ)

これは毒だ。鏃に毒が仕込まれていたに違いなかった。

竜との戦いで血の巡りが早く、既に毒は全身に回っているようだった。

「クレムっ……」

地に横たえられた恋人に縋るナディアの顔は、蒼白を通り越して紙のように白い。愛する男を再び失うことになるかもしれないという恐怖が、爆炎の魔女をひどく打ちのめしていた。

だが治療術師も薬師もまだ来ない。間が悪いことに、彼らの手は全て塞がっている。騎士隊の衛生兵も手一杯だ。ここで薬に頼ったところで、矢を抜かない限りはほとんど無意味だ。

だからといってここで下手に抜けば、激しく出血して状況を悪化させるかもしれない。

(だが、このままではこいつは……！)

出血を伴う矢傷と、中毒症状。このままでは確実に死に至る。

忍び寄る死の気配が親友の端正な顔にべったりとした濃い影を落とし、今にもこの男を連れ去ろうとしていた。

もはや猶予はない。

いつの間にか隣に膝をついていたシオリの手には、血止めと解毒薬、包帯が握られている。いつでもやれると彼女の目は訴えていた。

アレクは覚悟を決め、血に濡れた服を切り裂いて傷口を露出させた。そして、そのあまりの惨たらしさに息を呑む。

浅い角度で肘上に突き刺さった矢が、表面の肉を縫うようにして肩先まで潜り込んでいたのだ。

（これは……素人が手を付けていいものではない……！）

ならばせめて止血だけでもと、躊躇いながら傷口に手を触れようとしたそのとき、横合いから飛んだ怒声がアレクの手を止めさせた。

「駄目だっ、無暗に触るな！」

普段からは想像もつかぬほどに激しい怒声を発したリヌスは、クレメンスを、正確には彼に突き刺さった矢を覗き込んだ。

「くそっ、やっぱりご禁制の毒矢だ！　引き抜くと鏃が取れて中に残るんだよ。おまけに残りの毒が全部飛び出る仕組みなんだ。無暗に抜いたら死んじまうよ！」

その構造上、応急処置すら命を縮めてしまう。

リヌスがこの矢を最後に目にしたのは子供の頃、誤射で大叔父を亡くしたときだ。魔獣向けのこの

毒矢は、死亡事故の多発で使用が禁止された。一般にはもう流通していないはずなのだ。

あの帝国人は、人一人を殺めるためにそんなものを使ったのか。

今すぐあの男を斬り捨ててやりたいという衝動を抑えながら、クレメンスに解毒薬を飲ませた。

「でも、じゃあ、どうすれば……？」

シオリの声は震えていた。

矢を抜かない限り、クレメンスは毒に苦しみ続けることになる。傷口からの出血も止まらず、矢を伝ってしとしとと流れ続ける血液が服の染みを広げていた。

弓使いなら対処を知っているのではと縋るように見たが、リヌスは「ごめん」と首を振った。

「俺にも無理。誰が抜いても鏃は残る。切開して取り除かないと駄目なんだ。だからニルスかエレン先生を待とう。それまでなんとか……薬で凌ぐんだ」

しかし、毒の供給源が体内にある限り、解毒剤ではその場凌ぎにしかならないことはこの場にいる誰もが分かっていた。

包帯で止血しようにも、矢傷の場所が良くなかった。肩先に潜り込んだままの鏃に要らぬ振動を与えるかもしれないとあっては、肩に止血帯を巻くことすら難しい。

「……ルリィ。ニルスさん達が来るまで、傷口を押さえてくれる？」

震える声でシオリが言った。いつ来たのか、傍らに佇んでいたルリィが心得たとでも言うようにぷるるんと震える。

水魔法を浴びて埃に塗れた身体を清めたルリィは触手を慎重に伸ばし、柔らかな身体を傷口の形状に沿わせるようにして貼り付いた。

「……毒は大丈夫なのか」

「吸収しなければ平気だって」

「……そうか。ありがとう、ルリィ」

ひとまずの血止めをして、少しずつクレメンスに解毒剤を含ませる。

エレンが来るまでごく数分のことだったが、その僅かな時間が永遠のことのようにも感じられた。

「お待たせ、ごめんねどいてちょうだい！」

ようやく駆け付けたエレンはアレクを押し退(の)け、患部を診て息を呑んだ。

「これは……すぐにでも手術しないと。でも」

彼女は戦場に素早く視線を走らせ、顔を曇らせた。

相変わらず治療術師も薬師も手一杯で、特に治療術師は一人でも抜ければ戦況に影響が出る。

致命傷を負ったクレメンスを優先したい、けれどもそうすれば戦場に戻せる者を何人も後回しにしてしまう。

仲間への想(おも)いと戦場の医師としての責務。エレンはその狭間(はざま)で激しく葛藤(かっとう)した。

しかしそんなエレンを、ニルスが後押ししてくれた。

「大丈夫、君の分は僕達が引き受ける。だからどうか、クレメンスを頼むよ」

イールもまた同意を示すように、葉をわさりと揺らした。

「いいの？」

「僕達は騎士じゃない。だから優先順位は好きに決められる」

イールの根の成分から作った鎮静剤をエレンに握らせながら、ニルスは笑った。

「上の言いなりになって患者を選別するより、自分の意思で仲間を救いたい。だから騎士隊よりも冒険者を選んだんだって、前に君も言ってたろ」

「ニルス……」

「僕達は僕達のやり方でやる。マスターだってそう言ってたじゃないか。だから気にするな。さあ」

行けと背中を押され、エレンは頷いた。

答えも待たずに行ってしまったニルスに「ありがとう」と呟くだけの礼をして、「さあ、貴方達もここは私に任せて行ってちょうだい」とアレクを促した。

アレクは咄嗟には返事ができなかった。

本音では友に付いていてやりたい。

けれどもそれを半ば強引に飲み下した。

クレメンスは己のせいで矢を受けたのだ。片を付けるのは己だ。

「……分かった。だがナディアは一緒にいてやれ」

主力の魔導士が抜けるのは正直痛い。それでも今は二人一緒にいさせるべきだ。

しかし、その気遣いは当のクレメンスが断った。

「私、は、大丈夫、だから、ナディアを……っ、連れて、いけ」

クレメンスは途切れ途切れに言葉を発しながら、ナディアの首筋にそっと触れた。本当は頬を撫でたかったのだろうが、それ以上、そのほんの僅かの距離にも手を伸ばせないようだった。

「あまり喋(しゃべ)っては駄目。体力は温存して」

エレンの忠告にも彼は耳を貸さなかった。言い終えるまではどうか許してくれと視線で訴える彼が、終わりが近いことを既に受け入れてしまっているようにも見えて、アレクは唇を噛む。

「こんな、ことで……むざむざ、死ぬつもりは、ないさ」

苦しい息の下、それでも彼は笑った。

数多の女を虜にした美貌の男は、今や唯一となった女を真っすぐに見上げて微笑んだ。

「必ず、生還する。だから、行け。主力が、いつまでも、ぐずぐず、するな、皆、待ってる、ナディア、お前の、花嫁、衣――」

朦朧とする意識で発する言葉は取り留めがなく、その言葉途中でずるりと手が落ちた。

ぞっとして身を乗り出したアレクを、「落ち着いて、気を失っただけよ」とエレンが押し止めた。

「……こんなときにまでかっこつけて、憎ったらしいくらいにいい男だね、まったく」

そっと掬い上げたクレメンスの手のひらに口付けた妖艶な魔女は、アレクが知る限りでは恐らく初めて気弱な笑みを見せた。

それでも彼女は気丈に言った。

「いいさ。あんたの分まで戦ってやる。だから死ぬんじゃないよ」

力なく横たわる男の唇を愛おしげに撫で、そのまくるりと背を向けて彼女は駆け出した。

アレクもまた親友の手に触れた。

冒険者になって以来ともに戦い、切磋琢磨しあった得難い友。その無事を祈る。

「――エレン。後は頼んだ」

「ええ」

「シオリ、行くぞ」

「……うん」

「俺は先生を手伝うよ」

リヌスはクレメンスを担ぎ上げ、駆け付けた衛生兵がそれに手を貸した。

外科医師と治療術師という二つの肩書を持つエレンと、いつになく真剣な面持ちのリヌスに友を託して振り返ったアレクとシオリの目の前には、いつの間にかザックが立っていた。

無言でクレメンスを見下ろし、視線だけで「頼む」とエレンに伝えたザックは、二人を促してともに戦場に戻っていく。

「――皆、貴方が帰ってくるのを待ってるわ。だから、頑張って。私も頑張るから」

命を懸けた戦いは、戦場ばかりにあるのではない。

医師のもとにもまた、生命を懸けた戦いがある。

クレメンスを三人がかりで衛生隊の天幕まで移送すると、衛生兵が土魔法で簡易的な手術台を作ってくれた。シオリの家政魔法が、衛生隊の末端まで行き渡っている。

（ありがたいことだわ）

患部の血止めをしてくれていたルリィを再び戦場に送り出してから、エレンは手早く手術の準備を始めた。腰ポーチから医療器具と薬品を取り出し、切り裂かれていた衣服を更に大きく広げて、患部周辺を剥き出しにする。

「手足を押さえててくれる？」

「分かった」

リヌスがクレメンスの両腕を、左右の足は包帯で片腕を吊った二人の騎士が押さえてくれた。複雑骨折でもう戦場には戻れないが、治療の手伝いくらいはできると彼らは言った。

「ありがとう。じゃあ、始めるわね」

患部に局所麻酔を打ち、それからニルスに手渡された鎮静剤を手に取った。

(やっぱり……あまり強いものではないわね)

アルラウネの薬は、今のクレメンスには負担になってしまう。この鎮静剤も、どちらかと言えば眠りを深めるためのものだ。

(それでも、少しでも痛みを軽減できるなら)

局所麻酔も鎮静剤も、痛みを完全に遮断できるものではない。戦場の片隅でできる処置としてはこれが限度だ。しかし、ないよりはずっといい。そう思いたい。

振動で矢の毒が噴出しないよう最大限の注意を払いながら傷口を広げる間、クレメンスは鈍痛に呻いていた。切開する範囲が広く、どうしても痛みが出てしまう。

……手術なんてせずに、このまま治療術で治してしまえればどんなにか良かっただろう。

それでも異物を取り除かなければ、傷を塞ぐことすらできないのだ。

あまりに弱った身体に使っては、術そのものが患者の命を削ってしまうことだってある。

癒しの術を持つエレンを人は羨むけれど、決して万能ではない力はむしろエレン自身を苛んだ。

――クレメンスの体温が、高くなっている。身体が毒に抗っているのだ。

けれどもこれ以上の高熱は、本格的に彼の生命力を削る。あまり、時間は掛けられない。

痛みに背を撓らせた彼を無言で押さえつけたリヌスが、唇を噛み締めるのが分かった。

「……あまり噛むと唇に傷がつくわよ」

「クレメンスの旦那に比べたらどうってことないよ」

「それって、比べるものではないと思うわ」

「まぁ、そうなんだけどね。でも、やっぱり辛くてつい」

「ええ……そうね。よく知っている人だから、なおさらだわ」

互いに視線を合わせぬままの会話。

「……何故治療術で全部治せないのかしらって。こういうとき、いつも思ってたの」

「うん」

「治療術一つで骨折の整復も、消毒も、痛みの軽減も、異物の除去も、全部できたらって何度も思ったわ。こんなに苦しんでるのに、すぐには治してあげられない。施術前の処置中に手遅れになった人を、何人も見てきて……どうして早く治療術で治してくれなかったのって責められたこともあるの。そのたびに悔しくて、歯痒い思いをさせられたわ」

「うん」

「でも、傷を塞ぐだけでは完全ではないのよ。せっかく塞いでも、異物や汚れを取り除かないままだと中毒症状が出たり雑菌が繁殖したりして、最悪死に至るわ。そういうことが知られていなかった時代には、治療術で治したはずの患者が結局助からなかったことも多かった。治療術は万能じゃない。だから私達は、沢山の医療知識と技術を身に付けなければならなかった」

「うん。だからエレン先生は冒険者業を休んでまで、偉い先生のところで勉強してきたんだろ」

「ええそう。そうよ。持って生まれた力だけでは足りない。知識と技術がなければ何の意味もないんだわって、頑張っているシオリを見ていて改めて気付かされたわ。あれだけの魔力じゃ何もできないってさんざん言われてたのに、知識と技術で補って立派に仕事をしているんだもの。だったら私も、まだやれることがあるはずだわって思ったのよ」

ギルドの治療術師として働く傍ら、市内の開業医や施療院に出入りして医学を学んでいたエレンは、治療術師としての自分に行き詰まりを感じていた。

ちょうどその頃、優秀な後方支援職として頭角を現し始めていたシオリに感銘を受けたのだ。

「……そっかぁ」

リヌスは小さく笑った。

「先生もシオリの影響受けてたのかぁ」

「ええ。そのときにちょうど外国の偉いお医者様が王都にいらしてて、期間限定で助手を募集してたの。これを利用しない手はないわって、頭を下げて頼み込んでなんとか助手にしてもらったのよ」

当時のギルドマスター、ランヴァルド・ルンベックは貴重な治療術師が長期間留守にすることにあまり良い顔をしなかったが、良い師のもとで学んだ数ヶ月で得るものは多く、エレンは最終的に医師免許を取得した。

「お陰でできることが格段に増えたわ。それまでは医師が処置し終えるまで治療術を使うことを許されなかった患者さんも、自分一人で対処できるようになったのよ」

本人は知るべくもないだろうが、あのとき背中を押してくれたのは間違いなくシオリなのだ。

「あの一歩がなかったら、今だってニルスの手を借りなければならなかったわ。そうしたら多分、クレメンスの処置は遅れてた。でも、今の私ならできるのよ」

鏃から軸が抜けないよう慎重に取り除いて患部を洗浄し、解毒魔法を念入りにかけ、資格を持つ者しか携行を許されていない抗菌剤を投与する。

幸い大きな血管の損傷はなく、あとは傷口を塞ぐだけだ。

(でも、治療術を受け入れるだけの体力は……もうほとんど残ってないわ)

治療術とは、正確には治療する魔法ではない。本人が持つ自然治癒能力を促進する魔法だ。本来安静を保ちながら何日も掛けて治す過程を、数十秒程度までに大幅短縮するものなのだ。

だから傷や中毒症状が重いほど、本人の体力をそれだけ多く消費してしまう。

これだけの大きな傷を完治させるだけの体力は、クレメンスにはもう残されてはいない。最低限の治療術ですら、いくらかの時間を要してしまった。

「……ああ、これ。沼蛇の毒だ」

取り除かれた矢を慎重に確かめていたリヌスが、内部の管に残っていた毒液の臭いに顔を顰めた。

蛇と名付けられてはいるが、実際には尾に毒を持つ小竜の一種だ。今ほど豊かではなかった時代、過酷な環境で得られる数少ない貴重な獲物を確実に仕留めるために使われていたその猛毒は、雪熊を数時間で悶死させるほどのものだった。

「全身激痛で叫ぶほどだって話だけど……クレメンスの旦那はこんなものに耐えてたんだな」

強靭な肉体と鋼の精神力で耐え抜いたということなのか。

しかし、そのために彼は体力のほとんどを使い切ってしまった。

「残念だけど、今のクレメンスは治癒魔法にも耐えられない。だから軽く塞ぐだけに留めておきましょう。しばらく療養させて、ゆっくり治していけばいいわ」

呼吸は浅く弱々しく、熱も下がり切ってはいない。けれどもきつく顰められていた眉は緩み、表情も穏やかだ。脈も安定している。

「……つまり？」

「多分、峠は越えたってことよ。勿論まだ油断はできないけれどね」

直後に響き渡ったのはリヌスの歓声だ。

助手を務めてくれていた二人の騎士にも笑みが浮かんだ。

「あとは竜を斃すだけね」

最前線にはまだ仕事が残っている。クレメンスを騎士に預けて薬品類の補充をしたエレンの前に、リヌスの手が差し出された。

「お疲れ、先生。あともう一息だよ」

行こうと言った彼の手にごく自然に右手を預けたエレンは頷き、そして二人一緒に駆け出した。

8

「クレム……」

氷漬けにされてなお抵抗を続ける氷蛇竜を前に、ナディアは愛しい男の名を呼んだ。

初恋の人との永久の別離を経験して以来、ずっと喪に服し続けていたナディアに、新しい恋を教えてくれた男だった。

けれども、お互いに淡い想いを抱いていながら結局手を取り合うことができなかった。若さゆえにクレメンスはナディアの過去と身分を抱えきれず、ナディアは亡き婚約者の想い出をクレメンス越しに見ていた後ろめたさから自然消滅した仲だった。

あれから十数年の時を経てようやく想いを交わし合ったというのに、その男は今、生死の境を彷徨っている。彼は必ず生還すると強がったが、その可能性は五分五分だろう。故国の内乱を経て多くの死を知ったナディアには、それが分かってしまった。

また喪うのかという恐怖にこの胸はひどく痛んだ。

だというのに、頭は異様なほどに冷静で冴えている。

『人の心は忘れるな、ただ常に冷静であれ』

他国の王家に嫁ぐ身として受けさせられた教育は、二十六年を経てもまだ身に付いたままだ。それは、人が過酷な環境を生き延びるためには必要な心構えでもあったからだ。

故国と家族、身分という後ろ盾全てを失くした貴族の娘がどうにか生き延びることができたのも、この教えがあったからこそ。

だから、どれほどの恐怖と怒りを覚えようと、冷静さだけは失わない。

今すべきは、恋人に縋って泣くことでも、彼を射た男に復讐することでもない。

生還するという恋人の約束をただ一つの希望に変えて、目の前の竜を討ち取ることだけだ。

——溢れんばかりの魔力が、外套の裾を、耳飾りを、後れ毛を激しく揺らめかせる。


父はナディア——末娘ナディアーナのこの魔力を王家に隠していた。

近隣諸国へ侵略戦争を仕掛けるために、幼い子供ですら徴兵の対象にしていた故国の王。

買収と裏切り、暗殺が横行する中、強引な徴兵に反発した良識派の貴族によって、多くの子供達とともに国外に逃されたあの頃のナディアは、国内最高水準とも言われた魔力を持っていてさえ無力だった。王家を欺くために能力値を偽って申告されていた子供達は、戦い方を教えられていなかったのだ。特に魔法は使えば検知される。だから子供を護るためにはやむを得なかったのだろう。

だとしても、民衆を導く使命がある貴族として生まれたナディアにとって、ただ護られるばかりの存在でいることは耐え難い屈辱だった。

本当は、父や兄と一緒に戦いたかった。

しかし、王家の私物と化した国を奪還するためのはずの反乱は、次第に戦いの目的を支配階級の排除へと変化させていった。ともに戦っていたはずの領民から裏切りに遭い、私刑に掛けられた貴族さえいた。

そんな、誰が敵で味方かも分からない中で貴族の箱入り娘ができることは、ほとんどなかった。

だからこそ父と兄は、姉とナディアを領民の子供達とともに国外に逃がす道を選んだのだ。国という枠を護るよりも、民を、子供達の未来を護ろうとした。

――後に国は滅び、新たに建てられた国もまた、革命の英雄の独裁で危ういと聞く。

だがそのとき外に逃された民は、今でも各地で逞しく生きている。

遠いあの日に自らを犠牲にしてまで子供を、民を護ろうとしてくれた父達。

だが、ドルガスト帝国はどうだ。滅びてなお人々を脅かし、あまつさえその未来を奪おうとしている。こんな、憐れな怪物を蘇らせてまで。

「……もう、あいつらの思い通りになんてさせないよ。人生は自分のためのものなんだ。誰かの好き勝手になんてさせやしないさ」

膨大な魔力を持っていたのに、無知で無力だったあの頃の少女はもういない。今ここにいるのは、力の使い方を知る魔女だ。

ちらりと流した視線の先に、その紫紺の瞳に激しい炎を揺らめかせて竜を見据えるアレクの姿を認めて、ナディアは小さく微笑む。

婚約者が生きていたなら、いずれは義弟になっていただろう男。

けれどもそんな日は終ぞ訪れず、代わりに彼は良き友となった。

この男もまた、己の戦い方を熟知している。逃げ出すしかなかった無力な少年の面影はない。

「さっさと終わらせるぞ！　もう悲劇は沢山だ！」

「同感だよ！」

外套のフードが飛び、髪留めが外れて結い上げた髪がばさりと落ちる。

「遊びの時間はもう終わり。いい子は寝る時間だよ！」

指先で膨れ上がった魔力が冷たく輝く無数の槍となって、いやいやをするように首を振り回している竜の頭上に降り注ぐ。

捲り上げられた鱗の隙間に氷槍が容赦なく突き刺さり、噴き上がる体液が竜の身体を濡らし、そこへ電撃が走って火花を上げ、竜は赤子のような金切り声を上げた。

咆哮に乗せられた竜の深い絶望と慟哭は、それを知るナディアの胸をじりじりと焼いた。しかし、この憐れな竜に寄り添うべきは自分ではない。だから同情はしても容赦はしない。

絶え間なく降り注ぐ氷槍と雷撃はやがて雷を纏う巨大な氷の杭となって、轟音を立てて竜の首に落下した。捲れ上がった鱗を弾き飛ばし、首の肉を貫いて大地に繋ぎ止める。

この瞬間、ナディアの魔力が竜の魔力に打ち勝ったのだ。

「すげぇ！」

「やったぞ！」

「今だ、斬り落とせ！」

冒険者が、騎士が、止めを刺さんと剣を振り上げた、その直後。

「ヒュォオオオオオオオオン！」

眠りたくはないと駄々をこねる竜が、地に縫い留められたまま絶叫した。

業火が渦を巻いて膨張し、自らを封じている氷の束縛を見る間に溶かしていく。

「なにっ……!?」

「まだそんな余力が……！」

「氷結魔法の重ね掛けを！」

しかしそれに応えられたのは半数以下。

魔力切れを幾度となく繰り返して蓄積した疲労が、彼らの精神力と集中力を奪っていた。ほんの僅かに放った魔法が気力の最後の一欠片までを奪い、もはや立つことさえ覚束ない。

潤沢に持ち込まれていたはずの魔力回復薬も既に残り少なく、これ以上長引かせては後続の増援が到着する前に全滅の危険すらあった。

「キュオオオォォォォォォォォ――！」

膨らむ魔力、中空に浮かぶ巨大な火球が弾け、燃え盛る流星となって人々の頭上に降り注ぐ。

枯渇しかけた魔力で展開した魔法障壁では防ぎ切れず、爆音と悲鳴が戦場に溢れる。

「……マスター！」

「ザックの旦那！」

間近で上がった悲鳴に振り返れば、魔力切れで動けなくなった仲間を庇うザックの姿があった。

大剣で防ぎ切れなかった火球が彼の右腕を焼き、衣服が焼け落ちて火傷した肌を露出させている。

ぐらりと揺れた身体を大剣で支える彼は、肩で大きく息をしていた。

さしもの竜殺しも利き腕をこれほど大きく焼かれては、もう大剣を握れまい。


——これが、竜か。


魔獣の王。

全ての生命の頂点に立つのは人類ではなく、やはり竜なのか。

人々の胸を侵食し始めた闇が、少しずつ、けれども確実に戦意を削いでいく。

だが。

「諦めるな！」

アレクのよく通る声が、絶望と諦念（ていねん）に染まり始めた空気を切り裂いた。

「我らが引けばトリスヴァル数十万の民が犠牲になる！　だから決して諦めるな！　帝国の思惑通りになどしてはならない！」

血に塗れた栗毛（くりげ）の下の、紫紺色の瞳が戦場に立つ人々を順繰りに捉えていく。

「ほとんど魔力だけで戦っている竜は満身創痍だ！　攻撃の手を緩めるな！　勝機はこちらにある！　女神の御許に行くのは我らではない！」

――地味とも思える大地の色を好んで身に着け、まるで地に隠れて自らの存在を消そうとするかのように息を潜めて生きてきた男だった。

その彼が発した力強い言葉に、人々は希望を見た。

弟王が国を明るく照らす太陽であるならば、この男はきっと、人々を見守り支える大地であるのだろう。

その面差しにオリヴィエル王の、そして遠いあの日に永遠の離別をした婚約者の面影を見て、一筋の涙を流したナディアは微笑んだ。

「……血は争えねぇな。ああいうところは、ほんとにそっくりだ」

無事だった左手で大剣を抱えたザックが、ナディアだけに聞こえる声でそう言った。

その言葉に主語はなく、ただその瞳にはどこか懐かしむような色を浮かべている。

――強く苛烈で、それでいて繊細で優しい男。

人々を見守り支える、優しい大地。

アレクの発する言葉は戦場に立つ者達を勇気付け、再び立ち上がる気力を与えた。

数少ない栄養剤と魔力回復薬を呷って、剣戟を振るい、魔法を放って竜を追い詰めていく。

竜は吠えた。

己の生を捻じ曲げ、昏く冷たい場所へ押し込んだ者どもを憎み、また孤独の淵へ追いやられようとしている己の身の上を嘆いて声を限りに鳴き叫んだ。

——目も眩(くら)むような眩(まばゆ)い閃光が晴天を切り裂き、嘆きの竜の頭上に落ちて蒼白い火花を散らせる。

体表を伝う稲妻は蒼白に輝く竜の如くにうねり、傷口から侵入して体内を激しく焼いた。

悲鳴すらなく痙攣(けいれん)する竜の首元、竜を大地に縫い留めた氷の杭の根元に渾身の力で魔法剣を突き立てたアレクは、剣を起点として最大級の氷魔法を発動させた。

魔法剣を軸として成長する巨大な氷の剣は、首元の亀裂を押し開いていく。

亀裂は深さを増し、やがて関節を断ち切る音が響いた。


支えをなくした首が、ぱたりと大地に落ちる。

——竜は、もう動かない。


一瞬の静寂。

「……終わった？」

「……やったのか？」

「勝った！　竜を斃したぞ！」

ぽつぽつと上がる声はやがて熱狂を伴う歓声となって、潮騒のように広がっていく。

その怒涛(どとう)のように押し寄せる歓声をどこか遠くに聞きながら、血溜(ちだ)まりに沈みゆく竜の心は、先ほどまでの狂乱が嘘のようにひどく凪(な)いでいた。

冷気を纏う体液を失いゆくこの身体は、二百年もの間苛み続けていた凍えるような寒さから、遂に解放されようとしている。

やがて訪れるであろうそのときを静かに待つ竜を、風と炎、二つの魔法から生じた暖かく柔らかな風が、優しく抱擁するかのように包み込んでいく。

それはまるで、春風のようだと竜は思った。

竜は、春というものを一度も経験したことがない。

だが、春風とはきっとこういうもののことをいうのだろうと竜は思う。

霞む目をどうにか上げた竜は、その春風の中心にいる人間の女を見た。柔らかな風を紡ぐ黒髪の女の瞳には、痛みにも似た光が揺れていた。

その傍らに佇む男が、「辛かったな」と呟く。

男はその言葉を竜に聞かせるつもりはなかったのだろう。それほどまでに小さな、独り言のような呟きだったが、それは歓声が溢れる中にあっても不思議と目立って聞こえた。

――それは竜にとって、これまでの生涯においてただの一度さえも掛けられることのなかった、優しい言葉だったからだろう。

痛みに寄り添うような眼差し、労わるような響きの言葉。

それらはとてもささやかなもので、けれども竜がどれほど望もうとも、決して与えられなかったものだった。

それを与えてくれた人間の男女に、終ぞ会うことのなかった両親の幻を見る。

寄り添い、温かく包み込み、優しい言葉を掛けて、そして慈しんでくれる父と母。

そんな両親に優しく見守られながら、陽光降り注ぐ大地を駆け回って遊びたかった。

その胸に抱かれて、何を憂うこともなく安らかに眠りたかった。

それは、この世に実験体として生まれ落ちた瞬間から孤独だった竜が希（こいねが）った、穏やかで優しい世界の夢だ。

「……そっか。貴方は」

魔力伝いに竜の心を感じ取った女は言った。

「……まだ、ほんの小さな子供だったんだね」

幼獣のうちに氷湖に封じられ、眠り続けたまま身体だけが成熟した竜。

肉体は成獣であろうと、その内面は何一つ満たされないまま孤独の淵に沈むことを強要された、憐れな子供だ。

女は竜の顔に自らの頬を寄せた。我が子にするような愛おしげな頬擦り。

その手は幼子を寝かしつけるようにゆっくりと上下する。

もう一つ、それよりも一回り大きな手が触れて、同じように撫でてくれた。

夢にまで見た温もりと安らぎ。それが今、己の目の前にある。

これまでずっと、絶望と孤独に塗れた闇の中で最期を迎えるのだと思っていた。だから、こんな温かなものに見守られて旅立てるのであれば、これ以上の幸せはない。

もう鳴き声一つ発することのできない竜は、最期の力を振り絞って顎下の鱗、最後まで生え変わらずに残っていた幼竜の鱗を剥ぎ落とした。

成獣となった竜が巣立つときに、両親に贈る親子の証。

いずれ命尽きて輪廻（りんね）の流れにのったそのときには、再び両親のもとへ還（かえ）れるようにという願いを込めたその鱗を、竜はほとんど無意識に二人へと差し出した。

「……くれるの？」

――どうか、受け取って。

もしいつか再びこの世に生を受けたなら、そのときはこの二人のような温かなもののところにという願いを込めたそれを、どうか大切に持っていて。

「……ありがとう。大事にするよ」

その言葉を聞いた竜は静かに目を閉じ、そして「おやすみ」という優しい言葉を最期の想い出にして、穏やかな眠りに身を委ねた。


――あれほど冷たかった闇は今は優しく、柔らかに竜を包み込んでいる。


「……今度こそ、良い夢を」

その鱗を胸に抱いて旅立ちを見届けた二人に、ルリィとヴィオリッドが静かに寄り添う。

いつの間にか勝利を喜ぶ声は止んでいた。

旅立ちの――巣立ちの儀式を見守っていた人々は、かつての敵に祈りを捧げた。

どうか、次こそは穏やかな生であるように。そしてもう二度と、哀しい命が生まれないようにと願いを込めて、人々は祈る。

抜けるように青く高い空を、小さな光が舞って、消えていった。

第二章　祈りと恵みの祝祭

1

竜の旅立ちを見届け、人々が戦後処理のために動き始めてもなお、二人はしばらくの間その場に立ち尽くしていた。

小山ほどもある体躯で歴戦の戦士達を圧倒したこの竜は、王国の喉元に突き付けられた刃だった。皇帝派の残党の思惑通りに、いずれは王国を蹂躙する存在にもなっていただろう。

けれどもその内面は未だ幼き子供。愛と自由に飢えた子供だった。

斃したことに後悔はない。けれどもやるせない想いが募る。

「……幼竜の鱗はこんなに脆いんだな」

シオリの手のひらの上でひび割れて二つになった氷蛇竜の鱗を、アレクはそっと撫でる。

「でも、成竜の鱗はあんなに硬かった。立派に……育ってたんだね」

昏く冷たい湖の底でたった独り、誰に見守られることもなく成長していた竜の孤独を思い、もう一度二人は静かに祈りを捧げた。

もし生まれ変わったなら、次こそは沢山の温かく優しいものに囲まれた生であるといい。

誰が摘んできたのか、竜の骸に雪菫の花を捧げている使い魔達を見ながら、そう思う。

「大事にしてやれよ。契約もしてねぇ竜から鱗を贈られるなんざ、そうあることじゃねぇ。案外そいつを目印にいつか会いにくるかもしれねぇぞ」

それぞれの手に鱗の欠片を持つ二人の肩を、ザックが叩く。右腕の大火傷は治療術で治療されていて、古傷以外はすっかり綺麗になっていた。

その背後、彼の治療を終えたばかりらしいエレンと目が合った。

「エレン……」

彼女がこの場にいるということは。

「無事、終わったわ」

彼女は破顔した。主語はなかったが、それだけで十分だった。

「まだ眠ってるかもしれないけれど、顔だけでも見にいってあげて」

ナディアの姿は既にない。真っ先に向かったのだろう。

「俺ぁまだこっちの処理があるからな。先に見舞ってやってくれ」

言われるまでもなく二人は駆け出した。

疲労と傷の蓄積した身体が今更のように痛む。しかし、半ば別れを覚悟していた友の無事の報せの前には、それは些末なことだった。

「クレメンス！」

衛生隊の天幕に飛び込んだ二人を、目を覚ましたばかりの彼が迎えた。

寝台に横たわったまま、それもまだ意識が朦朧としているのか焦点はいまいち定まっていなかったが、それでも彼はこちらを見て微笑を浮かべた。胸元に顔を埋めて肩を震わせているナディアの背を優しく撫でながら、確かに微笑んだのだ。

——生きている。

安堵(あんど)のあまりその場に崩れ落ちそうになる足を叱咤(しった)して、アレクはふらりと親友に近付いた。

「……良かった。もう……駄目かと思ったんだ」

視界が歪(ゆが)み、溢(こぼ)れそうになる熱いものを堪(こら)えて震える声でそう言ってやると、「相変わらず、泣き虫だな」と彼は微苦笑した。

「相変わらずとはなんだ、相変わらずとは」

「お前、存外よく泣くんだぞ。なんだ、自覚がなかったのか」

掠(かす)れて囁(ささや)くような声だったが、その軽口に本当に助かったのだとようやく実感したアレクは、友の傍らに膝をつく。

「……泣きもするだろう」

「私が、そうしたくてしたことだ。気にしなくていい。少々考えなしだったかもしれないが……後悔はしていないさ」

「そこは是非してくれ。こんなことでお前を失っては、俺は立ち直れる気がしない」

それはアレクの本音だった。

あの仕事は国のため、民のためではあったが、それがために友を失うことになってはとても立ち直れる気がしなかった。

「……お前のことだから、どうせまた面倒なことを考えて悩んでいるのだろうが」

当事者にしか理解できないよう慎重に言葉を選びながら、クレメンスは言った。

矢を受けて倒れた後のことも、クレメンスは朧気(おぼろげ)ながらに覚えていた。あの帝国人が笑い狂いながら言い放った言葉もだ。

恐らくだが、あの帝国人はアレクをアレクと認識して狙っていた。

四年の不在から戻ったアレクが、妙に帝国の事情に詳しくなっていたことと合わせて考えれば、この襲撃に何がしかの意図があったことはクレメンスにもある程度は察せられた。

それが分かるくらいには、アレクとともに過ごした時間は長かった。

だが、それを口にすることはない。言えば気にするだろうし、人目が多い中で言うべきでもない。あの帝国人にも、この件を知る誰かの手によって、いずれ然るべき裁きが下されるだろう。

だから今は、己が伝えたい言葉だけを言えばいい。

「色々と考え過ぎるのはお前の悪い癖だ。優秀な同僚のお陰で私は死なずに済んだし、大事な友を護れて、そのうえその友は竜を斃した英雄になったんだ。私は満足だし、なんなら鼻も高い。だから後悔して落ち込むくらいなら、いい友を持ったと、むしろ誇ってくれ」

「……何も俺一人が斃した訳じゃない。皆の奮闘あってこそだ。たまたま俺が突き立てた剣が、止めになっただけの話だ」

「そうだな。そうかもしれんが、最後の最後に力尽きて消沈した仲間を、雄弁を振るって鼓舞したというじゃないか。それに最後は、竜から鱗を贈られたとも聞いたぞ。敵対した竜にも認められたお前が、英雄でなくて一体なんなんだ。胸を張れ。お前はもっと自分を誇っていい」

「……参ったな」

アレクは泣き笑いの表情を作った。

「色々言ってやるつもりだったのに、逆に元気付けられてしまった。だが……ありがとう、クレメンス。竜を斃せたのはお前が身体を張って俺を護ってくれたからだ。だからお前は英雄の英雄だな」

「英雄の英雄か。悪くないな」

ははは、と小さく声を立てて笑ったクレメンスは、傷に響いた痛みで顔を顰めた。

「ついさっきまで瀕死状態だったんだから、あんまり喋り過ぎるんじゃないよ」

クレメンスの唇に人差し指を押し付けたナディアは、柳眉を逆立てて言った。

「――まったく、ほんとに……心配したんだよ」

その頬は乾き切らない涙でまだ湿り気を帯びている。

例え瀕死の傷を負おうとも、アレクを庇ったことに悔いはない。

だが、恋人を悲しませたことに関しては弁明のしようもなかった。それでなくとも彼女には婚約者と死別した過去がある。運が悪ければ、彼女に二度目を経験させることにもなりかねなかった。そのことだけは疑いようもない事実なのだ。

「……すまなかった」

観念したクレメンスは、今度ばかりは素直に謝罪の言葉を口にした。

言葉もなく俯いたナディアの双眸から再び雫が落ち、それを指先で掬って、もう一度「本当に、すまなかったな」と囁いた。

「怪我を治したら、一緒になろう。花嫁衣装も用意してあるんだ。お前、言っていただろう。王国の、伝統衣装を着たいって」

生成りの生地に雪菫の花を刺繍した、王国伝統の婚礼衣装。

刺繍はまだしていない。ナディアが自ら刺繍を施したいだろうからと、まっさらな衣装だけを用意していた。

「クレム……あんた」

ナディアは花が綻ぶように笑った。いつもの妖艶な魔女の笑みではない、二十六年前の悲劇からずっと彼女の奥底に眠り続けていた少女の、純粋無垢な笑みだ。

「そういうことなら、刺繍しながら待つことにするよ。あんたがすっかり治るのをさ」

一刺し一刺しに願いと祈りを込めて、その日を待とうと彼女は言った。

刺繍の名手でもある彼女が仕上げる雪菫の婚礼衣装。それを纏う彼女はきっと美しいだろう。

「ああ。待っていてくれ。お前の花嫁姿……楽しみにしているよ」

負傷していない方の手を差し出したクレメンスは、ナディアの腰をそっと抱き寄せた。

そのまま項に手を伸ばして、己に引き寄せる。

「愛している」

「あたしもだよ」

重なり合う唇は甘く、優しく、ほんの少しだけ涙の味がした。

——誰からともなく始めた拍手は、やがて歓声と口笛を伴う熱狂となった。

「……良かったね」

「ああ。本当に……良かった」

二人の友を見守るアレクの目が潤む。

「ほんとに……泣き虫なんだなぁ」

「悪いか」

目尻を乱暴に拭ったアレクは、シオリを抱き寄せてその唇を塞いだ。遠慮なく吸い上げ、悲鳴も、呼吸すらも奪うように深く貪り尽くす。

背後でさらなる歓声が上がった。

やがて解放したシオリの顔はすっかり上気して、目尻には涙さえ浮いていた。

「これでお揃いだな」

「……もう！」

むくれてそっぽを向いても、息が上がって上気した顔ではまるで意味がなく、むしろ扇情的ですらある。軽く笑い声を立てたアレクは、もう一度その赤く熟れた唇を塞いでやった。

向こうでは「俺達も！」とルドガーがマレナに迫り、包帯姿の彼女に「張り合うものじゃないでしょ！」と拒絶されている。

その様子を眺めていたルリィは「いつものノリで何よりだなぁ」とぷるるんと震え、ヴィオリッドも「お盛んねぇ」とばかりに「ヴォフッ」と吠える。

「顔を見にいってあげてとは言ったけれど、はしゃいでいいとは言っていないわ！　クレメンスも！　安静にしてちょうだい！　そういうのは完治してから家でやって!!」

騒ぎを聞きつけたエレンが冥府の王も土下座して許しを請うほどの形相で天幕に飛び込んでくるまで、祝福の歓声と喧噪が止むことはなかった。

2

空には雲一つなく、巨木の森に初夏の日差しが降り注ぐ。それでもなお常冬の氷湖は溶けることなく、大地を真冬の色に染めている。氷湖から吹き上げる冷気はかなりのもので、これでは確かに開拓どころではないなとシオリは苦笑いした。

巨大な竜の骸も、端の方から凍り始めている。

「気の毒ではあるが……保存という面から見れば、致し方ないか」

竜の頬に薄っすらと付いた霜にそっと指先を触れ、アレクはそう言って微苦笑した。

あまりの巨体に王都の生物工学研究所へ運ぶこともできず、調査が終わるまでの間はこの場所に仮設の研究施設を置くことになるようだ。

調査と分析が終わり次第、竜の骸は丁重に埋葬されるという。

「……良かったな。安らかに眠ってくれればよいが」

「うん。というか、寂しがりやみたいだから賑やかな方がいいかもしれないね。落ち着いたら、お花を供えに来ようか」

「そうだな。そのときは皆も連れて、賑やかにやるか」

二人の手のひらの上で、幼竜の鱗がまるで返事をするようにきらりと光った。

この場でシオリ達にできることは既になく、戦いが終結してから間もなく到着した後発隊や、負傷者を連れた衛生隊とともに引き上げることになった。

「今日は本陣に泊まりだ。一晩身体を休めて、明日ゆっくり帰ることにしようぜ」

疲労が蓄積した身体は、勝利の興奮が過ぎ去った後には歩くことさえ億劫になっていた。この後また何時間もかけてトリスに戻らなければならないことに気が遠くなりかけていたシオリ達は、騎士隊の気遣いに心から感謝した。

――その後、馬車に乗り込んでからの記憶はほとんどない。泥のように深く眠り込んでしまい、気が付いたら天幕の毛布の中だった。

いつの間にか馬車から降ろされ、冒険者隊のために用意された天幕に運び込まれていたらしい。着込んでいた防寒具まで脱がしてくれたようで、丁寧に畳まれて傍らに置かれていた。

「……起きたか？」

「……うん。ちょっと寝過ぎちゃった」

「無理もないさ。まさに死闘だったんだからな」

アレクは起きてからしばらく経っていたようで、魔法剣の手入れをして時間を潰していた。体液と埃に塗れていた剣は綺麗に磨き上げられていて、とても竜と大激闘してきたようには見えなかった。

「しかし、細かい傷がかなり沢山ついてしまった。またソルヴェイに見てもらわないとな」

界隈では女傑として名高い刀匠ソルヴェイも、伝説の竜と一戦交えてきたと聞いてはさすがに驚くだろう。

その様子を思い浮かべてくすりと笑ったシオリは、傍らの防寒具を広げて「うわぁ」と呟く。

「さすがに汚れちゃったなぁ。あれ、よく見たら破れてる」

河羊の外套は埃や血液に塗れ、ところどころが解れていた。袖口や裾には破れてしまっているところもある。

「うーん……これは専門店に頼んだ方が良さそう」

「俺の方は買い替えになりそうだ。焼け焦げだらけでさすがに修繕は難しそうでな」

「そっかぁ。じゃあ、帰ったら買い物だねぇ」

「だな」

まだ初夏のこと、冬物の品揃えはあまりよくはないだろうが、いざというときのために用意はしておきたい。

「そういえば、皆は？　ルリィとヴィオもいないし」

天幕の中は静かで、自分とアレク以外には数人が残っているだけだ。少し離れたところで眠っているダニエルが、「イェリンちゃん、おじいちゃん勝ったぞー……」などと寝言を言っている。

「ヴィオとルリィは外で遊んでるぞ。ナディアはクレメンスのところだ。今夜は戻らんかもしれんな。後で少し顔を見てくるか」

「うん」

「ほかの連中は風呂に行ったな」

「お風呂？　お風呂があるの？」

入れるなら是非入りたい。

思わず食い気味に訊ねると、アレクは小さく声を立てて笑った。

「春先にお前が教えたやつな。あれが形になったようだぞ」

「じゃあ、見舞いの前にひとっ風呂浴びてくるか。一緒に行こう」

タオルと着替え、石鹸を手に外に出ると、ヴィオリッドを中心にして使い魔達と遊んでいたルリィがしゅるるんと触手を振った。

彼らも汚れていたはずだったが、誰かが洗ってくれたのかつやつやになっていた。ヴィオリッドはブラッシングまでされている。ついでに軽食まで与えられていて、皆すっかり寛いでいた。

「なんか騎士隊の若いのが餌付けしていったよ。フェンリルとスライムに興味があったみたいでさ」

フェンリルじゃないわよと鼻先で小突かれながら、使い魔達と遊んでいたカイが教えてくれた。珍しい魔獣とお近付きになりたい生き物好きの騎士が、「袖の下」を持ってきたのだという。

「うわぁ。楽しみ」

「仕事はいいのか……」

「休憩時間に飛んできたって言ってた」

「……そうか……」

アレクは微妙な顔をしたが、ルリィもヴィオリッドも楽しそうだ。

食事の時間までは遊んでいるという彼らに手を振り、二人は天幕の合間を縫って歩き出した。

風呂があるという天幕まではそれほど距離はない。だというのに途中で何度も呼び止められて、なかなか辿り着くことができなかった。

「英雄殿！　不躾なお願いではございますが、握手をしていただけませんか！」

「お、おう」

「シオリ先生！　お時間があるときに是非お話を！　できれば実演をお願いしたく！」

「せ、先生って」

「アレク殿！　サインをお願いしてもよろしいでしょうか！」

「サ、サイン？　いやそれはさすがにちょっとな」

「シオリさん！　またいつかの唐揚げが食べたいです！」

「えっ唐揚げ⁉」

竜討伐の英雄と、陰の立役者。あるいは竜の心を救った英雄と聖女。

騎士達の間にはそういう認識ができ上がっているらしく、入れ代わり立ち代わり現れては握手を求めていく。中にはどさくさに紛れておかしなおねだりをする者もいたようだが、それが些末なことと思えるくらいには多くの人々に呼び止められた。

「地盤固めも段階を踏んでと思っていたが、いきなり英雄の称号というのはさすがに腰が引けるな」

「私は正直あそこまで持ち上げられるほどのことはしていないと思う……」

「いや、それはしているから安心しろ」

「う、うーん？」

やや謙虚過ぎるきらいのある二人にとっては困惑するばかりで、風呂に辿り着くまでにすっかり気疲れしてしまった。

浴場の前で部下と話し込んでいたレオ・ノルドマンは、そんな二人を苦笑いとともに迎えた。

「敵対した竜から鱗を贈られるなど、王国では前例がないからな。最後に竜の心を救ったという意味でも、英雄と言っていいだろう。素直に受け止めろ」

そう言われた二人は、胸元にしまい込んだ竜の鱗を、服の上からそっと触れる。それはほんのり熱を帯びているような気がした。

「人々に希望と救いを与える――英雄譚とはそういうものだろう。だからそう難しく考えなくても良いのではないか」

英雄譚、物語の紡ぎ手。

「……なるほど、そういう役割と思えば、まぁ……納得できんこともないか」

「そういうことだ。さぁ、入った入った。シオリ殿、後で感想を聞かせてくれ。改善点などがあれば是非教えてほしい」

「分かりました。じゃあお風呂いただきますね」

二重の垂れ幕で仕切られた入口を潜ると、広い天幕の中はさらに二つの部屋に分けられていた。脱衣所と浴室が別になっているのだ。

「さすがに騎士隊のは規模が違うなぁ。一般用の天幕だとこうはいかないよね」

これなら災害派遣でも使えそうだとそんなことを考えながら、埃塗れの服を脱いでいく。

脱衣所に残された荷物を見る限り、今のところ入っているのは冒険者だけのようだった。もしかしたら、騎士隊とは別枠なのかもしれない。

「おお……これはなかなか」

十人は余裕で入れる浴槽には魔獣素材の防水布が敷かれ、湯の漏出を防いでいた。確か抗菌作用がある素材だったはずだ。これもまた資金と輸送力に余裕がある騎士隊ならではだろう。これなら担当者の技術力に左右されずに済むという利点もある。

「わ。洗い流し用のお湯も別に用意してあるんだね」

洗い場の中央にある小さな浴槽には、洗面器と石鹸まで備え付けられている。ローズ・トヴォール社の薬草石鹸からは、清涼感のある香りが漂った。

石鹸で念入りに身体を洗い、洗髪用の薬液で髪を濯(すす)いで、ようやく人心地付いたシオリはゆっくりと浴槽に身を沈めた。担当した騎士の好みなのか湯温は少し高かったが、疲れた身体にはじんわりと効いた。

「誰かに用意してもらったお風呂に入るのも、なんだかいいな……」

提供される側になると、何がありがたいのか改めて考えさせられる。疲れも汚れも翌日には持ち越さずに済むのなら、それに越したことはない。

湯船に浮かんだ薬草の束を弄(もてあそ)びながらそんなことを考えていると、垂れ幕が開いてエレンが顔を覗(のぞ)かせた。

「あら、シオリもいたのね。お疲れ様」

「エレンさんも、お疲れ様でした」

彼女は衛生隊の天幕で仮眠を取っていたようで、患者の様子を診てからここに来たのだと言った。汚れを落としてさっぱりとしたエレンは、湯舟に浸かりながらほうっと息を吐いた。深々としたそれはそのまま彼女の疲労具合を表しているようで、「本当にお疲れ様です」と声を掛けると、「さすがに疲れたわね」と苦笑いした。

「マレナはかなり派手に折れてたから、領都でしっかり診てもらうことになったわ。リハビリは少し長く掛かるかもしれないわね」

「そう、ですか……」

「ただねぇ、彼女の場合、別の意味で復帰が遅れそうよ」

そこまで言ってからエレンは意味深長な笑みを浮かべた。

「やけに眠いとか怠いとかお腹空いたとか言うから、骨折のせいにしてもおかしいなと思って。そうしたら案の定だったわ」

「……えっ。それって」

「多分三ヶ月くらいですって。ルドガーったら、それで大騒ぎだったのよ。あんまり騒ぐからイールに一服盛られて眠らされたくらい」

目を丸くしたシオリに彼女は微笑み、そして眉尻を下げた。

「強い眠気以外はつわりらしいものもなくて、本人も気付いてなかったみたい。だから本当に無事で良かったわ。あんな身体で竜討伐に参加してただなんて……」

もし運が悪ければ、ルドガーは妻子を一度に失っていたかもしれないのだ。

マレナの妊娠を知った彼は感極まって大号泣したという。

「……クレメンスもね、容体は安定しているわ。まだ少し熱はあるし、随分血を流してしまったけれど、食欲もあるみたいだからこの分だと復帰は早いかもしれないわね」

「復帰……できそうですか」

漠然とした不安はあった。命は助かったけれど、瀕死の重傷だったのだ。

――腕は、今まで通りに動くのだろうか。

「幸い神経は傷付いていなかったし、筋肉にも大きな損傷はなかったわ。指先までしっかり動かせていたから……あとは本人の努力次第でしょうね」

　クレメンスの話では、直前で矢の軌道を逸らしたということだった。それが不幸中の幸いだったのだろうと彼女は言った。

「そうですか……本当に……良かったです」

　レオ・ノルドマンという先例を知っているだけに、そのことばかりが気掛かりだった。

　シオリ自身も、それまでのやり方を諦めて一からやり直さなければならない辛さを知っている。それだけに、なおさら。

「――誰も欠けることなく戻ることができて、本当に良かったわ」

「……そうですね。本当に」

　駄目かもしれない、そう思ったあの瞬間の、目の前が暗くなるような感覚はきっと忘れることはないだろう。

　この世界に落ちてきて何一つ知らなかった自分を見守ってくれた、兄のような存在の一人だった。今では大切な友人となった彼を喪うかもしれないと思ったあのときの恐怖は、まだシオリの心の奥底にこびり付いている。

　今日の戦いは、誰かにとっての大切な誰かを喪うかもしれないほどのものだった。それも一人ではない、沢山の人をだ。

　それが誰一人欠けることなく、無事に戻ることができたのだ。これを奇跡と言わずに何と言おう。

　戦いが終わり、冷静になって今更のように恐ろしくなったシオリは、ふるりと身を震わせた。

「きっと、個人の力だけでは成し得なかったことだわ。一人一人の努力の積み重ねが複雑に絡み合って、今回の勝利に繋(つな)がったのだと思うの」

シオリの横に身を寄せたエレンは、妖精(ようせい)のように美しい顔に目も眩(くら)むような微笑みを浮かべた。

「ね、シオリ。今回クレメンスを助けることができたのは、貴女(あなた)のお陰でもあるのよ」

「……え？　私ですか？」

「トリスに来てからの貴女の努力を、私もずっと見ていたの。言葉も分からなかった貴女が、あんなに努力してどんどん周りの評価を上げていくところを見ていたら、私にももっとできることがあるはずだわって思ったのよ。ほら、治療術って便利なようで、結構制限みたいなものが多いでしょう。それで行き詰まりを感じていたのだけれど……」

彼女は両手で湯を掬い上げた。合わせた手の隙間(すきま)から零(こぼ)れ落ちていくそれを目で追いながら、エレンは続けた。

「もっとやれることがあるって私の背中を押してくれたのは、頑張っている貴女の姿だった。だから思い切って長期休暇をもらって、王都まで勉強しに行ったのよ。先生は厳しかったけれど、短い間に色々なことを教えてくれて……あのときの決断がなければ、クレメンスは助けられなかったかもしれない。だからね、シオリ」

彼女の新緑のような美しい色合いの瞳(ひとみ)が、シオリを覗き込んだ。

「クレメンスの命を救ったのは、貴女でもあるのよ」

「エレンさん……」

「マスターはあの通り皆を引っ張ってくれて、いるだけで安心できたし、アレクはどんなときでも挫(くじ)けない勇気を私達に示してくれた。ほかの皆も色んな形で助け合ったり、元気付けたり、これまでの戦いから得た知識を活かして竜討伐に寄与したわ。でも、私をここまで導いてくれたのは、貴女。シオリなの。だから本当に……ありがとう。あのとき私の背中を押してくれて」

誰かの努力が巡り巡って誰かの力となり、その誰かが別の誰かを助けている。

人の歴史はきっとそうして連綿と紡がれてきたのだろう。

──その紡がれた糸の途中に自分がいる。この世界の一部になっている。

「努力し続けた甲斐がありました」

潤む瞳を湯煙に隠して、シオリは笑った。

「でも、頑張り過ぎは禁物よ。貴女もアレクも、ちょっと頑張り過ぎだと思うわ。もう少し自分を労わってあげて」

「う……はい」

エレンの医者らしい指摘に首を竦めたシオリは、彼女にされるがままにマッサージを施され、上気して恍惚とした表情で外に出て男達をたじろがせることになった。

湯上がりで薄っすらと汗ばんだ肌は薄紅色に色付き、潤んでうっとりとした目付きはあまりにも扇情的だ。そんな姿で「とっても気持ちよかったです」などと言うのだから狼狽えもする。

「やっぱり広いお風呂はいいですねぇ。言うことなしでした」

「そ、そうか。それは何よりだった」

何やら気まずそうにしているレオとは対照的に、慌ててシオリを抱え込んだアレクはじっとりとした視線を金髪の同僚に向けた。

「エレン……シオリに一体何をしたんだ」

「何って肩と背中のマッサージだけれど。何か問題でも？」

「マッサージ……いや、問題はないがしかしこれは、なんというか、こう……駄目だろう」

歯切れ悪く言いながらシオリの顔を隠したアレクは、そそくさとその場を後にした。勿論天幕には戻らない。もっと人気のない場所でシオリの火照りを鎮めてからだ。

「？　一体どうしたのかしら」

「エレン殿……」

なんともいえない表情を作ったレオは、「繊細な男心をもう少し察してやってくれ」と言ってますますエレンの首を傾げさせた。

3

何故か慌てた様子のアレクに連行されて、風通しの良い木陰で火照りを鎮めていたシオリは、そのままうとうとしてしまった。

次に目を覚ましたときは十八時を回っていて、すっかり寝過ごした気分で飛び起きたシオリは、自分がアレクに抱えられて眠っていたことに気付く。彼もいつの間にか眠ってしまっていたようで、「さすがに寝過ぎたかもしれんな」と言って苦笑いした。

それでも初夏の空はまだ明るく、本陣は活気に溢れていた。夕食時には細やかながらも祝勝会を開くとあって、騎士達もどこか浮付いている。

「祝勝会かぁ……って、夕食時ってことは食事も出るんだ」

「そういうことになるな……」

ニルスとエレンの「騎士隊の食事体験」を思い出して、心踊るどころか憂鬱ですらあった。贅沢を言う質ではない彼らをして「とんでもなく不味い」と言わしめる料理だ。あまり口にしたいとは思わないが、状況が状況なだけに断ることもできないだろう。

肩を落として衛生隊の天幕に向かった二人だったが、「今日はレオさん監修の料理なんだってさ。料理上手って話らしいから、いつかみたいなことにはならずに済みそうだよ」と真顔のニルスに教えられて、ほっと胸を撫でおろした。

「レシピを配布してちゃんと作らせてるって。やっぱり色々と思うところがあったみたいでさ」

「そ、そうですか」

「料理を覚えたのも、休日くらいは美味しいもの食べたいって、自分で作るようになったからとか」

「やっぱり不味かったんだな……」

後方支援ゆえにあまり噂になることはないようだが、風呂といい食事といい、士気にかかわるところから着実に改善を進めているようだ。

「というか、そもそも体調にかかわるところだからそこは一番に改善して欲しいかな。味はともかくとしても、生煮えは良くないし、あく抜きの意味も知らないと毒をそのまま摂取することになるし」

「ごもっとも……」

中にはすぐに症状は出ず、蓄積していく種類の毒もある。身近な食材にも、毒性のある部位を取り除かなければならないものは多い。

こういった知識の欠落は、調理済みのものを食べることに慣れた上流階級出身者に多いようで、騎士隊でも教育の必要性を訴える声は実は以前からあったのだそうだ。

「貴族階級しか騎士になれない、専属の従者を持つのが当たり前だった時代の名残だよ。料理以前に食料調達もできないって騎士は今でも普通に多いんだよ。炊事訓練はあるんだけど、適当に流す奴も多くて。手持ちの野戦糧食だけだと、いざってときに困るんだがねぇ」

作業しながら聞き耳を立てていた年配の衛生兵がぼやく。心当たりがあるのか、治療中の騎士の何人かが居心地悪そうに目を泳がせた。

「コカトリス丸焼き事件などはもはや伝説ですな。羽も内臓も取り除かないまま丸焼きにして、異臭を放ち毒が滴る肉にした」

「あれは毒以前に臭いの公害だったたな。騎士服と天幕に臭いが染み付いて大変だった」

「遠征期間中、鼻が曲がる思いで過ごしましたな」

「貴重な野生のコカトリスを、あんな……勿体ない……」

今度はアレクが首を竦めた。心当たりがあり過ぎるのだ。

そのアレクと一緒に野鳥肉を台なしにしたクレメンスは、衛生隊の天幕の奥で眠っていた。浅い眠りと短い覚醒を繰り返しているようだった。そんな彼を、ナディアは甲斐甲斐しく看病していた。

「さっき一度起きたんだけどね。薬だけ飲んでまた寝ちまったよ」

汗で額に貼り付いた銀髪をそっと払いのけて、彼女は言った。

その指先はそのまま顔の輪郭をなぞり、頬で止まった。何度か優しく撫で、そして頬に添えるようにして手のひらを押し当てる。熱と柔らかさを確かめるようなその手つきは、そのままナディアの心情を表しているようにも思えた。

――温かい。生きている。

「……今後の治療はどうするか決まったの？」

「ニルスの世話になることにしたよ。最初は騎士隊の医療施設にって話も出たんだけどね、やっぱり気心が知れた相手の方が精神的にも落ち着くだろうからってさ」

シオリの問いに、ナディアは言った。ニルスの薬局には簡易的な入院設備がある。そこにエレンが通う形で治療することになるということだった。

「そっか。それなら安心だね」

「僕のところなら食事の面倒も見られるしね。薬膳粥も大分形になってきたし」

ニルスがそう言うと、アレクは微妙な顔をした。

「というか……味は大丈夫なのか。いつぞやの栄養剤のような……」

「そこはちゃんとクリアしたから大丈夫だよ。今日渡したのだってそんな酷い味じゃなかっただろ」

枯れ葉と泥を安ワインで煮詰めたような栄養剤の味を思い出して顔を引き攣らせたアレクに、ニルスは苦笑いした。

「それもそうか。なら安心だな」

「なんだかなぁ……まぁいいや。シオリ、食材の栄養成分のことで訊きたいことがあるから、今度相談に乗ってよ」

「ええ。じゃあそのときには声を掛けてください」

あまり長居するのも良くはないと、短時間で見舞いを済ませて天幕から出た二人は、どちらからともなく何度目になるかも分からない安堵の息を吐いた。

「ほんとに……無事で良かった」

「ああ。もう、大事な誰かを亡くすのはまっぴらだ」

いつかその日が来ることは避けられないけれど、それはずっと遠い未来であればいいと切に願う。


しばらくの間、二人手を繋いで無言で歩く。

人々の喧噪、風が吹く音、木々の葉擦れの音、鳥の鳴き声。

来たときに感じた、張り詰めたような静けさは既になく、いつもと変わらない音が溢れている。

「おっ。戻って来たな」

「あ、ほんとだ」

竜の脅威から逃れていた鳥達が、北から南からと次々に飛んでくる。

本陣の上を横切る大きな影は、ヴィゾブニルだろうか。あの中に竜のことを教えてくれた個体もいるのだろうかと、ふと思った。

「面白いよね。ずっと遠くに行ったはずなのに、もう情報が届いてるのって」

「そうだな。情報伝達はきっと俺達人間より遥かに優れているのだろうな」

平穏が戻ったという噂が広まれば、魔獣暴走から逃げ延びた生き物もいずれは戻ってくるだろう。

けれども戻らない種類もあれば、遠方から戻るときに元々は棲息していなかった種類を持ち込むこともある。そうして魔獣暴走前とは異なる生態系を築くこともあるという。

今回、二百年近くもの間ディンマ氷湖で眠り続けていた竜がいなくなったことで、氷湖周辺にも少なからず影響があるかもしれないということだった。

「これは魔獣暴走が起きた地の宿命でもある。俺達が足掻いてどうにかなるものでもないから、粛々と受け入れるしかないんだろうな」

「そっか……ん？」

「……何か臭うな。生臭い」

氷湖の竜と巨木の森に想いを馳せていた二人は、不意に漂い始めた生臭い臭いに眉根を寄せた。その臭気は徐々に濃くなる。臭いの発生源が近付いているのだ。

「あー、シオリ、いいところに！」

その臭いの根源である男が意気揚々と手を振った。そのもう片方の手は、鳥肉で山盛りになった桶を抱えている。連れ立って歩いていたヨエルも両手いっぱいに鳥肉を抱えていて、こちらは釈然としない顔付きをしていた。

既視感を覚えたシオリは、この後の展開が容易に予想できて思わず噴き出してしまった。

「唐揚げですか」

そう言うと、リヌスは「うん」と笑った。

「まぁ、シオリの疲れ具合にもよるから無理には頼まないよ。難しそうなら焼き鳥にするし」

「大丈夫ですよ。あ、でも小麦粉と油……」

「それなら鳥の羽で給養隊と物々交換してきたから大丈夫！」

「相変わらず用意周到だな……」

「美味しいものを食べるためならそのくらいはねー」

「というか、この鳥肉は一体どこから」

「起きたらちょうどグリンカムビが戻ってくるところが見えたから、巣に先回りして獲ってきた」

「お前、本当に凄いな……」

「寝起きで強制連行された俺も褒めて……」

グリンカムビは大陸北部の限られた地域にしかいない、鶏に似た金色の鳥だ。繊細な黄金細工のような羽毛は装飾品としての価値が高く、旨味が濃く歯応えがある肉は高級料理店にも需要がある。

しかし価値が高いというからには、「見つけたから獲ってきた」で簡単に済ませられるようなものではないはずだ。

けれども、食事の楽しみが増えるのは嬉しい。

もっとも、帰宅したら待ち構えていた侵入者に襲われたグリンカムビにとっては悲惨以外の何物でもないだろうが……。

「ブロヴィートのときにさ、怪我人のためにスープ作ってたなって思い出したんだよ。あのときみたいに赤身肉じゃあないけど、レバーって血を流しすぎた人にはいいとかなんとかって聞いたから」

「ああ……覚えてたんですね」

「うん。美味い肉が食えて、怪我人の回復も早まるなら一石二鳥だろ」

解体した肉の中には、内臓から取り分けたレバーもある。ついでにどこかで摘んできたのか、ヴァテンクラッセの束もあった。

「そういうことなら、是非私に作らせてください。妊娠初期の人にはレバーはあんまりよくないみたいですから、マレナさんには量を控えめにしましょうか」

「え、妊娠？　マレナ？　なんのこと？」

「おめでただそうだ。ルドガーが大騒ぎしたらしいから、もう皆には伝わってるんじゃないか」

「ファ――――!?」

当然のことながら仰け反るほど驚いた彼は、次の瞬間には腰が抜けたように座り込んでしまった。

「そっか、そっかぁ……いやもうほんと、皆無事で良かったよ……」

「そうだな。だから今夜は、皆の生還を思う存分祝おうじゃないか」

「ご飯、俺のはちょっと多めにくれると嬉しいな……ご褒美が欲しい……」

虚ろな目でぶつぶつ独り言を言うヨエルにレバーペーストの瓶詰を贈呈することを約束して風呂に送り出したシオリは、にこりと笑った。

「じゃあ早速始めましょうか」

今回の遠征には、普段ほどの野営道具は持ってきてはいない。調味料や香辛料も基本的なものしかなかったが、足りないものは給養隊の備品から借りることになった。

「醤油？　それならうちのを使うといい」

今回は醤油味はなしかなという呟きを拾ったレオが、ありがたくもそう言ってくれたのだ。

「醤油、騎士隊でも使うんですか」

「知人に勧められてな。地元のロヴネル領で流行っているという話だ。臭いは凄いが、下味を付けるのに重宝している。ソテーもなかなかの味だったな」

ロヴネル領で着々と販路を拡大している醤油と、そのレシピの大本の出所がシオリと知った彼は、随分と驚いたようだった。

「そうか……人間、どこで繋がっているか分からんものだな」

「そうですね。私も人の縁の不思議をつくづく実感しているところです」

会話しながらシオリは作業を進めた。

メニューはグリンカムビの唐揚げとレバー入り肉団子のスープ、そしてレバーペーストだ。

後学のために手伝うと言ってレオが玉ねぎとヴァテンクラッセのみじん切りをしている間に、レバーの下処理を始めた。表面の脂肪や血管などの不要な部分を取り除き、一口大に切って水洗いする。

「俺も手伝うか」

「うん。じゃあ、血抜きしてもらえるかなぁ。水に浸けて、濁ってきたら取り換えるの。それか、ちょっと大変だけど流水に当てるか……」

「流水か。それなら魔法でやろう」

彼は早速レバーを入れた大鍋(おおなべ)に水を張り、少しずつ水を流して血抜きを始めた。静かに溢れた水が、細い川となって流れていく。

匂いを嗅(か)ぎ付けたのか、いつの間にかやってきていたルリィとブロゥがその水を飲み始めて、三人は小さく噴き出した。

「生臭くない？」

そう訊ねると、新鮮な血入りの水は美味いとでも言うようにぷるるんと震えた。

「そっか。でも後でご飯食べられなくなるから、ほどほどにね」

勿論スライム達は片隅に置かれたバケツいっぱいの内臓も確認済みで、分かったというようにぽよんと震えた。

ヴィオリッドは少し疲れたのか、今はそばの木陰でうとうとしている。その周りには相変わらず使い魔達が侍（はべ）っていて、垣根のない交流をしている彼らの様子にアレクは目元を緩めていた。

「さて……次はお肉かな」

唐揚げ用の肉は、リヌスがご丁寧に切り分けてくれてある。肉団子用の肉を取り分け、残りには全てに下味を付ける。半分は醤油（しょうゆ）と生姜の調味液に漬け込み、半分は塩胡椒（こしょう）と香草を揉（も）み込んでおく。

「うん、もう既にいい匂いだな。楽しみだ」

「だね」

「……我々も楽しみだと言ってもらえるような食事を作れるよう、精進する」

「お、おう」

「実際どうなんですか？　改善したって聞きましたけど」

「本腰を入れたのは先月からだな。給養隊はこの一月でだいぶ意識改革が進んだ。今では細かい指示がなくとも、満足のいくものを仕上げてくるようになったぞ。それ以外はまだまだだな。全ての騎士が最低限の調理技能……せめて採集知識を持っていることが望ましいとは思うが、これがなかなか難しくてな」

「そうですか……というか、今のこれ、聞いて大丈夫なんですかね」

自分で訊いておいて心配するシオリに、レオは大丈夫だと笑った。

「開示できる範囲で話しているから問題ない」

「そっか……それならよかったです」

お喋りしながらも手元は休みなく動いている。

大鍋に油を入れて玉ねぎと大蒜（にんにく）、香草、フリーズドライのセロリを炒め、レバーペースト用に取り分けた後にヴァテンクラッセと水を入れて煮込む。

その間に肉を叩いて粗挽き肉を作り、血抜きしたレバーを刻んで、塩胡椒と小麦粉を入れてよく混ぜ、小さな肉団子を沢山作った。

この作業にはアレクとレオ、手先――といっても触手だが――が器用なルリィも加わり、あっという間に肉団子の山ができ上がった。

「アレク殿、ルリィ殿……なかなかやるな」

「レオ殿こそ」

ぷるるん。

何か妙なライバル意識を燃やし始めた二人と一匹をよそに、大鍋に肉団子を投下していく。丁寧にアクを取り、それから蓋をしてことこと煮込む。

「次はレバーペーストと唐揚げかな」

取り分けてあった炒め玉ねぎをレバーと一緒にバターでじっくり炒め、白ワインを少しと塩胡椒を入れて、水気が飛ぶまで煮込む。あとはフードプロセッサーの魔法でペーストにし、最後に木べらで滑らかに仕上げて完成だ。

匙で一口分をそれぞれの手に載せ、味見をする。

「ん。あのとき食べたものとはまた違う味わいだな。美味い」

「味は雪待鳥よりも濃いけど、後味は意外に爽やかだね。食べやすい」

「グリンカムビは肉食だが、清流の良質な水草も好んで食べるというからな。そのせいもあるかもしれん。しかし、これは酒が欲しくなるな……」

「前も似たようなこと言ってた人いましたよ……」

レバー入り肉団子スープも良い具合に煮え、塩胡椒で味を調えて完成だ。あとはレバーペーストを瓶に詰め、唐揚げを作ればいい。

「――作戦会議では連隊長がすまなかったな」

煮沸消毒した瓶にレバーペーストを詰めている間、レオがぽつりと言った。

短期間で色々なことがあって一瞬何のことだか思い出せなかったシオリは、咄嗟の返事ができずに押し黙った。

けれどもレオはそれを、確かにあのとき不快な思いをしたのだという肯定の意味に捉えたようだ。

「彼に悪意はなく、一応の意味があってのことだった。だが不快な思いをさせたことは事実だ。連隊長に代わってお詫びしたい。本当に申し訳なかった」

周囲には人目もあって、目立つことを避けてか彼はそれと分かるようには頭を下げなかった。けれども俯けた顔と伏せた目、その真剣な表情からは誠意が感じられた。

「そのことはもういいんです。辺境伯閣下からも謝罪はいただきましたし」

「だが」

「……一応の意味があると言ったが、多分あれは辺境伯閣下の仕込みだったんじゃないのか。恐らく面倒事を起こしそうな部下を炙り出すための」

それまで黙々と瓶詰を手伝っていたアレクが口を挟んだ。

彼も視線を手元に向けたままだ。周囲に怪しまれないための配慮なのだろう。傍目には作業しながら雑談しているようにしか見えないはずだ。

「私も詳しいことを聞いた訳ではないが、恐らくそうだろう。なんだ、もう聞いていたのか」

「いや、まだ何も。だが、そういうことだろうなとは途中で察したよ。閣下とは個人的に付き合いもあるんでな。分からない仲ではない」

「……そうだったのか」

目を丸くしたレオはしかし、すぐに眉尻を下げて微苦笑した。

「だが、不安にはさせただろう。連隊長殿も気にしていた。後で本人からも一言あると思うが、そういうことだから彼もあの場では謝罪できなくてな」

「……まぁ、確かに驚きましたし、とても不安にはなりましたけど。でも、考えがあってのことだったんでしょうから、どうかお気になさらず」

あの余裕のない状況で一芝居打ったのは、先手を打つ必要があったのだとシオリにも朧気ながらに理解できた。

レバーペーストを詰めた瓶を「連隊長さんに」と言って差し出すと、ほんの少し目を見開いたレオは、やがて小さく微笑んだ。

「……ありがとう。あいつもきっと喜ぶ」

「こちらからも、ありがとうございましたとお伝えください」

「ああ、必ず伝えよう」

レオは上官であるスヴェンデンを「あいつ」と呼んだ。きっと個人的にも親しいのだろう。

（この人も、もしかしたら縁に助けられたのかもしれないな……）

負傷による異動の経緯をそれとなく察したシオリは、しかしそれを口にすることはないまま、最後の一品に取り掛かった。

鳥肉を揚げる途中、どこかに行っていたリヌスがふらりと戻ってきた。今度は籠いっぱいの真珠鱒とベリーを抱えていて、「お前の採集技術は一体どうなっているんだ」とアレクに突っ込まれていた。

「いやぁ、風呂上がりにちょっと焼き魚で一杯やりたくなっちゃってさ。ベリーはおまけ」

「ちょっとでこんなに獲ってこれるものじゃないだろう……」

「リヌス殿がいればまず飢え死にの心配はないだろうな」

そう言ってレオは笑った。

シオリが唐揚げを作る横で、リヌスはいそいそと真珠鱒を取り出した。

内臓を取り除いて軽く洗い、いくつかは塩を振って串刺しに、残りは全て三枚におろしてフライパンに並べていく。

今の季節が旬の真珠鱒は、鱗が真珠色に輝く美しい淡水魚だ。しかし、こう見えて肉食の魔獣なのだ。水面から氷魔法を放って小動物を狩るというから随分と好戦的ではあるが、こうなってしまえばただの美味しそうな川魚でしかない。

串焼きの炙られた皮が弾けて脂が滴り、焼き魚の良い香りを漂わせた。

切り身はバターと塩胡椒でソテーにし、豪快に皿に盛っていく。

「こっちの切り身にしたのは怪我人に。肉だと重い人もいるだろうからねー」

取り除いた内臓はルリィとブロゥが美味しく頂いた。いつの間にか起きていたヴィオリッドは魚はあまり好まないようで、物珍しそうに鳥肉を揚げているところを眺めていた。

「あ、そうだ。これも炙っとこう」

リヌスは取り分けてあったグリンカムビの心臓の脂肪を取り、綺麗に開いて血管を取り除き塩水で洗う。塩胡椒と香草で下味をつけていた肉とともに串刺しにして、焚火で炙り始めた。

「オイル煮にしても美味しいんだけど、ここはシンプルに塩胡椒だけで」

「これはまた酒が進みそうな……」

いける口なのかレオがしきりに唸っていて、シオリはつい笑ってしまった。

「怪我で血を流したら、牛やアルファンバイソンのスープを飲めっていうのは昔からよく言われてたけど、俺の村だと鳥のモツを食べるんだよ」

「それは……多分、なんとなく知ってたんでしょうね。肉や血を作る栄養があるって」

「そうなんだろうねー。子供の頃は迷信だよなって思ってたけど、怪我人の特権でハツが食えるのは嬉しかったな。小さく切って、毎食薬代わりに少しずつ食べてさ。量からいったら微々たるもんだから、どれほど効果があったかは分かんないけど」

そう語るリヌスの目は、どこか遠いところを捉えていた。郷里の村を思い描いているのかもしれない。老親亡き後、一人っ子だった彼はあっさり村を出たというが、時折郷里の話をするあたり、きっと良い想い出が多かったのだろう。

「……さぁ、焼けたよ。これは食べられそうならクレメンスの旦那に。えーと、マレナは……大丈夫かな」

「ハツだったら……少しくらいなら食べても問題ないと思いますよ」

「そっか。良かった」

「ちょうど唐揚げも終わりましたし、先に衛生隊に運んじゃいましょうか」

料理の一部を取り分けて衛生隊に差し入れると、「わー美味しそう！」と真っ先にマレナが歓声を上げた。よほど空腹だったらしい。

横から「食べ過ぎんなよ」とルドガーの突っ込みが入るが、彼の視線は唐揚げに釘付けだ。

患者と付添人のほか、衛生隊員にも料理が配られていく。

クレメンスは身体を起こすのが辛そうだったが、余った毛布と枕で背当てを作り、どうにか座る体勢になってスープ皿を手にした。

エレンが言う通りに食欲があるのは確かなようで、レバー入りの肉団子スープは全て平らげたと後からナディアが教えてくれた。

「串焼きはさすがに一口しか食べられなかったよ。随分残念そうにはしてたけどね」

「グリンカムビはそんなに流通しないみたいだしね……」

リヌスに依頼して結婚祝いに一羽贈ろうかというと、「それはいいね」とナディアは微笑んだ。


その後、会場となる広場に料理を運び込む頃には、祝勝会の準備はもうほとんど終わっていた。広場いっぱいに折り畳み式の卓が置かれ、炙った獣肉や煮込み料理、焼き魚、果物のパイに木の実のパンなどが所狭しと並べられている。

そこに唐揚げと肉団子スープ、レバーペーストが追加されると、俄かに歓声が上がった。

王都で催される華やかで豪勢な戦勝会を知る者は質素だと思うだろうが、魔獣暴走対応で物流が途絶えている中での開催だと思えば、十分に立派なものと言えるだろう。

広場に竜討伐の立役者となった冒険者達が集められ、討伐部隊や交代制で会場入りした騎士達が後に続く。参加者が一通り揃ったところで、トリスヴァル辺境伯、北方騎士隊幹部が顔を見せた。

しかし、あの作戦会議のときのような物々しさはない。クリストフェルはいつもの人好きのする表情で、一瞬目が合ったときには微笑さえ見せた。

けれどもその目尻は微かに赤らんでいる。

「……さすがにな、ちょっとばかり泣かせちまってよ」

ぽつりとザックが言った。

焼け焦げだらけで右袖はすっかり焼け落ち、血塗れになってしまっているザックの服を見た彼は、「よくぞ……生きて戻った」と一言発したきり、押し黙ってしまったそうだ。

そのクリストフェルは、人々の前に立つと右手を掲げた。それを合図にざわめきは静まり、辺りにはただ草原を吹き抜ける風の音と小鳥の囀りだけが響いている。

彼はしばらくの間、黙ってその場に立ち尽くしていた。

祝勝の挨拶はいつまで待っても始まらず、長い沈黙に微かなざわめきが起きる。

「――いや、すまない。どうも歳をとると涙もろくなっていかんな。気取ったことを言うつもりで色々考えてきたはずだが、諸君の顔を見たら全て吹き飛んでしまった」

やがて掠れた声を発したクリストフェルは、俯いて目元を拭うと苦笑いした。

「諸君……よくぞ魔獣暴走の脅威を未然に防ぎ、伝説の竜を斃してくれた。そしてよくぞ、誰一人欠けることなく生きて戻ってくれた。私は、そのことが何よりも嬉しい」

辺境伯の言葉に、さざなみのように笑顔が広がった。

「武器を持つ者、魔法を使う者、後方で彼らを支えてくれた者――此度はそれぞれが得意分野を最大限に活かして活躍したと聞き及んでいる。犠牲者をただの一人も出すことのない完全なる勝利を我らにもたらしてくれたこと、心より感謝する」

そこで一度言葉を切ったクリストフェルは、順繰りに一同を見た。

北方騎士隊の制服に身を包む騎士達、冒険者ギルドの面々、アレク、シオリ、そして最後に親友ザックに視線を流す。

次の言葉を発するまでに、しばらくの間があった。その胸に去来する想いは推し量るしかないが、目を伏せて唇を噛み締めたその仕草から、涙を堪えたのだろうことが察せられた。

「――ここは社交界ではないから格式ばったことは抜きにしよう。氷蛇竜討伐の勝利と英雄の帰還を祝して、細やかながらも宴席を用意した。勿論費用は私のポケットマネーから出させてもらった。だから遠慮は要らぬ」

クリストフェルの合図でワイン樽が運び込まれ、備品や私物のカップに次々と注がれていく。一部は近隣の町ディマから戦勝祝いに届けられた蜂蜜酒で、ワインがあまり得意でない者にはこちらの酒が配られた。

「もう報せが届いてるんだね」

「ああ。伝書鳥で一斉送信したって話だからな。早ぇところは避難民が戻ってきてるみてぇだぜ」

掃討作戦で放置された魔獣の遺骸の一部は、住民によって早くも回収されているという。

トリスヴァルの民の逞しさには驚かされるばかりだが、これくらいの強かさがなければ過酷な北方の地では暮らしてはいけないのだ。

「――さあ、今宵は無礼講だ。皆の者、存分に楽しんでくれ。氷蛇竜討伐の勝利を祝して、乾杯！」

「乾杯！」

あとは笑顔と歓声が溢れ、勝利と生還とを喜び合う。

「ああそうだ、言い忘れていた。騎士の諸君、冒険者ギルドは才色兼備の美女揃いだが、くれぐれも無粋なことはせんようにな。これはそういった趣向の宴ではないということを忘れるなよ」

念押しするような辺境伯の言葉に一部の騎士は首を竦め、それ以外はどっと笑った。

「さすが辺境伯閣下。分かってるな」

片手でワインを傾けながら、もう片方の手でしっかりと恋人の肩を抱え込んでいるアレクはにやりと笑った。

北方騎士隊は真面目で紳士的な騎士ばかりだが、中には少々軟派で女好きな騎士も紛れている。勿論純粋なお付き合いを求める者もいるのだろうが、品行方正な騎士ばかりではないということだ。

今回の戦いで支援系魔法の普及と発展に寄与したシオリの周りにも、「お話」をしたい騎士がうろついている。辺境伯の覚えも目出度いシオリとお近付きになりたいという下心が丸見えだ。

お伽噺の妖精か女神のような容姿のエレンには若い騎士が群がっていて、早くも彼女の表情が引き攣っていた。

「あいつをあまり刺激すると後悔することになると思うが……」

条件の良い雌に群がるのは野生動物も人間の雄もあまり変わらないのねぇ、とでもいうようにヴィオリッドはむしろ感心してさえいるようではあったが、こちらとしては気が気ではなかった。

二人でなんとなくはらはらしながら見守っていると、やがて颯爽と現れたリヌスが「せんせー、真珠鱒とベリー採ってきたんだー。一緒に食べよー」と流れるような動作でエレンを連れていってしまった。

それはあっという間の出来事で、取り囲んでいた騎士達も目を丸くして立ち尽くしている。

「……忍者みたいな人だなぁ……」

「あいつはきっと、いつもああいうふうにして狩りをしているんだろうな……」

奇襲攻撃が得意なルリィも、串焼きを握ったまま驚いたようにぷるるんと震えた。

あれでは獲物の方も、何をされたか分からないうちに捕らえられているに違いない。

同僚の「技術」に舌を巻きながらも、二人はゆっくりと卓の間を巡って食事を楽しんだ。

些か行儀の悪い騎士達のおいたを見咎めた上官の忠告が効いたのか、その後はあまりしつこく纏わりついてくる者はいなかった。握手を求め、二言三言言葉を交わせばそれで満足して引いていく。

あるいは、料理と友人との語らいを楽しむことに決めたのかもしれない。

スープを啜りながらほっと息を吐く同僚、せっせと肉料理を口に運んでいる若い騎士、盛り上がる若者達をワインを傾けながら目を細めて見守る年長者。

そこにある光景は平和そのもので、傷だらけの装備や、破れや解れに赤黒い染みが目立つ衣服、腕や頭に包帯を巻いた姿が紛れていなければ、野外の立食パーティーのようにも見えただろう。

「相変わらず唐揚げは人気だな。ん、これは美味い。肉の味が濃いな」

若い冒険者や騎士が群がっている一角を眺めていたアレクは、グリンカムビの唐揚げを齧りながら愉快そうに笑った。

「作った甲斐があるよ。リヌスさんに感謝だね」

「だな。お前とあいつがいれば、どこにいたって豪華なディナーにありつけるな」

「ふふ。ありがと」

スープや果物を食べ、ここで少し腹に溜まるものを食べておこうかと視線を巡らせたシオリの前に、炙り肉とピクルス、チーズを挟んだ丸パンが差し出された。

「お疲れ様」

艶めかしい語り口の同僚、パン屋にして酵母ハンターのベッティル・ニルソンは、片目を瞑って微笑んだ。

「ベッティルさん」

「お前も来てたのか」

「きっとお腹空かせて帰ってくるんじゃないかしらと思って、後発隊の馬車に乗せてもらったのよ」

逞しい身体つきながら戦闘向きではない彼は、本陣で追加のパンを焼きながら待っていたそうだ。

「美味しい……ふわふわ」

「焚火と鍋でここまで美味いパンが焼けるのか。さすがだな」

「プロの腕の見せどころね」

野外で美味しく焼けるパンの研究をしているところだというベッティルは、嬉しそうに笑った。そんな彼を、ヴィオリッドが何やら衝撃を受けたような表情でじっと観察している。

その後は彼に問われるままに、竜討伐の様子を語って聞かせた。

周囲を人々が取り囲み、新たな英雄譚を興味深そうに聞き入っていた。終盤、竜の孤独と最期を知った彼らは、竜のために祈りを捧げ、その安らかな眠りと穏やかな来世を願っていた。

彼らと別れ、熱気から離れて会場の端へ移動する途中、後方支援連隊長のスヴェンデン――レオの上官、シオリを引き抜こうとした男だ――に謝罪を受けた。

傍目に見れば辺境伯直々のお叱りを受けて止むなくというように彼は振る舞ったが、間近で顔を合わせて言葉を交わした印象は、決して悪いものではなかった。

これも表向きの顔の一つにすぎないのかもしれないが、少なくともあのとき見せた強引な態度は見受けられなかった。

それどころか、後方支援連隊の有用性を知らしめ、同時に旧知の友に今後の指針を示してくれたこと、「差し入れ」への礼などを丁寧に述べられ、むしろシオリは恐縮してしまった。

「あれは晩酌するときに頂くことにする。最近は差し向かいで飲んでくれる友がそばにいるのでね」

そう言った彼の表情は楽しげに笑んでいた。経緯はともかくとしても、気心の知れた友人がそばにいることが嬉しいのだ。

「気兼ねなく話せる友人というのは案外少なくてね。あの男の前でなら、私は私でいられる」

去り際、何気なく漏らした一言はやけに印象強く残った。

連隊長の肩書を下ろして自然体でいられる相手。

レオは後方支援連隊への異動を後押ししてくれたスヴェンデンに恩を感じていたようだが、スヴェンデンはスヴェンデンで、彼の存在に救われているのだろう。

「いいね、親友って」

「ああ」

この戦いで様々な形の絆と友情を目の当たりにした二人は、美酒の効果もあってかどこかふわふわとした足取りで会場内を巡った。

長い一日を終えてようやく黄昏時を迎えようという時刻。

巨木の森のほとりには魔法灯の光が溢れ、喧噪と祝杯、心づくしの料理が人々の間を行き交う。

その片隅で遠慮がちに杯を傾けているフロルとユーリャの姿を認めて、料理を手にした二人はそちらに足を向けた。

「――どうした、竜討伐の功労者の一人がこんなところで」

「いや……どうも居づらくテな」

時折二人を気遣った騎士や冒険者が酒を注ぎに来ていたようではあったが、二人は祝いの輪に加わることなく、静かに酒を飲んでいた。

料理の皿を手渡すと、フロルは「ああ、悪いな。ありがとう」と微苦笑しながら受け取った。

「あんなことがあっタでしょう。皆は私達のせいじゃない、関係ないって言ってくれタけれど、やっぱりどうしても気になってしまっテ」

「同胞の罪を償うつもりで竜討伐に加わらせてもらったが、結局また同胞が大変な迷惑を掛けてしまっタ。どう詫びていいか……」

皇帝派残党の餌食となったクレメンスとは、彼らも勿論顔見知りだ。

高熱で動けなくなった彼らを交代で背負い、街まで運んだ恩人の一人でもあるクレメンスを、目の前で射られた二人の心痛と心労は計り知れない。

「辺境伯閣下は我々の立場を案じてくださり、悪いようにはしないとも仰ッタ。だが例の旧鉱山町への入植は遅れるか、最悪立ち消えになるかもしれん」

「閣下がそう仰ったんですか？」

「いや、そこまでは……だが、追放される覚悟もしておくべきかと思っていル」

本陣に帰還後まもなく、捕らえられた残党の尋問とフロルの再聴取が行われ、彼らとは全くの無関係だという結論が既に出ている。このことはこの場にいる誰もが知っているはずだ。

だが、世論は許さないかもしれないことを二人は危惧（きぐ）していた。

故国を捨て、王国を頼る身となった彼ら難民が居場所を失えば、流浪（るろう）生活に逆戻りだ。安住の地を求める彼らにとって、それはひどく辛いことだろう。

「保護領化した以上、そこまでのことになるとは思えんがな。仮に入植計画が立ち消えになったとしても、代わりの土地が宛がわれるはずだ。政府だって、何のトラブルもなく諸々（もろもろ）解決できるとは端（はな）から思ってはいないだろうさ」

「そう……だろうか」

「真面目にやってる人間が割を食うようなことは、陛下はお嫌いだと聞く。決して悪いようにはなさらんはずだ。少なくとも、辺境伯閣下が面と向かってそう仰ったのなら、その通りにはなるはずだ」

「そうか……そうだな。ありがとう」

アレクの言葉に多少なりとも元気付けられたフロルとユーリャは、ようやく笑顔を見せてくれた。

難民を難民のままにしておいて良いことは何もなく、政府は解決のために様々な対策を打ち出している。一朝一夕で解決できる問題では決してないが、良い方向へ向かうと信じたい。

彼らに連絡先を教えて離れた二人は、休憩と称して人気の少ない場所に移った。

平原を渡る風が、葉擦れの音を立てて吹き抜けていく。

北西の空、山際に輝く赤い星は火星だろうか。

「――実際、どうなの？」

声を潜めてシオリは訊いた。

暮れ泥む空を眺めていたアレクは、「そうだな……」と溜息を吐いた。

「保護領化した地域が併合されるんじゃないかって話は知ってるな」

「うん。トリス・タイムズに載ってたね。そういう噂が出てるって。お隣のノルーディアはもう来月にもって話だったけど」

「ああ。内乱終結後はウラノフ選帝侯が新体制の主導者として立つ予定もあったが、蓋を開けてみたら予想以上の荒廃ぶりで……結局三国同盟で分割して保護領化するしかなかったんだ。しかしノルーディア王国側の保護領は荒れ具合が相当に酷いようでな。経済的には完全に破綻して、保護だなんだというレベルはとうに過ぎた状態だそうだ。ストリィディアの保護領は比較的ましらしいが、どちらにしてもあまりよろしくない状況だ。だからこっちも年内にも併合されるだろう。完全に王国の領土になれば、少なくとも住む場所については、ある程度は解決できるはずだ」

「そういうもの？」

「勿論、一朝一夕にはいくまいがな。だが難民の大多数は、本音では郷里に帰りたがっている。半面、帝政に対する忌避感情が根強くて、内乱でそれが決定的なものになってしまった。だから帝国色を排除して、雇用、医療、教育……社会基盤、そういったものを整備していけば、自然と戻るだろうということさ。実際、ある程度情勢が落ち着いた時点でかなりの数が戻った訳だしな」

「そういえばそうだったね」

「もっとも、フロル達のように流浪生活が長い連中は、今更戻ることに躊躇いもあるんだろう。最後まで郷里で頑張った連中との軋轢だってあるだろうしな。マリウスだって、そのあたりのことを気にしてただろう」

「ああ、そっか。そうだね……うん、事情があってのことでも、なかなか感情の部分では納得できないこともあるだろうし」

食料品店のマリウス一家は、郷里の人々に黙って出てきたと言っていた。当然密告を危惧してのことだろうが、自分達だけ安全な場所に逃げて、今更郷里の人々にどんな顔をして会えばいいのかと気にしていたようだった。

「早く、安心して暮らせるようになるといいね」

「そうだな。それもあいつらと俺達の頑張り次第だ」

――フロルとユーリャに、また誰かが酒を勧めている。一言二言交わし、そして離れていく。しばらくするとまた一人やってきて、今度は果物を差し入れていた。

難民キャンプの指導者とキャンプ地を護る騎士との間には、もう既に信頼関係ができ上がっているのだろうことが察せられた。

入れ代わり立ち代わりで声を掛けられていた二人を、最後にやってきた騎士達が半ば強引に祝勝の輪の中に引きずり込んでいった。

迎える笑顔、肩に回される腕、注がれる酒。

不安はある。けれども希望を感じさせるその光景に、シオリとアレクの表情は自然と綻ぶ。

しばらく二人で酒を楽しんだ後、同僚の輪に入って談笑していると、ザックから声が掛かった。

「――よう。悪いがアレク、ちょっと来てくれねぇか。閣下がお呼びだ」

4

「個人的に話がしてぇとよ」

ザックは何気ない態度で手招きしている。その足元でブロゥがぷるるんと震えた。

「ん？　ああ、分かった。すぐ行く」

いつも通りの態度と声色、むしろ笑みさえ浮かべている彼に、アレクもまた笑顔で応えた。

だから表面的には、新たな竜殺しの英雄が辺境伯から直々にお褒めの言葉を頂くのだろうと思わせられたはずだ。

「シオリはどうする？」

ルリィや同僚と一緒とはいえ、妙な気を起こした騎士にまた口説かれかねないと思ったアレクの真意を察したのか、シオリは少し考えてから「休憩がてら、また姐さん達の様子を見てこようかな」と言った。

賢いヴィオリッドもアレクとザックの様子から何か察したようで、「目立つとまずそうだからここにいるわ」とでも言うように尾を振った。

アレクは賑やかな輪から抜け出し、途中でシオリとルリィと別れて本陣の奥へと歩いていく。

厳重に人払いがされ、騎士の見張りが立てられた場所にある天幕に入る。

何重もの垂れ幕に覆われた内部の地面には、ぽっかりと穴が開いている。土魔法で作られた、遮音性が高い地下牢――尋問部屋だ。

収監されているのはあの暗殺者、旧皇帝派残党の首謀者の男。

リヌスに射抜かれた肩には簡易的な治療が施されていた。憔悴の色が濃いが、それでもまだ抵抗するだけの気力は残されているようだった。

男はアレクを見るなり歯を剥き出しにして罵声を上げた。

「――貴様！　この裏切り者め！」

「――裏切り者？　なんのことだ」

アレクは肩を竦めた。疚しいことは何もない。

男はそれが気に食わなかったようで「帝国貴族の血を引いていながら、よくも抜け抜けと！」と身を乗り出したが、傍らの騎士に引き倒される。

「控えよ。王兄殿下の御前である」

静かな、だがよく響くクリストフェルの言葉に、じたばたと見苦しく藻掻いていた男はぴたりと動きを止めた。

「……王兄？　王兄だと？」

ゆっくり噛んで含めるように繰り返した男はやがて、みるみる顔を驚愕の色に染めた。

「――まさか、あの行方不明の……！」

十数年前、王位継承権争いの末期に失踪した第三王子の話は、近隣諸国でも大きな話題となっていた。当然のことだ。庶子とはいえ、王族の失踪はそれほどの事件なのだ。

「物知らずの帝国貴族も、醜聞には目敏いんだな」

皮肉な笑みを浮かべて見下ろすアレクを、男は穴が開くほど凝視している。

さしもの男も、隣国の王兄が帝国選帝侯の異母弟と称して帝都にいたことの意味を察したのだ。

「まさか、王家の……王家の主導で」

「その通りだ。帝国を囲む三国の王家が主導して、大陸に巣食う病巣を取り除くためにな。ウラノフ選帝侯はよく協力してくれたよ」

選帝侯は私財を投げうち、自ら鍬を持って、民を救おうとした。

しかし食料を得るために最終的には種芋さえ食い尽くして、万策尽きたと危険を冒してまで王国に侵入し、地に這いつくばってクリストフェルに助けを請うたのだ。

痩せこけた身体、農作業で節くれ立った手、すっかり日に焼けて染みの目立つ肌は貴族にあるまじきもので、彼がどれだけ過酷な環境で奮闘していたかがよく分かった。

帝国に引導を渡す機会を窺っていた三国にとって、それは渡りに船であった。

——帝国の内乱が国内の反乱分子によるものではなく、隣接国の王家主導で綿密な計画のうちに行われた、謂わば侵略戦争であったと知った男は激高した。

「こんなことが許されてなるものか！　国際世論は決して許しはしまいぞ！」

「散々他国に侵略戦争を仕掛けておきながら、今更何を言う。元々帝国は大陸最北端の都市国家に過ぎなかった。それを英雄が従えた竜を用いて近隣諸国を脅し、奪い、殺して、次々と併呑して大陸の覇者となったのだ。数多の屍の上に成り立つ帝国の貴族が、国際世論が許さぬとは笑わせる。我らは大陸の本来あるべき姿を取り戻したに過ぎない」

冷たく言い放ちながらも、アレクの胸はちくりと痛んだ。

無血開国が理想ではあったが、それは叶わなかった。

内乱によって犠牲となった者がいた。その大多数は皇帝直轄軍、帝国貴族出身の軍人であったが、全てが皇帝に協力的な者ばかりではなかっただろう。反乱軍からも少なからず犠牲者は出ている。この規模の反乱としては異例の少なさであったとしても、失われた命は確かにあった。その一つ一つの重さをアレクは知っている。

それを背負うこともまた、王族の使命なのだろう。

「──堕ちた英雄ドルガストの国は滅亡した。帝室の嫡流が二十年も前に途絶えていたことは、お前も知っているだろう。実際のところ、帝国は二十年前に既に滅びていたんだ」

お前のしたことは無意味だとアレクは暗に言った。

「だが我らには、帝国貴族として国をあるべき姿に戻す責務がある！　帝室を維持し栄えある伝統を未来永劫語り継ぐためにも、陛下をお救いせねばならんのだ！」

「あんな男に忠義立てしていったいなんになる」

アレクはここで初めて憐れみの表情で男を見た。

「皇帝を詐称したあの男は、血税で享楽に耽り贅沢の限りを尽くした挙句、かき集められるだけの金を持って国外に逃げようとしていたんだぞ。あの、首謀者の宰相とともにだ」

彼らはもう国が末期にあることには、とうの昔に気付いていていた。

だから自分達だけは逃げようとした。民はおろか、家族さえも置いて、名を変えて別人として、もっと気候の良い豊かな国で余生を送ろうとしていたのだ。

「お前が命を賭してまで成すべきことではなかった。お前だって薄々気付いていたのではないか」

打ちひしがれた男は観念したように項垂れた。

知っていた。

加速度的に荒廃していく領地を見て、何も感じぬ貴族はいなかった。

だが、正しいやり方を二百年近くも前に置き去りにした彼らに為す術はなく、ただただ目を逸らして領地を家臣に押し付け、自らは帝都に逃げ込み、ほんの小さな都にしか過ぎなくなったその場所で、過去の栄華に縋って生きるしかなくなっていた。

「……知っているか。二百年前から帝国が急速に凋落した理由を」

男はぽつりと言った。

「当時の皇帝は落ち目だった帝国を立て直し、中興の祖として名を残したかったのだ。だから英雄を演じようとした。それであの竜を作った。そうだ、英雄が斃したという伝説の氷蛇竜をだ」

多くの犠牲を出して巣から卵を奪い、孵った竜を育てて手懐けようとした。伝説に残る形に近くなるように移植手術を施し、それを従えて竜の英雄の再来を演じようとした。

しかし、自由を尊ぶ竜を従えることは決して容易いことではなく、結局数多の犠牲を出した末に、氷湖に封じざるを得なかった。

「だが、あれは火竜としては想定以上の力を持っていた。だから処分もできず、強引にでも冬眠させるしかなかった。そこで何をしたと思う？　国中はおろか大陸各地から集められるだけの氷の魔法石を集めて氷湖に沈め、人工的に超極寒の地を作り出したのだ。だが、そのために巨額の資金を投じた。一帯の気候を変えるほどの量だったからな。それこそ国が傾くほどの金が投じられたそうだ」

男の屋敷に残されていた当時の当主の記録には、そう記されていたという。

男は嗤った。

「馬鹿馬鹿しいだろう？　二十年前どころか二百年も前に、当時の皇帝によって帝国は……もう滅ぼされていたのさ」

認めたくなかった。到底受け入れられることではなかった。

だから男は帝政復活を掲げ、皇帝派の残党をかき集めた。

そして、あのような凶行に走った。

「……その、お前の現実逃避に付き合って、どれだけの犠牲を出した。お前を信じて付いてきた仲間は、竜に殺されたんだぞ」

生き残った半数も今や囚われの身。処刑を免れたとて、もう二度と日の目は見られないだろう。

「――殺せ。私にはもう何もない」

「……殿下。如何なさいます」

訊き出すべきことは全て訊き出した。

意外にも男はもう覚悟を決めていたのか、全てを洗い浚い吐いていたのだ。

だからクレメンスの仇を取るのも自由だと、クリストフェルは視線で語った。

だが、アレクは首を横に振った。

「それは俺の役目ではない。この男には、然るべき手続きを経て、然るべき処分を」

この男の罪は皆が知るところのものだ。であれば、然るべき手段で公的に裁くべきである。

クリストフェルとザック――ブレイザックは首を垂れた。

「御意」

踵を返したアレクは、振り向くことなくその場を後にした。

地下室には、男の啜り泣きだけが響いている。

——大陸暦一九九七年。

前年の内乱後三つに分かたれていたドルガスト帝国は、ストリィディア、ノルーディア、スウォミアの三国に編入され、約九百年の歴史に終止符を打った。

かつては大陸北西部全域を支配していた世界最大の軍事国家ドルガスト。それも末期の頃には見る影もなく、北の果ての小国と化した名ばかりの帝国は、こうして呆気(あっけ)ない最期を迎えたのだ。

5

冒険者ギルドと北方騎士隊の合同部隊が氷蛇竜討伐で勝利したその翌週、二つの話題が領都トリスを賑わせていた。

一つは明後日(あさって)から二日連続で開催される夏至祭。

もう一つは、トリスの冒険者ギルドから二人目のS級保持者が誕生したことである。

冒険者ギルドの歴史を振り返っても、特定の支部にS級保持者が同時期に二人存在することは珍しい。そのうえこの新たなS級冒険者アレク・ディアは氷蛇竜討伐の英雄にして、幻獣フェンリル——といっても雪狼(ゆきおおかみ)の変異種であるが——の主(あるじ)である。話題にならないはずがない。

竜に致命傷を与えたもう一人の功労者、ナディア・フェリーチェにもS級昇格の打診があったが、こちらは本人が辞退した。近いうちに生活環境が変わるからという理由で、慣れるまで当面は現状維持したいという希望があったためだ。

またシオリやエレン、ヨエルなども同時にA級昇格を果たし、報道機関は挙ってこの喜ばしいニュースを報じた。トリス支部に馴染み深い者達は、この話題に夢中になった。


「凄いねぇ、アレク」

美しいヴィオリッドを連れているアレクはとにかく目立つ。彼を直接知らない者でさえ、一目でアレクと認識できるほどだ。

道行く人々に声を掛けられている恋人を見上げると、さすがに疲れたのか苦笑いが降ってきた。

「こんなのは城暮らしの頃以来だな」

彼はシオリにだけ聞こえるように言った。

「そうなの？」

「公務で外に出るときはな、皆が俺達に手を振ってくれるんだ。だからにこやかに微笑みながら手を振り返してやるんだが、これがまたいつまで経っても慣れなくてな」

「ああ……」

アレクの性格上、目立つことや愛想を振り撒くことは得意ではない。けれどもいずれ本来の名に戻ると決意した以上、頑張らなければなと彼は言った。

彼には辺境伯家を通じて、異母弟オリヴィエルからも祝福の書簡が届けられている。

竜討伐を労い、英雄の称号とS級昇格を祝う内容のそれには、王都でも話題になっていると綴られていた。

しかし王都の人々も、その話題の中心となっている人物がよもや十数年前に失踪した第三王子その人だとは思いもしないだろう。

「しかし、お前だって随分と人気のようじゃないか。やけに声掛けしてくる男が多くて、俺はこのところずっとはらはらさせられっぱなしだぞ」

「ああ……あれは物珍しさもあるんじゃないかなぁ」

シオリもまた竜討伐への多大なる貢献が認められて、A級に昇格していた。

後方支援職としてはこれもまた珍しいことである。薬師や治療術師のように実績が分かりやすい職業であれば決して珍しいことではないが、それ以外では異例中の異例とも言えた。しかも独自の職業でのA級昇格なのだ。前例がない。

「魔獣暴走の拡大防止、輜重隊や衛生隊、給養隊など後方支援の充実……それに、竜の魂を慰めた聖女、だったか。聖母などと書き立てている新聞もあったな」

「うーん……聖女とか聖母とか変な肩書が増えて忙しいなぁって思うよ。この世界の人って、二つ名みたいなの付けるの好きだねぇ」

「変なって、お前……」

それどころか厄災の魔女に紫紺の魔狼という二つ名まであるぞ、などと考えているルリィとヴィオリッドをよそに、シオリはこっそり幻影魔法を展開して人々の目を眩ました。

本職の騎士や魔導士には見破られるだろうが、一般の市民をやり過ごすには十分だ。そのまま大通りを通り抜けて薬局に向かった。

ニルス経営のアウリン薬局はちょうど休憩時間に入ったのか人気はなく、ハイラルド・ビョルネ翁の相手をしていた店番のイールが、挨拶代わりにわさりと葉を揺らした。

「ハイラルド爺さん。来てたのか」

「ナディア嬢ちゃんに頼まれてのぅ。着替えと本を預かってきたんじゃよ」

依頼で出掛けている彼女に代わって訪れたが生憎と来客中で、イールと談笑しながら時間を潰していたようだった。古老同士話が合うのか、身振り手振りの会話はそれなりに弾んでいたようだ。

「遠くから弟とやらが見舞いに来とるようでのぅ。少々長引きそうじゃわい」

クレメンスの弟と言えば、エナンデル商会長のパウル・ホレヴァただ一人だ。

「あいつが来てたのか」

「なんじゃ、顔見知りか」

「ええ、一応は。なので、もしよかったら荷物を預かりましょうか？」

愛弟子を見舞うつもりでもいたハイラルドは、出直すか悩み始めていたところらしい。「じゃあ、お願いするかの」と包みを差し出した彼は、イールにも一言挨拶してから出ていった。

テラスハウス形式の店舗兼住宅となっているこの薬局の奥には、病室代わりの客間がある。間口の狭い奥の客間に入ることを遠慮したヴィオリッドは、カウンターの前に陣取った。ルリィもその横でぷるるんと震える。ここでイールとお喋りしながら待つつもりのようだ。

預かった荷物を抱えて客間の扉の前に立った二人は、室内が少々騒がしいことに首を傾げた。

「お見舞いにしても騒がしくない？」

「だな。まさか兄弟喧嘩でもしてるんじゃないだろうな」

軽く扉を叩いて様子を窺うと、すぐに開いてニルスが顔を覗かせた。

「やぁ、すまないね。今ご家族が見えてて、ちょっと」

そう言った彼の肩越しに、銀髪の男がクレメンスに取り縋って愁嘆場を演じている姿が見えた。

「……パウルの奴、らしくもなく随分取り乱してるな」

「えっ、顔見知りなのかい」

クレメンスの実弟、パウル・ホレヴァは、竜討伐に出掛けた兄が瀕死の重傷を負ったという報せを受けて慌てて駆け付けたようで、旅装姿もそのままに飛び込んできたということだった。

「命に別状はないと書き添えていたはずだが……」

「だって来る途中で読んだ新聞に、皇帝派の残党に襲われた冒険者が意識不明の重体とか、毒矢で予断を許さない状況とか、明日をも知れぬ命とか書いてあるし、人相風体はどう考えても兄さんだったから、容体が変わったんだって、もし間に合わなかったらって僕もう気が気じゃなくて」

そのひどく取り乱した様子は、洗練された商会長のイメージからは程遠い。それほどまでに不安だったのだろう。

「ああいうのは大袈裟に書くものだ。お前も分かっているだろう」

「そうだけど……そうだけど！」

ぐずぐずと言い募るパウルの背を、寝台に腰掛けたクレメンスは優しく撫でて宥めている。

「幸い現場ですぐ処置してもらえたんだ。完治まではまだしばらくかかるが、傷は昨日ですっかり塞いでもらった。あとは養生して体力を戻していくだけなんだ。リハビリは明日から始められるそうだ。だからほら、もう泣き止んでくれ」

「ぐうううぅぅぅ……」

――仲の良い、兄弟なのだろう。その姿に幼い頃の自分と兄を重ね、シオリは口の端に笑みを浮かべてそっと目を伏せた。

「それにな、とうとう籍を入れることに決めた。だから泣くよりはむしろ、祝ってくれないか」

「は、はあああぁぁぁぁぁぁ!?」

新たな爆弾を投下されたパウルは、泣き顔のままあんぐりと口を開けた。

これでは商会長の肩書も形なしだ。

「え、籍を入れるって、誰と、あっ、ナディアさん？　えっ、だってこれから口説くみたいな口振りだったのに、あれからまだ四ヶ月くらいしか、えっ、ちょっと早くない!?」

「少しは落ち着け。いくらなんでも取り乱し過ぎだ」

「動揺もするでしょうよ普通!!」

ようやく女を口説く気になった奥手な兄が、瀕死の重体で明日をも知れぬ命と聞いて慌てて駆け付けてみれば、無事だったどころか結婚するなどと言われては驚きもするだろう。

それほど心配だったのだ。恥も外聞もなく取り乱すほどに。

「まぁまぁ。とりあえず今はそのくらいにして、一息吐いてから改めて話したらいかがです。クレメンスもまだ本調子ではありませんし」

ニルスの仲裁にパウルはようやく我に返ったようで、兄弟を取り巻いている人々の顔を順繰りに見た後で、ぼっと顔を赤くした。

「こ、これは大変お見苦しいところを……」

「いいんですよ。こういう場ではよくあることですから。良かったら今夜は泊まっていかれませんか。

積もる話もあるでしょう」

　幾分躊躇いは見せたものの、ニルスの提案を受け入れることにしたパウルは、「実家に連絡を入れてきます」と言って出ていった。出がけに彼は、「シオリさん、例の件、近いうちに試作品をお持ちします」と耳打ちした。

　エナンデル商会に製造販売を委託予定のフリーズドライ食品が、ようやく形になったようだ。

「色々形になっていくのは嬉しいね」

　皆も、自分達も。

「そうだな」

　目を細めて微笑んだアレクは、そっと屈んでシオリに優しい口付けをした。

「……ところでさ」

　ぼそ、とニルスが呟く。その手にはパウルから手渡された名刺があった。

「僕、今、なにかとんでもない秘密を暴露されてる気分なんだけど」

　クレメンスの実弟と名乗る男がホレヴァ姓で、エナンデル商会の商会長という肩書を持つとなれば、クレメンスの正体もおのずと知れる。

「ホレヴァ商会の創業者一族の兄弟は実は三兄弟で、真ん中の一人は十代の頃から行方不明になってるとか、なんかそんな噂をむかーし聞いたことあったけどさ……いやぁ、結構な大物だよね、これ」

　以前似たような反応をしてしまったシオリとしては、彼の狼狽えぶりには苦笑いするしかない。

「で、マスターとは家の仕事繋がりで子供の頃からの付き合いなんだっけ？　そうなるとマスターも多分貴族か名の知れた商家とかそんなところだと思うんだけど、やだなぁ、こういう芋づる式に知らなくてもいいこと知っちゃう感じのやつ」

　勿論ニルスは口が堅く、患者の個人情報を漏らすような人物ではない。ホレヴァ兄弟もそれを承知の上での「暴露」だろうが、ニルスは「ははは」と乾いた声で笑った。

「そういえば似たような時期に第三王子殿下だっけ？　あの方も失踪したままになってるけど、もしかしたらこんな感じでどこかでしれっと生きて――」

　言いながらニルスは何気なくシオリとアレクに視線を向け、そして不意に言葉を途切らせた。その目はアレクを凝視している。

　アレクという名、栗色(くりいろ)の髪、紫紺色の瞳、三十代半ばという年頃。これらは全て、問題の王子の特徴と一致する。

「……いやいやいやいや、いくらなんでもそれはないよね。栗毛に紫紺色の目の組み合わせなんてごまんといるし、アレクって名前も王国では身分年齢問わず人気だもんね。あはははは」

　まさかね、と自らの考えを否定した彼はしかし、何故か沈黙したままの二人を見て真顔になった。

「……え、なに。いやだなぁ、なんで黙ってるのさ」

　足元のルリィは視線を逸らすような仕草をし、ヴィオリッドは「まぁ只者(ただもの)ではないとは思っていたわよ、なんとなく」という表情で毛繕いしている。

　長い溜息を吐いたアレクは、ぽん、と彼の肩を叩いた。

「お前は良い友だ。その口の堅さも人柄も信用しているし、これでお前との友情が失われることがないとも信じている」

「え」

「いずれは真実が公表されることになるだろうが、それまでは黙っていてくれるとありがたい」

アレクの言葉に、ニルスの顔から血の気が引いた。

「勿論言わないけどさ。それは信じてくれて間違いはないけどさ」

恋人と使い魔達を連れてにこやかに立ち去るアレクを見送ったニルスは、引き攣り笑いを浮かべた。

「え、マスターの知り合いで親同士が仕事仲間だったとか、そういう触れ込みだったよね。じゃああれか、マスターもあれか、っていうか親同士がってそれ必然的に側近クラスにならない？　ほんとにやだなぁ、こういう芋づる式に知らなくてもいいことを知っちゃう感じのやつ！」

患者の秘密を預かる仕事上、こういったことは決して珍しくはない。そのうえ冒険者は、訳あって身元を伏せている者が多い。

医師免許を持つ薬師で冒険者という肩書を持つ以上、避けては通れないこととも言えるが、一度に受け止めるにはさすがに情報量が多過ぎる。

「……でも、良い友、か」

アレクは己を信じていると言った。そして友情を失いたくはないとも。

ニルスは口の端に笑みを浮かべた。

「まぁ、悪い気分ではないかな」

初夏の陽光差し込む窓辺から、通りを行き交う人々を見る。

竜と帝国の脅威は去り、楽しい夏至祭を待つだけとなった人々の顔は明るい。

この光景をもたらしたのが、かの友とその親しき人々、そしてその中に己もあるのだと思えば、誇らしくもあった。

「――我が友と祖国に、幸いあれ」

祈りの言葉を呟くニルスを、使い魔のイールは静かに見守っている。

6

二日後はよく晴れ渡って爽やかな風が吹き、夏至祭前夜を楽しむには素晴らしい日となった。

二人と二匹はその日、トリス支部所有の馬車に乗り込んで国境に向かった。竜討伐後の周辺の調査と、難民キャンプでの夏至祭に参加するためだ。

作戦直後はあちこちに転がっていた魔獣の遺骸も全て綺麗に片付けられ、各地に避難していた人々もそれぞれの家に戻っている。途中で立ち寄った村は以前の活気を取り戻して、村人達も魔獣暴走後の生活を立て直すために精力的に働いていた。

「逞しいなぁ」

「だからこそ人類はここまで発展してこれたんだろうな」

「うん」

あのとき司令部が設置されていた本陣は解体され、既に跡形もなかった。今はディンマ氷湖に氷蛇竜と氷湖の調査のための仮設研究所が建設中で、シオリとアレクは竜の墓参も兼ねてそこに向かった。

途中でギルドの馬車を降り、仮設置された騎士隊の中継所から輸送馬車に乗り換える。

氷湖への行き来が増えたこともあり、そこに至るまでの道は簡単ながらも整備されていた。

「そういえば、氷湖に大量の魔法石が沈んでるって新聞に載ってたね。やっぱり回収するのかな」

「だろうな。地下水路の奥にあるとかいう帝国の研究所跡、あそこから入ればなんとか回収できんこともないという話だ。上手くすれば今回の被害の補填に充てられるかもしれん」

「そっか。上手くいくといいね」

やがて馬車は見覚えのある丘で停まった。あのとき第一次防衛線が敷かれていた場所だ。

この先は一般人が立ち入ることはできず、二人も例外ではなかった。

「どのみち、解剖された姿を見るのはお辛いでしょう。せめてここから祈ってやってください」

特別にこの場所から氷湖を見ることを許された二人は、丘の上から下を見下ろした。

竜はあのときの姿のまま、すっかり凍り付いていた。周囲を騎士や研究員らしき人影がうろついている。けれども様子を見る限り、調査とはいえ竜の身体は丁重に扱われているようだった。

「組織の一部は王都や領都の研究所に保管されることになるでしょう。残りは調査終了後、この地に埋葬されます。竜は余すところなく素材にできるという話ですが、今回ばかりは北方騎士隊の総意ということで、可能な限り遺体を傷付けずに埋葬することになりました。さすがにね、あまりにも気の毒なので」

付き添いの騎士はそう教えてくれた。

竜を埋葬した後は、慰霊公園として整備する案も出ているという。竜の霊を慰め、旧帝国の悲惨な歴史と教訓を後世に伝える場とするのだ。

この工事を取り行うことによって雇用も生まれる。一時的に魔獣が激減して収入源の一つが絶たれた人々にとっても、悪くはない話に思えた。

「とはいえ、魔法部隊の部隊長殿は随分食い下がったみたいですけれどね。貴重な素材なのにと」

その部隊長とは、作戦会議のときにシオリを引き抜こうとした幹部の一人だ。確かアッペルヴァリという名の男だった。

よほど人望がないのだろうか。部外者にそんなことを暴露されているアッペルヴァリの、騎士隊内での評判を薄っすらと察してしまった。

「その、大丈夫なんですか。後からこっそり掘り返したりとか、粘って覆したりなんてことは」

「大丈夫なんじゃないですかね」

心配するシオリをよそに、その中年の騎士はしれっと言った。

「先日研究棟で、何故か下半身だけ下着一枚になって歩いているところをとっ捕まって、更迭されましたので。寝惚けてたんですかねぇ」

「……」

「……」

シオリとアレクは顔を見合わせ、そして同時に足元のルリィを見下ろす。

ルリィは「自分じゃないよ」とでも言うように、ぷるんと震えた。

恐らくブロゥの仕業だろう。あのスライムはザックの使い魔である立場上、辺境伯や騎士隊幹部と会う機会が多い。その過程で何か思うところでもあったのではあるまいか。

「まぁ、気にしなくてもいいと思いますよ。あの御仁、下半身がだらしなくて女性騎士には大層不人気でしたから、いい機会だったのではないですか」

「なるほどセクハラかぁ……」

「黙っていればご婦人受けのいい美中年なんでしょうがね。こればっかりは仕方ありませんな」

「……そ、そうですね……」

あのときあのまま強引に引き抜かれていたら、自分も餌食になっていたかもしれない。

隣で青筋を立てているアレクを宥め、ペンダントに加工した鱗を手に竜の冥福を祈る。

「またね」

その言葉が届いたのかどうか、竜の周りの空気が揺れ、ふわりと光が舞ったように見えた。


その後、引き返してザック達と合流する頃には二十時近くなっていた。北西の山際は茜色(あかねいろ)に染まり始め、藤色の空には一等星が輝き始めている。

けれども物寂しさはない。夏至祭前夜を祝う国境地帯は、魔法灯の灯(あか)りと人々の笑顔に溢れている。砦(とりで)周辺には隊商の天幕が立ち、少しでも良いものを手に入れようと、僅かな蓄えを手にした多くの難民で賑わっていた。

「良かった……商人さん達も、思ったより沢山来てるね」

竜騒動やその復活に絡む経緯から、参加を見合わせる商人もいたという。それどころか夏至祭そのものの開催すら危ぶまれていたが、無事開催できるとあって関係者はさぞ安堵したことだろう。

「帝国絡みだったものね。やっぱりそれで騒いだ人もいたみたいだけど」

「まぁ、これぱっかりは……何しろ事が事だからな。感情的になるのも分からんでもない」

それでも国民の大多数は冷静で、難民と皇帝派残党は切り離して考えるべきだという論調だ。そうでなければ、貴族が犯した罪を民に贖(あがな)わせることになってしまう。

雑談しながら周辺を見回っていた二人は、思わぬ一団を見つけて「あっ」と声を上げた。

隊商の中でもひときわ目立つ、異国情緒溢れる身形の集団。その荷馬車の幌には、花を模った東方風の紋章があった。楊梅商会の幌馬車だ。

三角帽子の東方人に気付いた一人が幌の中に向かって声を掛け、間もなく中から武芸者風の女が顔を出した。

「シオリ殿！　そなたも来ておったか！」

「ヤエさん！　お久しぶりです」

楊梅商会代表ヤエ・ヤマブチは、シオリの顔を見るなりぱっと顔を綻ばせて馬車を飛び降りた。後ろからショウノスケ・ゴトウが慌てて追い掛けてくる。

「難民支援の祭りと聞いては我らも黙ってはおれぬゆえ、押っ取り刀で馳せ参じた次第だ。そなたには文を出したが、どうやら行き違えたようだな」

抱擁と握手で再会を喜び合い、一頻りの挨拶を済ませたところでヤエは教えてくれた。出発前に参加を報せる手紙を出してくれたらしいが、先週の混乱で遅れが生じていたようだ。

「伝説の幻獣を従えた竜の英雄と聖女、そのような噂を聞いたがどうやらまことであったようだな」

ヤエは二人の首に下げられている幼竜の鱗の首飾りと、アレクの後ろで大人しくしている美しい巨大な狼の姿に感じ入るものがあったようだ。

「斃したのは私達だけではないですし、なんだか肩書ばっかりが独り歩きしてて、凄く気恥ずかしくはあるんですけれども」

「……その名は、重いか？」

不意に落とされたヤエの問いに、しばらく考えたシオリは静かに首を振った。

「最初は重いとも思いましたけど、最近はそういうのも必要なのかなって思うようになりました。自分のためでもありますけど、誰かの目標とか支えになるのなら、それもありなのかなって。勿論、偶像崇拝は困りますけれどもね」

肩書は重くもある。しかし人々に何かを伝え、残していくためには必要なものでもあるということを、シオリは理解するようになっていた。

黙って聞いていたヤエは、やがて何かを噛み締めるように何度も頷き、そして微笑む。

「積み重ねた実績の上に肩書があり、それが説得力を生む。それを理解したそなたならば、悪いことにはなるまいよ。それを悪用せんと近付く輩もあるやもしれぬが、それはそなたの騎士殿が追い払ってくれようぞ」

人の上に立ち多くのものを見てきたヤエの言葉は、シオリの胸に響いた。

「……そうですね。私もこの肩書に恥じないよう、もっと精進します」

「それは、ほどほどに、のう？」

シオリの事情をそれほど多く知る訳ではないヤエにも何か思うところはあったようで、そこはしっかり念押しされてしまった。

その後は近況報告や情報交換で友好を深めた。

彼らもよく知るクレメンスが負傷して療養中であること、しかし命に別状はなく、近いうちにナディアと籍を入れる予定であることなどを明かすと、ひどく驚いて「見舞いと祝いを同時に贈るのは王国の礼儀に反するだろうか」と真剣に悩み始めてしまった。

「そちらはどうなんです？　醤油が北方騎士隊にまで普及しててびっくりしましたけど」

「お陰様で好調でな。だが、今は興味本位で取り寄せている者も少なくはないようだ。だから見極めはせねばなるまいな」

「なるほど……」

手放しで喜ぶことはないあたりが、さすがというところだ。

事業提携しているロヴネル家とも関係は良好で、ヤエとバルト・ロヴネルの交際を匂わせる言葉があったときには、驚きのあまり二人して素っ頓狂な声を上げてしまった。けれども、東方の珍しい菓子が切っ掛けだったと聞かされたときには、彼ららしい……というより、バルトらしいなと笑ってしまった。

名門ロヴネル家傍流の跡取りと東方屈指の大商会の娘との交際は、世間的にも難しいところは多いかもしれない。けれども良い方向に話が向かえばいいとシオリは思う。

「そうだ。余興で演武をやることになってるんだが、良かったらショウノスケ殿もどうだ」

冒険者ギルドの余興として、ザックとアレクの演武が予定されている。二人の英雄の演武はきっと人々に希望と勇気を与えるだろうと、クリストフェルの薦めがあったからだ。

しかしそれは表向きの理由だ。王国の武力を示し、旧帝国側の不穏分子へ圧力を掛けるという意味合いもあるらしい。そもそも難民キャンプでの夏至祭開催自体が、純粋な慈善活動ではないのだ。これから王国の民として生きることになる難民を、言葉は悪いが懐柔する目的もあるようだった。

「某がか」

突然の誘いに、ショウノスケは目を瞬かせた。

「無理にとは言わん。だが、あんたが参加したらきっと盛り上がるぞ」

「そういうものか……」

「良いではないか。滅多にあることではないぞ」

ショウノスケは少し悩むようだったが、ヤエの後押しもあって首を縦に振った。

「楽しみだね」

「ああ。演武にかこつけて手合わせもできるしな」

「な、なるほど……」

一度承諾してしまえばショウノスケも随分と乗り気で、後で打ち合わせに出向くという約束をして彼らと別れた。

「元気そうだったね。私も元気をもらっちゃった。なんていうか、いつもとは違う風に吹かれて、気分が変わったような気持ち」

「なんだかんだで気質が合うんだろうな」

「うん。今では懐かしいような気さえしてるよ」

書類の上だけとはいえ、いずれは故郷となる東方の地。いつかは行ってみたいとシオリは思う。


その晩はショウノスケを交えて打ち合わせした後、早々に就寝した。

人の気配があまりにも多く落ち着かないのではと思ったが、長旅の後だったからか、意外にもぐっすり眠ることができた。

翌朝目覚めると、既に外は活気に溢れていた。

早起きの商人達は屋台や出店を出し、買い物をする人々で賑わっていた。

難民は仮設の家や天幕に草花で編んだ花飾りをつけ、子供達はその合間を歓声を上げて駆け回っている。彼らは王国の人々の善意で集められた民族衣装を身に纏っていた。鮮やかな生地と色とりどりの刺繍が美しい。地域ごとに意匠が違うのか、生地の色や刺繍、装飾品は異なっている。

「ああいうのって、民族感情を傷付けられたりしないのかなってちょっと心配だったけど、そういうこともなさそうだね」

そう言うとアレクは眉尻を下げ、ほんの少しだけ悲しげな表情を作った。

「貧しい生活を長年続けるうちに、帝国では少しずつ伝統が失われていったようでな。歌や踊りは辛うじて残っているが、ああいう色鮮やかで金になりそうな衣装や工芸品から売り払って……今ではごく一部にしか残っていないそうだ。鮮やかな染料自体が贅沢品扱いされてもいたようだから、新しく作ることすらできなかったんだろう。元々彼らが着ていた服を見れば分かる。生成り色や茶色、よくて濃い緑色か。ほとんど素材の色そのままだっただろう？」

「言われてみれば……」

他民族の侵略ではなく、国の政策によって失われる文化もある。国による自国文化の消滅は、結果として国を亡ぼすことになるのかもしれない。

それはひどく悲しいことだとシオリは思った。

「このままなくなっちゃうのかな」

「現物と記録が残っていれば、復活もできるんだろうが。生活が落ち着いて余裕が出てきたら、そういうことを始める人間も出てくるかもしれんな」

「……うん」

「こういう分野はナディアが得意なんだ。あいつの故国が元々はその分野に力を入れていてな。国が滅んでからも、伝統だけは受け継いでいきたいという思いで刺繍の腕を磨き続けていたそうだ」

「そっか……うーん、なんだか皆凄いなぁ」

なんとなく圧倒されていると、「お前だって凄いじゃないか」とアレクは笑った。

「お前の世界の技術や知識を、俺達に合う形に変えて伝えてくれるだろう。今回の戦いでそれはよく分かったじゃないか。分かりやすい形ではないかもしれないが、確実に浸透はしているぞ」

「……うん。ありがと、アレク」

繋いでいく技術、伝統。語り継ぐ物語。

新しく取り入れたものも、少しずつ形を変えて浸透していく。

こうして様々な形で、人々の想いと願いが受け継がれていくのだろう。

人と人との出会いもまた同じだ。巡り合い、重なり合う人生の先に、新たな命を紡いでいく。

「――俺達も……」

「うん？」

恋人を見上げると、紫紺色の瞳が陽光を受けてアメシストのように輝いた。

「一緒になったら、いずれは……紡いでいくものができるだろうか」

「だろうか、じゃなくて」

伸ばした指先をアレクの唇に押し付けたシオリは、艶(あで)やかに微笑む。

「紡いでいこうよ。だから、待ってる」

目を丸くした彼はやがて、破顔した。

「……ずっと待たせたままで悪いな」

「ううん。区切りをつけて落ち着いてからにしたいって、その気持ちは分かるから」

「ああ。だが、もうすぐだ。オリヴィエやレヴィと話して蟠りを解いたら、そのときは――」

掬い上げた左の薬指に口付けを落としたアレクの唇が、短い言葉を紡ぐ。けれどもその言葉は人々の歓声に掻き消され、シオリの耳に届くことはなかった。

でも、その聞こえなかった言葉に込められた想いは、確かにこの胸に届いた。


季節の草花や瑞々しい若葉で飾られた夏至柱が男達の手によって立てられ、一際大きな歓声が上がった。旅芸人や楽団の音楽が奏でられ、それに合わせて人々は踊り出す。

ルリィとブロゥは音楽に合わせてぽよぽよと弾み、ヴィオリッドも楽しげに身体を揺らしている。

光と喜びに満ち溢れた、華やかな光景。

それを見て微笑んだ二人は、静かに口付けを交わした。


その日、国境の難民キャンプで開催された夏至祭は、類を見ない賑わいを見せた。

呪われた歴史から解放され、新たな日々に希望を見出した人々の表情は明るく、祈りと恵みの祝祭は夜遅くまで続いた。

この祭で元難民代表として出店していた食料品店のマリウスは、祖国を脱出して以来二度と会うことはないだろうと覚悟していた幼馴染みと、奇跡の再会を果たした。

言葉もなく抱擁を交わす二人を、多くの人々が涙と歓声で祝福した。

マリウスの郷里ではこの十年で多くの命が失われたが、生き延びた人々は反乱軍や連合軍の内通者と思しき者の手によって、どうにか国境に流れ着いたという。

夏至祭の後、幼馴染みを含むいくつかの家庭はマリウスの手引きで職を得、やがてトリスに根付いていった。それ以外は保護領が王国に編入されたのち郷里に戻るか、国境周辺の開拓村の一つに向かい、そこに根を下ろすことにしたという。


竜討伐でともに戦ったフロルとユーリャもまた、ディンマ氷湖にほど近い開拓村の住人となった。

村人の先頭に立って開拓作業に勤しむ傍ら、二百年ほど前の皇帝によって沈められた数多の魔法石を回収する作業に携わった。竜の埋葬後は墓守と語り部としても積極的に働き、後にフロルは辺境伯から直々に村長に任命された。

その傍らには、妻となったユーリャが寄り添っていたという。


冒険者ギルド主催の演武は後に語り継がれるほどの盛況ぶりで、竜殺しの英雄二人の迫力ある演武は、観客を熱狂の渦に巻き込んだ。

人の背丈ほどもある大剣を軽々と振り回すザックと、その上背のある体格からは想像もできぬほど俊敏に動くアレクの戦い。

それはまるで武神と竜神の舞のようであったと、トリス・タイムズの記者は記している。

急遽招かれた東方の剣士ショウノスケの演武もまた、多くの人々の注目を集めた。

黒地の布をたっぷりと使った不思議な衣装を身に纏う東方の侍の剣は、宵闇に輝く弓張り月のように鋭く繊細な光を放つ。

それはまるで、闇路を照らす導きの光。

歩むべき道に惑う混迷の民を導く神に喩えられたショウノスケは「話を盛り過ぎではあるまいか」と赤面していたが、「希望を見出したい民の願いの表れと受け取っておけ」というヤエの言葉に、どうにか納得したようだ。


シオリの幻影魔法による「活弁映画」も大きな話題となった。

神々の地へと旅立つ竜を慰めた聖女の名に違わず、慈しみと希望に溢れた幻影。

世界各地の美しい景色と情緒豊かな音楽は、過酷な日々を生き抜いた人々の心を癒した。また、新しき英雄が演武を終えた後に跪いて聖女の手を取り、永遠の愛を誓って、観衆に拍手喝采の祝福を受けるという一幕もあった。


多くの人々に称えられる英雄も、聖女も、実のところはただの人である。

しかし、伝説とはこうして作られ語り継がれていくのだろうと、夏至祭を紹介する記事で件の記者はそう締め括っている。

――初夏の空は高く青く、平和の訪れを祝い豊穣を願って歌い踊る人々を、静かに見下ろしている。

幕間　使い魔ルリィの日記

■六月×日
最近は昼が長くて夜がとっても短い。もっと北の方にいくと、一日中昼のところもあるらしい。代わりに冬は一日中夜で真っ暗らしいんだけど、なんだか不思議だなぁ。

昼が一年のうちで一番長くなる今の季節に、人間達はお祭りをする。歌ったり踊ったり美味しいものを食べたり、畑や野山にいっぱい実りがありますようにってお祈りしたりして過ごすお祭りで、人間達は皆準備で楽しそう。

でもスライムは毎日そんな感じだから、人間にはスライムは毎日お祭りしてるように見えるかも。

■六月×日
お祭りは楽しみだけど、なんだか蒼の森の方でフェンリルとかいう魔獣が出てるみたいで、皆不安そうだ。話を聞いてると、あの紫色の雪狼みたいなやつのことらしい。あんまり数は多くないけど、たまーに会うことがある、不思議な魔獣だ。

どんな魔獣で何をするか分からないから、人間は不安らしい。不安過ぎてお祭りに来る人が少なくなるのは困るから、調べて欲しいっていう依頼がブロヴィート村の騎士から来ていた。

でもそんなに乱暴な魔獣じゃないから、怖がらなくても大丈夫じゃないかなあ。むしろ怖がりの魔獣で、会っても逆に逃げちゃうくらいだ。前に会ったフェンリルはちょっと変わってて、お喋り好きで面白い魔獣だったけど。

そういえば、最近ブロヴィートには同胞がよく遊びにいってるみたい。村の人達とも仲良くなったみたいで、毎日楽しいみたいだ。いったいいつの間に仲良くなったんだろう。

■六月×日
ブロヴィートまでは馬車で行くらしい。その馬車を牽いてる八本足の馬が、途中で見られる面白いところを教えてくれた。一番最初の橋を渡ったところの真珠ベリーの木には必ず一個だけ金色の実が生ってるとか、次の村を過ぎたところに物干し竿のふりをした大白ナナフシがいるとか、森林が途切れたところから見える山の雪渓が可愛い馬の雌に見えるとか、本当にその通りで面白かった。

村に着いたら同胞だらけでびっくりした。皆楽しそうに人間と遊んだり、お散歩したり、お仕事を手伝ったりしている。村人と使い魔契約した同胞もいるみたいだ。

色々お話ししたり遊んだりしたいけど、今日はこれから仕事だから、また後で！

依頼人の騎士は、雪狼の事件のときに知り合いになったカスパルだった。雪狼事件のショックがやっと落ち着いてきたなぁって思ってたところにフェンリル騒動が起きて、不安がる村人達の相手をするので凄く大変らしい。忙しくてあんまり眠れてないみたいで、ときどき目を擦っていた。

調査にも時間掛かるかもしれないって心配してたけど、そんなことはなくて、フェンリルは向こうから会いに来てくれた。あの凄くお喋りなフェンリルだった。

シオリとアレクはびっくりしていたけど、フェンリルは凄く嬉しそうだ。なんかちょっと興奮してふごふごしてるけど、大丈夫？

「魂の友に会えたかもしれないんだもの、そりゃあ興奮するわよぉ」

なるほど！　それはウキウキするね！　珍しい生き物が大好きなブロゥもウキウキだね！

フェンリルはアレクと使い魔契約して、ヴィオリッドという名前を付けてもらっていた。雪菫(ゆきすみれ)の騎士っていうお話の主人公の名前なんだって。ヴィオはすっごく喜んでいた。

村の爺(じい)さんによると、ヴィオは雪狼の変異種らしい。だからフェンリルじゃなくて、雪狼なんだって。でも毛色とか目の色が違うから、雪狼からは良く思われてなかったみたいだ。ずーっと一人暮らししていて、凄く寂しかったらしい。だからこの後村の人達とお喋りしながら食事していたときは、物凄く嬉しそうにしていた。

ところで、ヴィオってなんだかパン屋のベッティルみたいな雰囲気だなぁ。

■六月×日

フェンリル騒動が解決して一安心！　と思っていたら、北の方でもっと大変なことが起きたみたいで、人間も魔獣も不安そうだ。なんでも竜が出たとかで、鳥達が慌てて南の方に逃げていった。シオリ達にも緊急招集がかかって、急いで帰ることになった。

ギルドではザックが完全武装で待っていた。クリスからの依頼で、竜討伐の指揮を執ることになったらしい。今度の竜は災害級とかで、難易度は過去最大。だから二回も竜を斃(たお)したことがあるザックが行くんだって。

もしかしたら戻ってこれないかもしれない。だから竜討伐には行ける人だけが行くことになった。シオリとアレクは行くつもりのようだ。クレメンスとナディアも一緒らしい。ほかにもルドガーとマレナや、ニルスにエレン、トリス支部でも選りすぐりの冒険者ばかりだ。

こんなに凄いメンバーで行っても、もしかしたら……って。そのくらい危険な仕事は初めてだ。自分も気合を入れなきゃなぁって思った。

■六月×日
夜の遅い時間に、北に向かって出発。もう魔獣暴走(スタンピード)の小さい版みたいなのが始まってて、騎士隊があちこちで戦っていた。でも、思ったほど被害は出ていないらしい。シオリが教えた探索魔法のおかげで、被害が出ないうちに処理できたからなんだって。

そのせいで逆にシオリが騎士隊の偉い人達に連れていかれそうになっちゃったけど、頑張ってお断りした。良かった。シオリは便利な道具じゃないもん。

また連れていかれそうになったら困るから、ちょっと「念押し」しとこうかなぁって思ったけど、クリスに「今は控えてくれ」って言われたからやめてあげた。

ところで、「今は」ってことは、後でならいいんだろうか。

■六月×日　早朝
少し休んでから、とうとう竜討伐に出発。

討伐部隊には、ずっと前にシルヴェリアで助けた帝国人も参加した。自分も身体(からだ)に乗せて運んであげた人だ。フロルというその人に「あのときは世話になっタ。本当にありがとう」ってお礼を言われた。あのときは弱ってて死霊みたいな感じだったけど、今はもう元気みたいだ。

良かったけど、フロルとユーリャは少し憂鬱（ゆううつ）そうだ。竜は大昔に帝国人が封印した実験体とかで、封印を解いたのもやっぱり帝国人らしい。同胞が迷惑を掛けたことを気にしているみたいだ。せっかく王国の人に親切にしてもらったのに、同胞が台なしにしたから腹が立つやら悲しいやらでちょっと辛（つら）いらしい。うーん、少なくともここにいる皆はそんなふうには思ってないから、そんなに思い詰めなくてもいいんじゃないかな。

元気出してって、ブロゥが綺羅星（きらぼし）テントウの羽根をあげたら、二人はびっくりしていた。でも、ちょっと元気出たみたいで笑ってくれた。良かった。綺羅星テントウの羽根は幸運のお守りで、持ってるといいことがあるらしい。だからこれからはいいことがいっぱいあるといいね。

■六月×日　竜討伐

うううん、近付くほど変な気持ち悪い気配がしてもぞもぞする！　皆も同じみたいで、気分が悪くなってしまった人もいた。探索魔法でうっかり竜に触ってしまった騎士が、ひっくり返っていた。そのくらい、凄く不気味な竜だった。しかもすっごく大きい。えっ、こんなのと戦うのか……って心配だったけど、皆も凄かった。今までのは全力じゃなかったのかもってくらい、凄い戦いだった。ザックもアレクもクレメンスも、絵本に出てきた戦いの神様みたいだったし、ナディアも竜と互角に戦ってた。

シオリはいつもの家事をするみたいに皆の支援をした。竜の羽をじゃぶじゃぶ洗濯したときには、使い魔達は「これが噂（うわさ）の厄災の魔女か！　魔女にかかると竜ですら洗濯物扱いか！」って震えてたけど。うーん、この噂っていったいどこまで広まってるんだろう……。

でもシオリの凄いところは、本人からは見えない色んなところで役に立ってるところだと思う。ニルスとエレンは探索魔法で竜の弱点を探してたし、衛生隊ではいつかシオリがやってたみたいに簡易寝台を作っていた。これなら足りなくなっても、いくらでも追加できるって衛生隊の人が言っていた。魔獣暴走だって、まだ小さいうちに処理できて心配なくなったって話だったし。

ほんのちょっとしたことだけど、それで皆が少しでも有利に仕事ができるようにするって、なかなかできることじゃないって、誰かが言っていた。うん、それがシオリの戦い方なんだなって、改めて思った。シオリは凄い。自慢の友達だ。

物凄い激闘だったけど、それでなんとか竜を斃せそうかも……って思ってたら、クレメンスが毒矢で射られて大変なことになった。隠れていた帝国人に狙われたアレクを庇ったらしい。

クレメンスは大丈夫って言ったけど、さすがの自分もこれはちょっと無理かも……って思うくらいに苦しそうで、アレクもシオリもナディアも真っ青で泣きそうな顔をしていた。リヌスは見たこともないような怖い顔でその帝国人を射倒してたし、フロルなんて物凄く怒って殴り倒してた。

でも、エレンが頑張ってクレメンスを助けてくれた。後から聞いた話だけど、もしシオリと会っていなかったら、エレンはもっと勉強する切っ掛けがなくて力が足りないままで、クレメンスを助けられなかったかもしれなかったそうだ。シオリって色んなところで色んな人に影響を与えてるんだなぁって思った。

最後の最後に、シオリとアレクは竜も助けてしまった。命は助けられなかったけど、心は救ったんだって。ずっと一人で寂しい思いをしていた竜に、一番欲しかったものをあげたらしい。だからもし生まれ変わったら、今度は二人のような人のところに生まれたいって、最後に竜はそう言っていた。

それじゃあ次こそ幸せになれるといいねって皆でお祈りしながら、お花を供えてあげた。

ところで竜から鱗をもらうと何かを約束したことになるとかどうとか、物知りのイールがそんなことを教えてくれたけど、どういう意味だろう？

■六月×日
竜討伐の後は、色々おめでたいことが続いて皆とってても嬉しそう。

クレメンスはちょっと危ないところだったみたいだけど無事だった。良かった！　死んじゃうかと思って凄く心配してたから、皆で泣いて喜んだ。クレメンスは治ったらナディアと番になるらしい。もう花嫁衣装もばっちり用意してあるんだって！　ザックが「あいつは一度腹ぁ括ったら、ほんとやること早ぇんだよなぁ」って笑っていた。

マレナはなんとお腹に赤ちゃんがいて、皆びっくりするやら無事で良かったって大喜びするやらで大騒ぎだった。ルドガーなんかびっくりし過ぎてひっくり返ったらしいけど、後から聞いたら煩いからイールに眠らされただけらしい。なんだ。びっくりした。

シオリとアレクは竜の英雄と聖女って呼ばれるようになった。ついでに二人とも冒険者ランクが上がって、アレクはS級、シオリはA級になった。

S級になるのは凄く難しいことみたいだし、シオリみたいな補助系後方支援職でA級になるのも珍しいことみたいで、皆お祭り騒ぎだ。

二人とも目立つのはあんまり好きじゃないけど、二人みたいにちょっと特殊な立場の人には、特別な肩書が必要な場合もあるらしい。それがお守り代わりになることがあるんだそうだ。

肩書目当てに寄ってくる人もいるみたいだけど、シオリもアレクもそういうのには慣れてきたみたいだ。うーん、二人ともまだまだ強くなるんだなぁ。凄いなぁ。

自分も頑張ろうって思ったけど、「ルリィはそのままでいてね」って言われた。だから、これからもずっと、いつも通りぷるぷる見守ることにするよ！

■六月×日
ザックと一緒に騎士隊と話し合いに行ったブロゥから遠隔通信が来た。なんでもアッペルヴァリとかいう人のズボンを溶かしたらしい。シオリを引き抜こうとした騎士の人だ。ブロゥを可愛がってくれる女の人達に悪戯しようとしたから、イラッとして動きを封じるつもりでやったんだって。

それって大丈夫なのかなって思ったけど、番とかじゃないと普通はしないことをしようとしたみたいで、それなら仕方ないなぁって思った。

クリストフェルも「あれの自業自得だから気にするな」って言ってたし。あとは騎士隊の偉い人やクリストフェルがどうにかしてくれるそうだ。

そっか。それなら良かった。もう悪いことしないようにね！

■六月×日
今日は楽しい夏至祭の日。人間のお祭りは、美味しい食べ物や楽しい歌に踊り、面白くて楽しいことがいっぱいで幸せ。悲しいことや大変なことが色々あったけど、お祭りに来た人達は皆楽しそうだった。辛いことはもう終わって、これからはいいことがいっぱいあるからなんだって。フロルとユーリャも新しい村を作ってそこで暮らすことに決まったみたいで、仲間達と楽しそうにこれからのことを話し合っていた。

シオリとアレクはずっとにこにこしているし、久しぶりにヤエやショウノスケと会えて嬉しそうだった。ヴィオリッドは色んな人や魔獣といっぱいお話ししてて、凄く楽しそうだ。見るもの聞くもの、全部が新鮮で毎日充実しているらしい。

あー、楽しくて幸せだなぁ。こういうのがずっと続くといいなぁって思っていたら、シオリとアレクがつけてる竜の鱗のペンダントが、キラキラっと光った気がした。なんだかあの竜も楽しいみたいで、ちょっと嬉しい。

番外編　雪菫に祈り、誓う永久の愛

番外編　雪菫に祈り、誓う永久の愛

夏至を過ぎて数日後の夜半。

一年のうちで最も明るく光と命に溢れる季節に人々の心は浮き立ち、間もなく日付が変わろうという時刻だというのに大通りを歩く人は多く、近くの居酒屋や家々からは、楽しげな笑い声が響いてくる。日没が過ぎてもなお仄明るい夜を、家族や友、恋人と語らって過ごす人々の声だ。

爽やかな風が吹き込む窓から眼下の景色を見下ろすと、通りをゆく人々の中に仲睦まじく寄り添って歩く恋人達の姿が目立つ。

夏至祭の前後、豊穣を祈る今の時期は恋の季節とも言われている。初々しい二人連れが目立つのは、祭りを切っ掛けに成立した新たな恋人達であるからなのだろう。

中には真新しい民族衣装を身に纏っている者もいる。雪菫の刺繍が施されたそれは、古い時代の婚礼衣装でもあったものだ。もしかしたら、彼らは将来を誓い合ったのかもしれない。

幸せそうに微笑み合う彼らから視線を外したシオリは、身に纏ったワンピースにそっと手を触れた。

生成りの生地に鮮やかな色糸で雪菫の刺繍が施されたそれは、アレクからの贈り物だ。

求婚同然の言葉とともに贈られたそのワンピースは、寝間着代わりに毎日袖を通している。

あれから半年。真新しく張っていた生地は、今は柔らかく身に馴染んでいた。

自分でも気に入っているし、これを着ていると愛しい恋人は殊の外に喜ぶのだ。

その彼は辺境伯に呼び出されて今日はいない。一人出掛けて行った。今日は戻れないかもしれないと言われていたから、多分久しぶりに独り寝になるだろう。

それが少し、寂しいと思う。

「アレク……」

愛しい人の名を呼びながら、指先で襟元の刺繍をなぞっていく。

『恋人や夫の名前を唱えながら雪菫の刺繍を指でなぞると、何があっても必ず自分のところに帰ってきてくれるんだとさ』

そう言って縫いかけの刺繍を指先でなぞりながらナディアが教えてくれた、トリスヴァル領に古くから伝わるまじない。今は浮気防止のまじないとして若い娘が使うことが多いらしいが、本来は大切な人の無事の帰還を願うものであったそうだ。

それを教えてくれたナディアが、そのとき何を想い、何を祈りながら雪菫の刺繍に触れていたのかは推し量るしかない。

けれども、その雪菫を縁取る蔓模様の刺繍の中には、二人の名前がひっそりと紛れていた。そこにはきっと、並々ならぬ想いが込めていたのだろうことが分かる。

今、彼女は仕事を続けながら、入院中のクレメンスのもとに通う生活を送っている。その合間に彼から贈られたまっさらな婚礼衣装に刺繍をして、彼が日常生活に戻ってくるのを待っているのだ。

――永久の愛と貞節を誓う雪菫の花、永久の繁栄と生命力を表す蔓模様。

自然崇拝に基づく信仰から生まれた植物柄のモチーフは、人々の祈りと願いの象徴。それを刺繍した衣装や装飾品は、きっと護符の代わりでもあったのだろう。

婚礼衣装とは別に用意されていた花婿用のサッシュベルトにも刺繍していたナディアの姿を思い出して、シオリは小さく微笑んだ。

（……どうか、姐さん達の幸福が永久に続きますように）

そんな祈りを込めて襟元の刺繍に触れていたシオリの後ろから、逞しい腕が伸びる。

驚いて身構える隙すらなくそのまま抱きすくめられ、深く口付けられて、無防備なまま蹂躙されたシオリは、悪戯っぽい笑みを浮かべているアレクをじっとりと見上げた。

「まだまだ俺の方が上手だったようだな。隙だらけだ」

「……もう」

こんな時間では、さすがに泊まりになるだろうと思い込んでいたのだ。自宅で、それも夜中の不意打ちは全く予期していなかった。

「泊まっていけとは言われたが、この時間なら日付が変わる前に帰れそうだと思ったんでな」

夏至を過ぎたばかりのこの季節は真夜中でも仄明るく、人々は夜遅くまで素晴らしい夏の夜を楽しむために起きている。だから初夏の爽やかな夜風を楽しみながら、歩いて帰ってきたと彼は言った。

「多少遅くなっても帰ってきた甲斐があった。お前もまだ起きていたしな」

「外は賑やかだし、なんとなく眠れなくて」

独り寝が寂しかったからだとは、なんとなく悔しくて口には出さなかった。

けれどもアレクはシオリの表情から察したようで、腰を引き寄せたままにやりと笑った。

「せっかくだ。明日は休みだし、この時間まで起きていたんなら、今夜は少し夜更かししないか」

ぞくぞくとするような色香を滲ませた低く熱い声に耳元で囁かれて、シオリは身を震わせた。

――ルリィとヴィオリッドは、居間で雑談を楽しんでいるうちに寝落ちしてしまっている。

「あいつらはすっかり夢の中だ。少しくらい声を出したところで起きやしないさ」

「……少しで済むの？」

そう言い返してみたけれど、きっと少しでは済まないだろう。

果たして、アレクは「済まないだろうな」と悪びれなく言った。その指先は逸るように動いてシオリの襟元の雪菫を撫で、そして襟を掻き分けて首筋に触れる。

くすくすと笑い合いながら抱き合い、そのまま寝台の上に倒れ込んで、至近距離で見つめ合った二人は再び口付けを交わした。シオリの唇を吸い上げながら雪菫の刺繍に触れていた指が、やがて布という境界を越えて素肌に触れる。

最後の一線を越えないまま、ただひたすらに触れ合い熱を分け合うだけの、恋人同士の戯れ。けれども深く、熱く、蕩けるような口付けと触れ合いは、二人の境界線を見る間に曖昧にしていく。

「……もうすぐ。もうすぐだ。もうすぐ全ての片が付く。そうしたら、そのときは――」

溺れるような行為の合間に落とされる熱い囁き。

それに甘い声と潤む瞳で応えたシオリは、雪菫の花の色によく似た紫紺色の瞳を覗き込み、そして甘く蕩けるように微笑んだ。


初夏の夜は、熱く、甘やかに過ぎていく。

あとがき

こんにちは、文庫妖です。このたびは「家政魔導士の異世界生活」第九巻をお手にとっていただきまして、まことにありがとうございます。

「失くしたものを取り戻す物語」として書き始めた家政魔導士のお話。開始当初は苛酷な体験から精神的な部分がマイナスになっていたシオリとアレクですが、お互いに傷を癒し合い、沢山の経験や人々との交流を経てゼロにまで取り戻すことができました。

今ではむしろ「プラス」になっている二人。前作からはよりよい未来のため、そしてお世話になった人々への恩返しの意味も込めて、前向きかつ積極的に活動を始めています。その過程でまさか「英雄と聖女」とまで呼ばれるようになるとは二人も思ってもみなかったでしょうが、そんな肩書を受け止められるようになったこともまた、彼らにとって大きな前進になったことと思います。

家政魔導士の物語も大きなエピソードは残すところあと二つ、三つ。結末まで無事お届けできるよう頑張ってまいりますので、二人（と二匹）の冒険を最後まで見届けていただければ幸いです。

最後に、この場をお借りしまして謝辞を。

イラストレーターのなま先生。今回も表紙では黄色い悲鳴を上げ、ピンナップでは残念な誰かさん達に大笑いし、ぷよぷよなスライムやもふもふな雪狼ににっこりして、あのシーンやこのシーンでは感動と興奮で変な声を出しました。毎回ひっくり返るほど素敵なイラストをありがとうございます。

編集ご担当様。氷蛇竜戦のプロットからの大幅変更にお付き合いくださったほか、竜の動き方などのアドバイスや細かい部分のチェックなど、今回も大変お世話になりました。ありがとうございました。

コミカライズ作画担当のおの秋人先生やアシスタントの先生方、コミックご担当様。私が言葉足らずなので感動を伝えきれてはおりませんが、ネームを頂くたびに床を転がるほど大喜びで読んでおります。家政魔導士の物語をより多くの方々に読んでいただけるようになったのも、皆様方のお陰です。本当にありがとうございます。

また、本の制作に携わってくださった多くの方々、Ｗｅｂ連載版や書籍版をずっと応援してくださっている読者の皆様方にも厚くお礼申し上げます。

それではまたお会いできることを祈って。

文庫妖

IRIS NEO

『家政魔導士の異世界生活
～冒険中の家政婦業承ります！～』

著：文庫 妖　イラスト：なま

A級冒険者のアレクが出会った、『家政魔導士』という謎の肩書を持つシオリ。共に向かった冒険は、低級魔導士である彼女の奇抜な魔法により、温かい風呂に旨い飯と、野営にあるまじき快適過ぎる環境に。すっかりシオリを気に入ったアレクだったが、彼女にはある秘密があって――。冒険にほっこりおいしいごはんと快適住環境は必須です？　訳あり冒険者と、毎日を生き抜く事に必死なシオリ（＆彼女を救った相棒のスライム）の異世界ラブファンタジー。

IRIS NEO

『家政魔導士の異世界生活 ～冒険中の家政婦業承ります！～ 2』

著：文庫 妖（ふぐるま よう） イラスト：なま

冒険中でも、快適な住環境を提供すると噂の『家政魔導士』のシオリ。彼女を気に入ったA級冒険者のアレクは、シオリの依頼で彼女の相棒のスライムの里帰りにつきあうことになる。ところが、道中で事件に巻き込まれることになって……!?　ほっこりおいしいごはんは、冒険者もスライムの胃袋も鷲掴み？　訳あり冒険者アレクと、日々を生き抜く事に必死なシオリ（＆彼女を救った相棒のスライム）の異世界冒険ラブファンタジー第２弾。

家政魔導士の異世界生活
～冒険中の家政婦業承ります！～ 9

2024年7月5日　初版発行

初出……「家政魔導士の異世界生活～冒険中の家政婦業承ります！～」
小説投稿サイト「小説家になろう」で掲載

著者　文庫 妖

イラスト　なま

発行者　野内雅宏

発行所　株式会社一迅社
〒160-0022 東京都新宿区新宿3-1-13 京王新宿追分ビル5F
電話　03-5312-7432（編集）
電話　03-5312-6150（販売）
発売元：株式会社講談社（講談社・一迅社）

印刷所・製本　大日本印刷株式会社
ＤＴＰ　株式会社三協美術

装幀　小沼早苗（Gibbon）

ISBN978-4-7580-9654-6
©文庫妖／一迅社2024

Printed in JAPAN

おたよりの宛て先
〒160-0022 東京都新宿区新宿3-1-13 京王新宿追分ビル5F
株式会社一迅社　ノベル編集部
文庫 妖 先生・なま 先生

●この作品はフィクションです。実際の人物・団体・事件などには関係ありません。

※落丁・乱丁本は株式会社一迅社販売部までお送りください。送料小社負担にてお取替えいたします。
※定価はカバーに表示してあります。
※本書のコピー、スキャン、デジタル化などの無断複製は、著作権法上の例外を除き禁じられています。
本書を代行業者などの第三者に依頼してスキャンやデジタル化をすることは、個人や家庭内の利用に限るものであっても著作権法上認められておりません。